RONSO KAIGAI MYSTERY

論創海外ミステリ45

ホームズのライヴァルたち

レディ・モリーの事件簿

バロネス・オルツィ

鬼頭玲子 訳

LADY MOLLY OF SCOTLAND YARD

Baroness Orczy

論創社

装幀／画　栗原裕孝

目次

ナインスコアの謎

1

そう、ご存じのように、あるものは彼女のことを公爵の娘だと言い、またあるものは貧民街の生まれで、品格や威厳を与えるために〝レディ〟の肩書きをつけているのだ、と言う。

もちろん、私は多くのことを知っている。しかし、詩人達の言葉にもあるとおり〝我が唇は封印されている〟のだ。ロンドン警視庁《スコットランド・ヤード》で輝かしい手腕を発揮している間、彼女は光栄にも私に友情と信頼をよせてくれた。しかし、私をいわゆる〝パートナー〟としたとき、彼女の私生活については一切漏らさない約束をさせ、私も〝死んでも〟秘密を守るなどと聖書にかけて誓った。

そうなのだ、彼女が私達の課の責任者となったときから、私達は「レディ」と呼び慣わしてきた。主任は私達の前では「レディ・モリー」と呼んでいる。私達の属する婦人捜査課はいつも男性陣からお荷物扱いされていた。とはいえ、女性が不器用で頭の堅い男どもの十倍も鋭い洞察力を持っていない、などと決めつけて欲しくない。世に言う解けない謎が婦人捜査課での精査を受けていれば、迷宮入りの事件は半分ほどに減っていただろうと私は固く信じている。

ちょっと考えてみて欲しい。例えば、ナインスコア村で起きたあの怪事件だが、捜査にあたっていたのが男性だけであっても真相が解明されたと言うのだろうか？　男性にレディ・モリーのような大胆な賭けができたと言うのだろうか？　あのとき――いや、先を急ぎすぎたようだ。

あの忘れられない日の朝に話を戻そう。レディ・モリーは意気揚々と私の部屋へ飛び込んできた。

「主任がね、やる気があるのならナインスコア村に行くことを許可すると言ったのよ、メアリー」レディ・モリーの声は興奮のあまり、震えていた。

「ええ？」私は叫んだ。「なんのために？」

「なんのために――なんのために、ですって？」レディ・モリーは夢中で繰り返す。「メアリー、わからないの？　チャンスが――絶好のチャンスが巡ってきたのよ。ヤードでもあの事件はすっかり持て余しているの。世間は非難の嵐で、抗議の手紙の記事が日刊紙を飾っているでしょう？男性達はお手上げなのよ。途方に暮れているの。それで今朝、私が主任のところへ――」

「それで？」急にレディ・モリーの言葉が途切れ、私は熱心に先を促した。

「まあ、主任をどんな風に説得したかなんて、今はどうでもいいわね――途中で全部話してあげるわ。午前十一時発カンタベリー行きの下り列車に間にあうかどうか、ぎりぎりなのよ。現地入りを許可したとき、主任は誰か一人同行させてもいいと言ったの。男性を、という話だったけど、どうもこの事件は女性が手がけたほうがいいような気がするし、やっぱりあなたを連れていきたいのよ、メアリー。列車の中で一緒に事件の予備調査をしましょう。あなたはまだ詳しいことを知らないでしょうし、支度をするのがやっとの時間しかないから。十一時ちょうどの列車に間に合うように、チャリング・クロス駅の切符売り場で落ち合いましょうね」

それ以上質問する暇を与えずに、レディ・モリーは出ていってしまった。いずれにしろ、私も驚きのあまり言葉が出てこなかった。婦人捜査課が殺人事件を手がける！　こんなことは前代未聞だ。ともかく、私もやる気満々で、余裕を持って駅に到着した。

運よく、車室内では二人きりになれた。カンタベリーまで停車しないため、時間はたっぷりある。レディ・モリーの助手という栄誉を担えることになった私は、当然事件の一部始終を聞きたくてたまらなかった。

メアリー・ニコルズ殺害事件は、ナインスコア村にあるアッシュ・コートという古い豪邸の敷地内で発生した。屋敷の周囲には樹木の生い茂った広大な庭があり、特に印象的なのは小さな池の真ん中に浮かぶ島だった。ちっぽけな丸木橋のかかった島は〝野生島〟と呼ばれ、庭の一番端にあって屋敷からは見えず声も届かない。この素朴な趣のある池のほとりで、さる二月五日、若い女性の死体が発見された。

発見時の身の毛がよだつ状況を詳しく描写するのは控えよう。さしあたり、これだけお伝えすれば十分だ。不幸な被害者はうつぶせに倒れ、下半身は草の生えた狭い土手の上に載り、頭、腕、肩はすぐ下のよどんだ水の汚泥の中に沈んでいた。

この恐ろしい死体の第一発見者は、アッシュ・コートの下働きの庭師、ティモシー・コールマンだった。ティモシーは丸木橋を渡り、小さな島を横切って反対側に出たとき、向こう岸で何か青いものが半ば水に浸かっているのに気づいた。ティモシーは田舎者によく見られる図太い神経の持ち主で、それが白い折り返し《フェーシング》のついた青いドレス姿の女性であると知って、そっとかがみ込んで泥の中から引き上げようとした。

しかし、目の前に露わになったおぞましい有様に、さしもの大胆さも吹っ飛んでしまった。女性が誰であるにせよ、惨殺されたことは一目瞭然だった。ドレスの正面には血痕がべったりと残っている。が、年老いたティモシーさえ吐き気を催すほど震えあがらせたのは、死体の凄まじさだった。頭、腕、肩はずっと汚泥に埋まったままだったらしく、著しく腐敗の進んだ状態だったのだ。

ともかく、すぐさま必要な対応がとられた。ティモシーは番小屋に助けを求め、警察が現場に急行して気の毒な被害者の遺体を地元の小さな警察署へと移送した。

ナインスコアはのどかな片田舎の村で、カンタベリー市から七マイル、サンドイッチ町から四マイルほどの場所にある。村内で発生した恐ろしい殺人事件のことはあっと言う間に知れ渡り、村のパブ、グリーン・マンは早くもその話題で持ちきりだった。

まず、死体そのものは判別不可能にせよ、白い折り返しのある青いサージのドレスなら持ち主ははっきりしていると、皆は噂した。メイジャーズ警部が死体の手の近くで発見した、真珠とルビーの指輪と赤い革の財布も同じく所有者は歴然としている。

ティモシー・コールマンの背筋の凍る発見から二時間もしないうちに、不幸な被害者はメアリー・ニコルズに違いないということになった。メアリーは姉のスーザンと共に、アッシュ・コートのほぼ真向かいにあるナインスコア・レーンのエルム・コテージ二番に住んでいた。警察が家を訪れたところ、鍵がかかっていてまったく人気《ひとけ》がない。

隣の一番のコテージに住んでいるミセス・フッカーが、スーザンとメアリーは二週間ほど前に家を出たきり姿を見ないとメイジャーズ警部に話した。

「明日で二週間になるわね」ミセス・フッカーは説明した。「猫を呼んでいて、ちょうど玄関の内側にいたんですよ。七時過ぎでした。そりゃあもう、真っ暗でね。目の前にあるものもはっきり見えないくらいだったし、どこもかしこもじめじめ小雨が降ってて。そのときスーザンとメアリーが家から出てきたんです。スーザンの姿はよく見えなかったけど、メアリーの声ははっきり聞こえましたよ。『急がなくっちゃ』って言ってました。で、村に買い物に行くんだろうと思ったんです。だから、教会の時計が七時を打ったところだよ、って声をかけてやったんです。木曜日で早じまいの日だったからね。村に出たところで、店は全部閉まってるのがおちだし。でも、二人とも知らん顔で村の方に歩いていっちゃいました。見たのはそれっきりですよ」

村人達に聞き込みを続けた結果、色々おもしろい事情が明らかになった。メアリー・ニコルズは手に負えない浮気娘で、これまでにも相当なスキャンダルを起こしていた。かたや姉のスーザンは真面目一方の堅物で、妹のいかがわしい評判を腹立たしく思っていたらしい。ミセス・フッカーによれば、派手な姉妹喧嘩が絶えなかったそうだ。ここ一年、ライオネル・リドゲート氏が訪れるたび、特に激しい言い争いが起きていた。リドゲート氏はロンドンの紳士という話だったが——後日、そのとおりだと判明した——たびたび友人のいるカンタベリーに滞在した。その際には立派な一頭立て二輪馬車でナインスコア村を訪れ、メアリーと馬車で散歩に出かけた。

リドゲート氏は、億万長者で昨年叙爵されたばかりのエドブルック卿《きょう》の弟にあたる。卿の住まいはエドブルック城だが、兄弟は二人とも大のゴルフ好きで、サンドイッチゴルフ場から目と鼻の先のアッシュ・コートを一、二度借りていたことがあった。一応お断りしておくが、エドブルック卿は既婚者だ。一方、ライオネル・リドゲート氏は、カンタベリーの聖堂参事会員の娘にあたるミス・マーベリーと婚約したばかりだった。

妹がこの身分違いの若い紳士と未だに浮き名を流していることに、スーザン・ニコルズが強硬に反対したのも無理はない。しかも、ライオネル氏は身分相応の女性と婚約したばかりだ。それでも、メアリーは一向に平気だった。楽しければそれでいいらしい。世間の評判など肩をすくめるだけだった。メアリーが預けた赤ん坊の親について、いかがわしい噂がたったときも同じだった。その女の子は、カンタベリー・ロードにぽつんと建つ家でミセス・ウィリアムズという未亡人に育てられていた。赤ん坊の父親である実の兄が急死し、自分とスーザンが引き取ることになったとメアリーは説明した。姉妹には面倒が見切れないので、ミセス・ウィリアムズに世話をして欲しいと言うのだった。ミセス・ウィリアムズは二つ返事で引き受けた。

養育料が決められ、その後メアリー・ニコルズは毎週赤ん坊を見に訪れ、欠かさず金を渡していた。

メイジャーズ警部がミセス・ウィリアムズを訪ねたところ、このしっかりした未亡人はさらに驚くような話をした。

「明日で二週間になりますが」ミセス・ウィリアムズは警部に説明した。「七時ちょっと過ぎ、メアリー・ニコルズがこの家に駆け込んできたんです。ひどい天気の晩で、真っ暗な上にうっとうしい小雨が降っていました。メアリーは時間がないと言いました。カンタベリーから列車でロンドンに向かうところだから、子供にお別れをしたいと言うのです。かなり取り乱した様子で、服はびしょぬれでした。赤ん坊を連れてきますと、ちょっと乱暴なキスをしてこう言いました。『ウィリアムズさん、きちんと世話をして下さいね。しばらくは来られないかもしれません』そして、赤ん坊を下ろし、私に二ポンド渡しました。八週間分の養育料です」

その後、メアリーはもう一度「さようなら」と言って、家を飛び出していった。ミセス・ウィリアムズは玄関まで見送りに行った。外は真っ暗で、メアリーに連れがいるかどうかはわからなかった。ただ、間もなくメアリーの涙声が聞こえた。

「あの子にキスをしなければならなかったの――」その後、話し声は「カンタベリーの方角へ」遠ざかり聞こえなくなったと、ミセス・ウィリアムズは自信たっぷりで説明した。

つまりこの段階でメイジャーズ警部は、ニコルズ姉妹がナインスコア村を出ていった日時を一月二十三日の夜と断定することができた。七時頃家を出た二人は、ミセス・ウィリアムズのところへ向かった。メアリーが子供にお別れを言っている間、スーザンは外で待っていた。

その後、二人の足取りはぷっつり途絶えてしまった。本当にカンタベリーへ向かったのか。最終の上り列車に乗車したのか。どの駅で降車したのか。不運なメアリーが引き返してきたのはいつか。この時点では突き止めることができなかった。

警察の嘱託医によれば、どう少なく見積もっても死体は死後十二日から十三日経過しているとのことだった。よどんだ水のせいで進行が早まった可能性はあるが、頭部の腐敗の度合いからみて、死後の経過時間が十四日を大幅に下回るとは考えにくいと言う。

カンタベリーでは、切符売り場の係員もポーターも参考になる証言は一切できなかった。カンタベリー・ウェスト駅はにぎやかな駅で、毎日多くの客が切符を買って改札口を通る。一月二十三日――二週間も前――に、二人連れの若い女性が上りの最終列車に乗ったか乗らなかったかなど、はっきりした情報を得るのは無理だった。

一つだけたしかなことがある。スーザンがカンタベリーに行って上り列車に乗ったかどうか、妹と一緒だったかどうかは別として、メアリーは事件当夜かその翌日にナインスコア村へ戻ってきたのだ。二週間後、ティモシー・コールマンがアッシュ・コートの庭で半ば腐乱した死体を発見したのだから。

メアリーは恋人に会うために戻ってきたのだろうか？　そうではないなら、なんのために？　そして、スーザンは今どこにいるのだろう？

つまり、事件は当初から大いなる謎にすっぽり包まれていたのだ。検死審問でもっとはっきりした手がかりでも出てこない限りスコットランド・ヤードの応援を仰ぐ必要がある、と地方警察が判断するのも極めて当然のことだった。

その結果、予備調書がロンドンに送られ、その一部が私達の手に入った。初めから興味津々だったレディ・モリーが、試しに自分をナインスコア村へ派遣するよう、主任にしつこく頼み込んだに違いない。私はそう信じている。

2

当初の予定では、検死審問の終了を待ち、それでもなおヤードの応援が必要だと地方警察が判断した場合にのみ、レディ・モリーがカンタベリーに派遣されるはずだった。しかし、それまで待つなど、レディ・モリーは夢にも考えていなかった。

「このぞくぞくするようなドラマの第一幕を見逃すなんて、とんでもないわ」レディ・モリーがこう言ったとき、列車は勢いよくカンタベリー駅へ滑り込んだ。「荷物を忘れないようにね、メアリー。ナインスコア村まで歩いて行くわ。いい、二人の女流画家が写生旅行に来たことにするの。たぶん村で宿泊先が見つかるでしょう」

カンタベリーで昼食をすませ、私達はバッグを手に徒歩で六マイル半先のナインスコア村へ向かった。〝身元たしかな独身者用貸屋〟との誘い文句に惹かれ、とあるコテージに泊まることにした。翌朝八時、検死審問の行われる地元の警察署へ向かう。農家を転用しただけの、半端で手狭な建物だった。狭い室内は立錐の余地もない。この人いきれで息の詰まりそうな十立方ヤード内に、図体の大きい近隣の全住民が集まってきたのではないか。私は本気でそう思った。

主任から私達が傍聴するとの連絡を受け、メイジャーズ警部は証人や検死官、陪審員がよく見えるとっておきの場所を二人分用意してくれていた。窮屈でやりきれないほどだったが、そのときのレディ・モリーと私はあまり気にしなかった。好奇心ではち切れそうだったのだ。

出だしから、事件はいわば不可解な謎のマントにますます深く包み込まれていくかのように見えた。手がかりはほとんどない。ただの恐ろしい思い込みが、口にこそ出さないものの、犯人はある特定の男性ではないかという重苦しい疑いが、その場にいる全員の心に燻《くすぶ》っているのが感じられるだけだ。

警察もティモシー・コールマンも、これまで判明した事実を確認するにとどまった。指輪と財布、及び被害者の着ていたドレスが証拠品として提出された。複数の証人が、全てメアリー・ニコルズの所有物であると宣誓する。

念入りな尋問を受けたティモシーは、女性の遺体は汚泥の中に押し込まれたのではないかと述べた。頭部は完全に埋まってしまっていて、自然に落ち込んだとは思えない。

医学的な証拠も再度示された。これまで同様、確実性に欠ける曖昧な内容だった。頭部と首の損傷がひどく、致命傷を与えた凶器の特定はできない。医師は、死体が死後二週間近く経過していたと、改めて断言した。死体の発見は二月五日——二週間前と言えば、一月二十三日、もしくはその前後となる。

アッシュ・コートの番小屋に住む管理人もまた、この謎の事件にほとんど光明を投げかけることはできなかった。番小屋から殺害現場の〝野生島〟までは屋敷や花壇を挟んで二百ヤードほど距離があり、自分も家族も怪しげなものは何一つ見聞きしていないと言う。証人は陪審員の質問に対し、ナインスコア・レーンと接する庭の一部には低い煉瓦塀だけしかなかったこと、塀にはエルム・コテージのほぼ真正面に扉があったことを認めた。屋敷は一年以上無人のままで、自分は死亡した前任者から十二ヶ月前くらいに仕事を引き継いだ、自分が管理人となってから、リドゲート氏がゴルフに来たことはない、とつけ加える。

そのほか、様々な証人達が既に警察に話したことを改めて宣誓証言したのだが、その内容を繰り返したところで意味がないと思う。ニコルズ姉妹の私生活について、少なくとも世間に知られている範囲は徹底的に洗われたのだが、田舎の人達がどんなものかはよくご存じだろう。スキャンダルかゴシップでもなければ、他人の私生活などほとんど知らない。

二人の若い女性は、非常に裕福そうだった。メアリーはいつも洒落た服装をしていた。ミセス・ウィリアムズに預けた赤ん坊にも高価で上等な服が十分にあてがわれ、週に五シリングの養育料も規則正しく支払われていた。しかしながら、姉妹が不仲だったことは間違いないようだ。スーザンは、メアリーとリドゲート氏の交際に強く反対していた。最近になってスーザンは、妹に過去ときっぱり縁を切ってナインスコア村を出ていくよう説得して欲しいと、教区司祭に頼んだ。オクテーヴィアス・ルドロー司祭はその問題についてメアリーと少しばかり話し合い、ロンドンの立派な勤め口につくよう勧めた。

「ですが」司祭はつけ加えた。「あまり効果がなかったようです。自分には収入があるし、いつでも好きなときに五千ポンドくらいは簡単に手に入るのだから、生活のために働く必要などまったくない、と言うだけでした」

「リドゲート氏の名前には触れましたか？」検死官が尋ねた。

「はい」少しためらった後、司祭は答えた。

「で、どんな反応を？」

「笑ったようですな」司祭は難しい顔で答えた。「そして、いくらか文法を外れていますが、かなりユニークな返事をしました。『自分が何をしゃべっているのかもわからない連中達がいる』とね」

そう、何もかも五里霧中だった。凶悪な犯行の動機も、手がかりも見つからない――恐喝を疑わせるようなごく漠然とした話が出てきただけだ。しかしながら、この異例ずくめの検死審問で明らかになった二つの事実については、ぜひ触れておかなければならない。そのときはこの謎の事件を解明する決定的瞬間が訪れたかに思えたのだが、最終的には何もかもさらに不可解な闇の中へと陥れる結果となった。

まず最初は、地元の農家の一軒に雇われている荷馬車屋、ジェームズ・フランクリンの宣誓証言だった。問題の一月二十三日の午後六時半頃、鼻をつままれてもわからないほど暗かったため、ジェームズは荷馬車と馬を引いてナインスコア・レーンを歩いていた。ちょうどエルム・コテージの近くを通りかかったとき、男の低いささやき声が聞こえた。

「ドアを開けてくれないか？　外は真っ暗だ」

しばらく間があり、同じ声が続けた。

「メアリー？　畜生、どこにいるんだ？」その後、若い女の声が応じた。「はいはい。今、行きます」

ジェームズ・フランクリンが耳にしたのはそれきりだった。闇夜で何も見えなかったのだ。

ジェームズはケント州の農民らしく朴直《ぼくちょく》で、メアリー・ニコルズが殺されたと聞くまでこのことを気にも留めていなかった。その後、ジェームズは自ら警察に出頭して、今の話を供述した。今回、厳しく問いただされたものの、その声が聞こえたのがエルム・コテージ側か、それとも低い煉瓦塀のある側か、ジェームズには断定できなかった。

ここでメイジャーズ警部が最後までとっておいた文書をついに提出し、劇的な演出にかけては抜群のセンスを持っていることを示した。先程も触れた赤い革の財布に入っていた紙片で、最初は特に重要とは見なされていなかった。筆跡は数人の証人によって故人のものであることが判明したし、一枚のメモ用紙に日付と時間が鉛筆で殴り書きしてあるだけだ。しかし、これらの日付には重大かつ思わせぶりな意味があるらしいと、にわかに判明した。少なくともそのうちの二つ——十二月二十六日と一月一日の午前十時——はリドゲート氏がナインスコア村を訪れ、メアリーを馬車で散歩に連れ出した日時だったのだ。証人が二人ほどこの事実を確認した。その両日はハリヤー犬の猟の競技会が開催されていて、他に参加した村人もいた。後になって、メアリーは隠しもせずにとても楽しかったというみやげ話をしていた。

そのほかの日付（全部で六つあった）が何を示すのかは、突き止められなかった。そのうちの一つがたまたまメアリー・ニコルズの外出していた日と一致することをミセス・フッカーが思い出したが、最後の日付、同じ筆跡で書かれた最後の日付は一月二十三日だった。その下に書き込まれた時間は——六時。

検死官は一時休廷を宣言した。ライオネル・リドゲート氏の弁明は避けられないものとなった。

3

人々の興奮はいやが上にも高まっていた。事件はもはや地元の注目を集めただけではない。近隣の宿はロンドンからの客で満員だ。芸術家、ジャーナリスト、劇作家、俳優兼監督など。カンタベリーのホテルや一頭立ての貸し馬車屋は商売大繁盛だった。

互いに矛盾しあう意味不明な証言が渦巻くなか、事件をじっくり考えてみると、たしかな事実とともに一つの鮮明なイメージが浮かんでくる。墨を流したような小雨模様の夜、カンタベリー方面に歩み去っていく二人の女性の姿が。それ以外は全てがぼんやりかすんでしまっている。

メアリー・ニコルズはいつ、なんのためにナインスコア村へ戻ってきたのか？

ライオネル・リドゲート氏との約束があったから、とはもっぱらの噂だ。しかし、その約束――殴り書きのメモが正確に読みとられているとして――は、姉妹が家を出たまさに当日のものだった。たしかに六時半頃、男がメアリーに呼びかけ、応答もあった。荷馬車屋のフランクリンがそのやりとりを聞いている。ただし、その三十分後にはミセス・フッカーが姉と連れだって家を出るメアリーの声を聞いており、その後メアリーはミセス・ウィリアムズの家を訪問している。

むろん、これらの証言全てに合致する唯一の推理とは、メアリーはカンタベリーに向かうスーザンに途中まで同行し、恋人に会うため引き返したというものだ。男は人気《ひとけ》のないアッシュ・コートの庭にメアリーを誘い入れ、そこで殺害した。

動機もはっきりしている。ライオネル・リドゲート氏はもうすぐ結婚する予定だ。スキャンダルをばらすと脅し、金を要求し続ける忌まわしい脅迫者の口を永久にふさぎたかったのだろう。

しかし、その推理には一つ重大な問題点があった――スーザン・ニコルズの失踪だ。いまや彼女の名はさかんに取り沙汰されている。妹の殺人事件はイギリス中全ての新聞で報じられているのだ。気づかずにいるはずがない。その上、スーザンはリドゲート氏を嫌っていた。もしリドゲート氏が本当に有罪なら、なぜスーザンは姿を現して有罪の決め手となる証言をしないのだろうか？

もしリドゲート氏が無罪なら、犯人は誰だと言うのだろう？　なぜスーザン・ニコルズは姿を消したのだろう？

なぜ？　なぜ？　なぜ？

まあ、明日になればわかることだ。休廷中の検死審問で証言するよう、警察がライオネル・リドゲート氏を召喚している。

リドゲート氏は、検死官と陪審員が着席する直前に、弁護士につき添われて狭い法廷に現れた。かなり筋肉質のハンサムな男性で、傍目にも動揺して神経質になっているのがわかる。

着席の際、リドゲート氏はレディ・モリーをしげしげと見つめていた。表情から推して、レディ・モリーの正体を計りかね、大いに頭を悩ませているらしい。

リドゲート氏は真っ先に証言台へ呼ばれた。男らしくきっぱりした態度で、故人との関係について手短に説明する。

「メアリーは愉快で可愛らしい女性でした」リドゲート氏は言った。「近くにいるときには、一緒に出かけるのが楽しみでした。私にはなんでもないことだったのです。村のゴシップは知りませんが、メアリーにも迷惑はかけていません。厄介な羽目になったことがあるという噂でしたが、それは私とは一切関係のないことです。私は若い女性にそんな真似をする人間ではありません。悪い男にだまされたのだろうと思っていました」

ここで検死官は具体的に説明させようと、リドゲート氏を厳しく追及した。しかし、リドゲート氏は強硬だった。いかなる誘導尋問に対しても、落ち着き払って同じ答えを繰り返す。

「相手の男は知りません。私は一切関係がないのです。しかし、お姉さんを含め皆につらくあたられているメアリーを気の毒に思っていました。それで、都合のつくときには少し楽しい思いをさせてやろうとしたのです」

もっともな話だった。思いやりのあふれる口調だった。このイギリス人らしい、クリケットやゴルフやサッカーを愛する男らしい立派な青年に、傍聴人達はすっかり好意を持った。その後、リドゲート氏は十二月二十六日と一月一日にメアリーと会ったことは認めたものの、メアリーの姿を見たのはそれが最後だと力強く宣誓した。

「しかし、一月二十三日に」ここで検死官がわざとらしく質問した。「その日に、故人と約束をしたのでしょう?」

「いいえ、していません」リドゲート氏は答えた。

「しかし、その日にメアリーと会ったでしょう？」

「とんでもありません」リドゲート氏の口調は穏やかだった。「先月二十日、兄の住むリンカンシャーのエドブルック城へ行き、三日ほど前にロンドンへ戻ってきたばかりです」

「宣誓できますか、リドゲートさん？」検死官が念を押す。

「はい、もちろんです。証人も大勢います。家族、滞在客、召使い達です」

リドゲート氏は感情の高ぶりを抑えようとしていた。気の毒に、ある恐ろしい嫌疑がかけられていることに、今初めて気づいたらしい。弁護士になだめられて腰を下ろしたが、最終的にこの若いハンサムなスポーツマンは殺人犯ではなさそうだという見通しがつき、その場にいた全員が安堵したに違いない。目の前のリドゲート氏と殺人犯は、どうしても結びつかない。

しかし、事件は当然そこで行き詰まってしまった。喚問すべき証人は他におらず、新たな事実も解明されなかったため、陪審員は一人もしくは複数の未知の人物による殺人というお決まりの評決を答申した。好奇心で一杯の我々傍聴人には改めて問題が突きつけられた――メアリー・ニコルズを殺したのは誰か、そして姉のスーザンはどこにいるのだろうか？

4

評決が出た後、私達は歩いて宿泊先に戻ってきた。その間、レディ・モリーは眉間に深いしわを刻んだまま口を利かなかった。考え事に夢中なのだ。

「さあ、お茶にしましょうか」コテージのドアをくぐり、私はほっと一息ついた。

「いいえ、だめよ」レディ・モリーはあっさり答えた。「電報を書くから、すぐカンタベリーへ行って打電しましょう」

「カンタベリーへ！」私は息をのんだ。「最低でも二時間は歩くことになりますよ。軽装馬車が雇えるとは思えませんし、もう三時過ぎです。ナインスコア村から打電したらいいじゃないですか」

「メアリー、お馬鹿さんね」返ってきた答えはこれだけだった。

レディ・モリーは電報を二通書いた——一通は少なくとも四十語近い長さだった——そして私を呼び、二人でカンタベリーへと出発する。

お茶も飲めなかった私は、わけがわからず不機嫌だった。張り切っているレディ・モリーは陽気で、癪《しゃく》に障るほど元気一杯だ。

五時少し前に最寄りの電信局に到着した。レディ・モリーはもったいぶって私に宛先も内容も一切明かさないまま、電報を打った。その後、私をキャッスル・ホテルへ連れていき、恩着せがましくお茶をご馳走する。

「今夜ナインスコア村へ歩いて戻るのかどうか、聞かせていただけますか？」すっかりへそを曲げた私は、軽い嫌味をこめて尋ねた。

「いいえ、メアリー」レディ・モリーは甘い《サリーラン》マフィンを慎ましく口へ運びながら答えた。「このホテルに部屋を二つ予約してあるの。明日の朝はここで連絡が取れると、電報で主任に知らせておいたわ」

その後は黙って我慢するほかはなく、最後に夕食をとって休んだ。

翌朝、私の着替えが終わらないうちに、レディ・モリーが部屋にやってきた。手にした新聞をベッドの上に投げ出し、穏やかに切りだす。

「それ、ちゃんと昨晩の新聞に出たわ。きっと間に合うでしょう」

『それ』とは何か、訊いても無駄だ。直接見た方が手っ取り早い。で、私はそうした。ロンドンでも有名なすっぱ抜き新聞の最終版だった。第一面に目を向けた途端、ぎょっとするような見出しが飛び込んできた。

ナインスコアの謎

メアリー・ニコルズの赤ん坊危篤

その下には簡単な記事が続いている。

先日、ケント州ナインスコア村のアッシュ・コートで謎の惨殺事件が発生したが、その不幸な被害者の女児が乳母ウィリアムズ夫人宅で危篤に陥ったことが判明した。本日診療にあたった村の医師によれば、後数時間の命とのことである。この記事の作成段階では、ナインスコア村の特派員は赤ん坊の病名についての情報を入手していない。

「これはどういう意味なんです？」私は呆気にとられた。

レディ・モリーが答える前に、ノックの音がした。

「ミス・グラナードに電報です」ボーイが言う。

「急いで、メアリー」レディ・モリーがせかした。「主任とメイジャーズには、このホテルのあなた宛に電報を打つよう連絡したの」

電報はナインスコア村からで、メイジャーズの署名があった。レディ・モリーが読み上げる。

今朝当地にメアリー・ニコルズ到着。署にて留置。至急お出で乞う。

「メアリー・ニコルズですって！　いったいどういうこと？」私はそれだけ言うのが精一杯だった。

しかし、レディ・モリーはこう言うだけだった。

「思ったとおり、思ったとおりよ！　ああ、メアリー。人間はなんて不思議なのかしら。そのことを教えてくれた神様に感謝しなくては！」

レディ・モリーから大急ぎで着替えるように命じられ、私達二人は慌ただしく朝食をとりながら、一頭立ての貸し馬車の手配をした。その間、私は内心の好奇心を抑え込まざるを得なかった。

レディ・モリーは私など眼中にない。主任が今回の行動を了承していることは間違いなかった。メイジャーズから来た電報が何よりの証拠だ。

レディ・モリーは突如いかにも威厳を感じさせる人物へと変わっていた。非常に地味な服に、ぴったりした上品な帽子。堅苦しい態度とも相まって、実年齢よりもずっと年上に見えた。

馬車はあっと言う間にナインスコア村へ到着した。小さな警察署では、メイジャーズが待ちかまえていた。ヤードからはエリオットとピーグラムが来ていた。あらかじめ指示を受けているのは明らかで、三人は揃って非常に丁重な態度だった。

「女は間違いなくメアリー・ニコルズです」メイジャーズが目の前を足早に通り過ぎるレディ・モリーに説明した。「被害者と思われていた本人です。赤ん坊についてのでたらめな三文記事で、隠れ家からおびき出されたようですね。どうしてあんな記事が出たんでしょう?」警部は平然とつけ加えた。「赤ん坊は元気なのに」

「どうなっているのかしら」レディ・モリーが微笑み——今朝、初めて見る笑顔だった——可愛らしい顔が華やぐ。

「おそらく姉もいずれ現れるでしょう」エリオットが口を挟んだ。「やれやれ、かなり面倒なことになりましたよ。メアリー・ニコルズが生きてぴんぴんしているのなら、アッシュ・コートで殺されたのは誰なんでしょう?」

「誰かしらね」レディ・モリーは先程と同じ華やかな微笑みを浮かべる。

そして、メアリー・ニコルズとの面会に臨んだ。

オクテーヴィアス・ルドロー司祭の隣に座っている女は、悲嘆のあまり泣き崩れていた。

レディ・モリーはエリオット達に廊下で待機するよう頼み、中へ入った。私も後から続く。

ドアが閉まり、レディ・モリーは厳しい態度でつかつかとメアリー・ニコルズに歩みよった。

「そう、ついに覚悟ができたのね、ニコルズ？　逮捕状が請求されたのは知ってるでしょうね？」

メアリーは悲鳴をあげた。明らかに怯えている。

「私の逮捕状？」声が震える。「なんの罪で？」

「姉のスーザンを殺害した罪よ」

「私じゃない！」メアリーは即座に言い返した。

「ということは、スーザンは本当に殺されたのね？」レディ・モリーは穏やかな口調で切り返す。

メアリーは墓穴を掘ったことに気づいた。恐怖にあえぎながらレディ・モリーを見やり、紙のように白くなる。オクテーヴィアス・ルドロー司祭が優しく椅子へと導かなければ、その場で倒れてしまっただろう。

「私がやったんじゃない」切なげに泣きながら、メアリーは繰り返した。

「それなら、証明してご覧なさい」レディ・モリーが冷たく言い放つ。「もちろん、赤ん坊はこれ以上ウィリアムズさんの家にはいられないわ。救貧院行きよ。それに――」

「そんなことないわ」母親はむきになった。「絶対にあり得ない。救貧院なんて、よくもそんなこと」メアリーは頬を濡らし、ヒステリーを起こした。「あの子の父親は貴族なのよ！」

司祭と私は呆気にとられた。しかし、この衝撃の事実をここまで巧みに導き出したからには、レディ・モリーは最初からお見通しだったに違いない。メアリー・ニコルズが自白するように、誘導しただけだったのだ。

子供と恋人を天秤にかけさせるなど、レディ・モリーは人間性を裏の裏まで心得ている！　メアリー・ニコルズはかつて愛した男を重罪から救うために、しばらく赤ん坊と離れ、身を隠す覚悟はしていた。しかし、赤ん坊が危篤だと聞いてはもはや他人に預けたままではいられず、さらにはレディ・モリーに救貧院行きだと侮辱され、メアリーは子供を愛する母親として叫んだ。

「救貧院ですって！　あの子の父親は貴族なのよ」

追いつめられたメアリーは、全ての真実を告白した。

赤ん坊の父親は、もともとリドゲートを名乗っていたエドブルック卿だった。このことを知っている姉のスーザンは、一年以上もの間、計画的に不運な男をゆすり続けていた。どうやらメアリーに無断だったというわけでもなかったらしい。さる一月、メアリーと会わせること、今までに受け取った手紙と指輪を五千ポンドと引き替えに返すことを、スーザンは確約し、男をナインスコア村に呼びだした。

待ち合わせ場所は決まっていたが、土壇場になってメアリーが暗がりを怖がった。スーザンは一向に平気だったが、夜遅く男と話し込んでいるところを見られて自分の評判に傷がつくことを心配した。そのため、メアリーのドレスを身につけ、指輪と手紙とさらに妹の財布を持って、エドブルック卿に会いに出かけていった。

話し合いの際に何が起こったか、誰にもわからないだろう。最終的に脅迫者は殺害された。殺人犯が死体を汚泥の中に突っ込むというむごたらしい方法で被害者の身元を混乱させることを思いついたのは、スーザン自身が妹に変装していたせいではないだろうか。いずれにしろ、エドブルック卿は警察の目をくらますことにほぼ成功した。レディ・モリーの計り知れない洞察力がなければ、完全に成功していたことだろう。

犯行後、エドブルック卿は夢中でメアリーの家へ駆け込んだ。メアリーの協力なしでは、助かる道はない。卿は全てを打ち明けなければならなかった。

エドブルック卿は、メアリー自身と姉の足取りや手がかりをナインスコア村に一切残さず姿を消すようメアリーを説きつけた。どこか知らない土地で新しい生活を始める資金を出すと約束した上、赤ん坊はすぐに手元に返すと言いくるめたに違いない。

こうしてエドブルック卿は、犯罪が発覚した場合には鍵を握る証人となるメアリー・ニコルズをうまく隠した。メアリーのような性格及び社会階級の娘に、子供の父親でもあるかつての恋人の指示に逆らうなど、そもそも無理な話だった。メアリーは姿を消し、世間には自分がどこかの悪党に殺害されたと思わせておいた。

殺人犯は疑われることなく、豪奢なエドブルック城へ密かに舞い戻った。卿の名をメアリー・ニコルズと結びつけようとは、誰も考えなかった。アッシュ・コートに通っていた頃にはリドゲートと名乗っていたし、叙爵されたときにへんぴで世間に疎いナインスコア村との縁は切れてしまったのだから。

おそらく、ライオネル・リドゲート氏は兄と村娘との関係を全て知っていただろう。検死審問の際の態度から、間違いないと思う。しかし、やむを得ない状況にでもならない限り、むろん兄を裏切ったりはしなかった。

さて、事件の全体像が一変したことは言うまでもない。ある女性の洞察力、私の意見では当代屈指の心理学者の素晴らしい洞察力が、事件の謎のベールをばらばらに引き裂いた。

結果はご存じのとおりだ。レディ・モリーから事件を引き継いだヤードの同僚達が、地方警察の協力のもとに、エドブルック卿の一月二十三日前後の行動を調査し始めた。

一通り調べただけで、卿が二十一日にエドブルック城を離れた事実が明らかになった。妻や召使い達には仕事でロンドンへ行くと告げ、従者さえ連れていかなかった。宿泊先は超高級ホテルのランガム・ホテルだった。

しかし、ここで捜査は急に打ち切りとなってしまった。エドブルック卿は警察の動きに感づいたに違いない。いずれにしろ、レディ・モリーが見事にメアリー・ニコルズを隠れ家からおびき出し、意表を突いて真実を認めさせた翌日、追いつめられた男はリンカンシャーのグランサム駅で特急列車に飛び込み、即死してしまった。もはや、人間の正義が届かないところへ行ってしまったのだ！

しかし、あの記事のでっち上げを思いついたり、母としての誇りを心底まで傷つけてメアリーから自白を引き出すことが、男性にも可能だったなどとは言わないでもらいたい。男性がどんなに頭をひねっても引き出せなかった自白は、こうして得られたのだ。

フルーウィンの細密画

1

一言お断りしておくが、ナインスコアの謎に関するレディ・モリーの手腕は、ヤードで全面的に認められたわけでもない。それでも、巧妙かつ鮮やかな捜査の手並みはあまりにも水際だっていて、すぐに評判となり警察組織でもかなりの地位についた。その後ほどなく、あらゆる人々――世間も警察も――が衝撃を受けたフルーウィン家の細密画の事件が発生し、犯人逮捕に結びつく情報には千ギニーの懸賞金がかけられた。主任は迷うことなく、むしろ積極的にレディ・モリーに事件をゆだねた。

私自身はいわゆる美術品についてあまり詳しくない。しかし、男女の別なく警察の一員ともなれば、大概の物の価値をある程度心得ていなければならない。フルーウィン氏が自分の所有するイギリスの有名な細密画家ジョージ・エングルハートの作品に、一万ポンドの価値があると公言したときも、法外な値段だとは思わなかった。作品は八点セットで全て象牙に描かれており、縦四インチ横三インチほどの大きさだった。細密画としては最も完成度の高い作品だと言われている。フルーウィン氏自身、二年足らず前にルーヴル美術館の理事から二十万フランで譲り受けたいという申し出を受けていた。しかも、その申し出を断ったのだ。ご存じのことと思うが、フルーウィン氏は富豪で、ディーラーであると同時に一流のコレクターでもある。途方もなく高価な唯一無二の芸術品が、フルーウィン氏個人のコレクションに加えられてきた。もちろん、エングルハートの細密画は抜群の逸品だ。

亡くなるしばらく前からフルーウィン氏は重病を患っており、二年以上もの間ブライトンの近くに構えた素晴らしい邸宅、ブラッチリー・ハウスの外へは一歩も出られなかった。

ご記憶かもしれないが、気の毒なフルーウィン氏を死へと導いた病気に関しては、悲しい事情があった。フルーウィン氏には一人息子がおり、年老いた美術商は十分すぎるほどの教育を施し、その後も金にあかせてありとあらゆる社会的便宜を計ってきた。青年は眉目秀麗、母親から人を惹きつける洗練された物腰を受け継ぎ、一躍人気者になった。ミセス・フルーウィンはイギリス貴族の娘で、世俗的な財産よりは天賦の才に恵まれた人だった。さらには素晴らしい美貌、美声の持ち主であり、バイオリンの腕も一流なら、水彩画家としてもなかなかのもので、作品は一度ならず英国美術家協会《ロイヤル・アカデミー》に展示された。

残念なことに、フルーウィン青年は一時期かなり悪い仲間とつき合い、多額の借金を作ってしまった。なかにはきわめてたちの悪いものもあったらしく、当時は同僚の士官の小切手に絡んだ決済の件で警察が内偵を進めており、裁判沙汰の憂き目を見るだろうとささやかれていた。それはさておき、ライオネル・フルーウィン青年は連隊を辞めざるを得なくなり、その後カナダに渡って農場経営をすることになった。ブラッチリー・ハウスの召使い達によれば、父親が差し迫った負債を片付け、植民地で一から出直すことができるようにさらなる資金提供を認めるまでには、道楽者の息子との間にかなり激しいやりとりがあったそうだ。

　当然ながら、ミセス・フルーウィンは大いに悲しんだ。上品で洗練された芸術家肌のミセス・フルーウィンは一人息子を溺愛していたが、夫の心を動かすことはできなかった。ユダヤ系のイギリス人一族に共通してみられることだが、フルーウィン氏はこと自分のビジネスの信用問題に関しては並はずれて厳格だった。浪費家の息子が父の名に泥を塗ったと考え、頑として許そうとしない。フルーウィン氏は息子をカナダに追いやり、これ以上面倒を見るつもりはないと公言した。フルーウィン家の財産及び計り知れない価値を持つ美術コレクションは全て、遺言により世評や行状に非の打ち所のない甥のジェームズ・ハイアムに贈られることになった。

　これまで目に入れても痛くないほど愛していた息子が他人の金を遣い込んだことで、フルーウィン氏はいたく失望した。心痛のあまり、気の毒な老人はそれ以来すっかり健康を害してしまった。フルーウィン氏は卒中の発作を起こし、ある程度回復はしたものの、その後はずっと寝たり起きたりの生活だった。

　視力も知力も衰えがひどく、九ヶ月ほど前に襲われた二度目の発作では、まず麻痺状態に陥り、やがて亡くなった。他にも気晴らしはあったかもしれないが、老人の二年間の車椅子生活のなかでの最大の楽しみは美術コレクションだった。ブラッチリー・ハウスはまさに完璧な美術館だった。特に貴重な細密画を始めとして、絵画や陶器が保管されている大きなホールや部屋を病人は車椅子で見て回った。コレクションに大変な誇りを持っている夫を少しでも元気づけようとしたのだろう、ミセス・フルーウィンは夫の昔からの親友であるムッシュー・ドゥ・コランヴィーユをブラッチリー・ハウスに招いた。ご存じのとおり、この立派なフランス人は美術鑑定の大家で、ルーヴル美術館は彼を通してエングルハートの細密画に八千ポンドという素晴らしい値段をつけた。購入の話を断ったのは言うまでもないが、老人は申し出を名誉と受け止め非常に喜んだ。ムッシュー・ドゥ・コランヴィーユ本人だけでなく、ルーヴル美術館の顧問が数人パリから足を運び、比類なき芸術品を譲るよう説得にあたったのだ。

しかし、病人の意志は固かった。金が必要なわけではないのだし、世にも名高いフルーウィン・コレクションはそっくりそのまま未亡人へと渡され、その死後はサンクトペテルブルグとロンドンで美術商を営む一流の鑑定家、ジェームズ・ハイアム氏へと引き継がれるのだ。貴重な細密画の紛失を老人が知らずにすんだのは、まさしく慈悲深い天の配剤というものだろう。あの不可解な謎の事件が発覚したとき、老人はもはやこの世の人ではなかった。

一月十四日の午後八時半過ぎ、フルーウィン氏は三度目の発作に襲われ、回復することはなかった。その際につき添っていたのは老人の召使いのケネットと二人の看護婦で、すぐさま異変を告げられたミセス・フルーウィンが夫の病床に駆けつけた。同時に車が医師のもとへと走る。一、二時間後、老人の容態はいくらか持ち直したようだった。が、フルーウィン氏は何かを気にしているように落ち着かず、視線が不安げに室内をさまよう。

「きっと、あの大切にしている細密画が見たいのよ」ドーソン看護婦が言った。「あれを手にすると、いつも静かになるの」

看護婦は貴重な芸術品が納められた革の大型ケースに手を伸ばし、開いた状態で患者の脇に置いた。しかし、死期の迫ったフルーウィン氏は、もはやあれほど愛した品にも心を動かす様子はなかった。震える手でほんの少し細密画に触れたが、すぐに体力を使い果たして枕に沈み込む。

「危険な状態です」医師はミセス・フルーウィンに向き直り、静かに告げた。

「夫に話があるんです」ミセス・フルーウィンが言い出した。「少しの間だけ、二人きりにしてもらえませんか?」

「構いませんとも」そっと部屋を出ていきかけた医師がつけ加える。「しかし、看護婦の一人に声の届く場所にいてもらった方がいいでしょう」

ドーソン看護婦はかなりよく声の聞こえる場所にいたらしく、ミセス・フルーウィンが今際の際の夫に話しかけた言葉を耳にしていた。

「ライオネルのことなの――あなたの一人息子よ」ミセス・フルーウィンは訴えた。「なんの話かわかる?」

病人は頷いた。

「今、アリシアと一緒にブライトンにいるのよ、覚えている? あなたが会ってくれるのなら、車で迎えに行けるのよ」

再び瀕死の病人は頷いた。ミセス・フルーウィンは承諾と解したらしい。すぐさまベルを鳴らして執事のジョン・チップスを呼び、大至急車を用意するように命じた。病床の夫の額にキスをして、部屋を出ようとする。が、その前にたまたま細密画のケースに目を留め、召使いのケネットに言いつけた。

「これをチップスに渡して、書斎に置いておくように伝えて」

ミセス・フルーウィンは、外出に備えて毛皮のコートを着るために出ていった。すっかり身支度が整ったとき、玄関前に車が待機していることを知らせに来たチップスと踊り場で鉢合わせした。執事はケネットから渡された細密画のケースを持っていた。

「階下《した》に行ったら、書斎のテーブルに載せておいて」ミセス・フルーウィンは言った。

「かしこまりました」執事は答えた。

チップスは女主人に従って階下へ行き、そっと書斎に入って、言いつけどおりケースをテーブルの上に置いた。そして、車に乗り込むミセス・フルーウィンを見送り、最後に玄関のドアを閉めた。

2

一時間後、ミセス・フルーウィンは戻ったが、息子の姿はなかった。後でわかったことだが、息子は父親ほど寛容ではなかったらしい。フルーウィン青年はもはや意識も感覚もおぼつかない父親の病床へ行き、最後の和解を試みることを拒否した。しかしながら、フルーウィン氏は息子の強情ぶりを知らずにすんだ。緊迫した長い夜、フルーウィン氏はずっと昏睡状態で、午前六時頃亡くなった。

その日の午後も遅くなってから、ミセス・フルーウィンはふと細密画のことを思い出した。いつもどおり飾り戸棚の中へしまって鍵をかけておこうと考え、ふらふらと書斎へ入っていく。長い眠れぬ夜、心労と悲しみを味わったばかりのミセス・フルーウィンは疲れ切り、体力も限界だった。十五分後、執事のジョン・チップスが安楽椅子に呆然と座り込んだまま半ば失神状態の女主人を書斎で発見した。老執事の気遣わしげな問いかけに、ミセス・フルーウィンは弱々しく答えた。

「細密画——どこなの?」

思いがけない質問と女主人の別人のような声音に狼狽し、チップスは慌てて室内を見回した。

「テーブルに置くように、とのことでしたので」執事は口ごもった。「そのとおりにいたしました。今、この部屋には見あたらないようでございますが——」急に不安に駆られて執事がつけ加える。

「すぐに看護婦さん達のところへ行って、夜の間に主人の部屋へ持っていったかどうか確かめてきて」

言いつけを繰り返されるまでもなく、チップスは心配で居ても立ってもいられなくなった。ひょっとして細密画は主人の部屋にあるのではないかと、ケネットと二人の看護婦に尋ねる。三人とも否定した。チップスがケネットからケースを受け取り、そのまま女主人を見送るため階段を下りていったとき以来、見ていないと言う。

気の毒な老執事は途方に暮れた。料理人はヒステリーを起こし、家中大騒動になった。細密画の紛失は、主人の死よりも大きな騒ぎになったのではないだろうか。屋敷の召使い達は長く病床についたままのフルーウィン氏とは、あまり顔を合わせることがなかった。

最初に落ち着きを取り戻したのは、ミセス・フルーウィンだった。

「大至急、車でブライトンの警察署に行きなさい」細密画がどこにもないとはっきりした時点で、ミセス・フルーウィンは冷静に命じた。「この件を一刻も早く徹底的に調べてもらわなくてはなりません」

盗難の発覚から三十分もしないうちに、ハンキン警部とマクラウド巡査の両名がブライトンからミセス・フルーウィンの迎えの車に乗って駆けつけた。二人は共に切れ者で、どのように盗まれたかの結論を下すのに、さほどの時間は要しなかった。ただし、犯人が誰かということはまったく別の問題で、さらなる時間と才覚が必要になりそうだった。

ハンキン警部はこう推理した。ミセス・フルーウィンが車に乗り込むのをチップスが見送っている間、玄関は必然的に大きく開け放たれていた。いったん発車した車はすぐに停まり、ミセス・フルーウィンが窓から顔を出してチップスに看護婦の夜食についての指示を叫んだ。フルーウィン氏の状態に気を取られ、忘れられてしまうのではないかと案じたのだ。チップスは老人で少し耳が遠く、ちゃんと聞き取れなかった。そのため、チップスは車に駆けより、ミセス・フルーウィンが指示を繰り返す。植え込みに隠れていた泥棒は、その隙に乗じて忍び込んだ。それから屋敷内の適当な場所に潜み、お目あての品を盗み出す機会を窺っていたに違いない。

屋敷内に戻ったとき何も変わったことはなかった、と執事は断言した。外にいたのはせいぜい一分ほどだ。玄関のドアを閉め、かんぬきをかけた。さらに、普段どおりに一階の全ての窓の鎧《よろい》戸《ど》を閉めた。むろん、書斎の窓もだ。チップスはこのいつもの見回りを手燭《てしょく》なしですませた。暗くても室内の様子はよくわかっていたし、ホールにあるシャンデリアの電気の光で十分だった。鎧戸を閉めている間、チップスは特に細密画のことを気に留めなかった。しかし、不思議なことに、一時間ほど後になって思い出したらしい。召使いはあらかた休んでいたが、チップスは女主人の帰りを寝ずに待っていた。そのとき、まったくの偶然で半ば上の空の状態だったものの、ホールを通りかかったついでに書斎のドアに鍵をかけた。書斎は外から鍵をかけられたことになる。

むろん、その夜のブラッチリー・ハウスが通常の状態ではなかったことを忘れてはならない。主人が書斎の上にある部屋で、今にも息を引き取ろうとしていたのだ。二人の看護婦とケネットは一晩中主人につきっきりだった。ケネットは医師や看護婦から頼まれたものを取りに行かなければならず、たしかに数回慌ただしく部屋を出入りした。その際には正面の階段も、ホールも通っていない。しかし、上の踊り場と三階に関する限り、不審な点やいつもと違うことは何一つなかったらしい。帰宅したミセス・フルーウィンが二階へ直行した際も、一切疑わしい点は認められていない。もちろん、この意見にはあまり意味がない。ミセス・フルーウィンは不安と心痛で何も目に入らなかったとみて、間違いないだろう。

召使い達は朝食がすむまで主人の死を知らされなかった。その間に、メイドのエミリーがいつもどおり片付けのために書斎へ行った。最初に足を踏み入れたとき、鎧戸が一つも閉められていないばかりか、窓の一つが開いていることに気がついた。そのときは誰かが自分より先に部屋に入ったのだと思い、チップスに確認しようとしたところ、エミリーは主人の死を告げられ、開いた窓のことはすっかり忘れてしまった。改めてハンキン警部から根ほり葉ほり問いただされたときには、エミリーも全てをもっとはっきり思い出す余裕を取り戻していて、実に不可解な発言をした。最初に書斎へ行ったとき、ドアは外から鍵がかかっていて、鍵が鍵穴にささったままだった、と言うのだ。

「ずいぶんおかしな話だとは思わなかったのか？」ハンキンが追及する。「ドアは外から鍵がかかっていたのに、鎧戸はかんぬきを外され、窓の一つは開いていただなんて？」

「はい、たしかにそう思いました」エミリーはいかにも召使いらしく、礼儀正しいがいささか見当違いの返事をした。「ですが、部屋に泥棒が入った様子はありませんでした。昨晩見たときと同じようにきちんとしていましたから。泥棒は必ず部屋を荒らすというではございませんか。さもなければ、私だって気づいたはずです」心外だと言わんばかりにつけ加える。

「それにしても、細密画がいつもの場所にないと気づかなかったのか？」

「ああ、飾り戸棚に入っていないことはよくあるのです。ご主人様が時折ご自分のお部屋へ持ってくるようお言いつけになりますので」

むろん、その点ははっきりしていた。窃盗犯に逃げおおせるチャンスがたっぷりあったことは否めない。泥棒が書斎に入り込んだとみられる時間帯は、ミセス・フルーウィンが最終的に車で家を出たときから、チップスが書斎のドアに鍵をかけるまでの正味一時間半弱に狭められた。泥棒は閉じ込められてしまったに違いない。いずれにしろ、逃げ出した時間を正確に割り出すことはできなかった。ハンキンはミセス・フルーウィンの帰宅後だろうと推定した。書斎の窓の一つが開いていたら、夫人か、もしくは運転手が気づいただろうと考えたのだ。この意見に、ヤードから捜査協力に来ていたエリオットは異を唱えた。その夜のミセス・フルーウィンは心労で取り乱しており、必然的に認識能力は鈍っていただろう。運転手の場合には、車のまばゆいヘッドライトで目がくらみ、ライトの円の外側は何も見えなかったに決まっている。

ともかく、泥棒がいつ逃げ出したかは特定できないままだった。逃げるのは簡単だったはずだ。玄関前と書斎の窓の下には石が敷かれていて、足跡は一切残らないし、窓から飛び下りたとしても距離は八フィートもない。

この事件全体で妙に引っかかるのは、犯人が誰であれ、内部の間取りや事情にきわめて詳しい人物に違いないという点だ。ハンキン警部もすぐその事実に気づいた。また、犯人は泥棒にしては珍しく、あらかじめはっきり狙いを定めていたことになる。最初から細密画だけを盗むつもりだったに違いない。真っ直ぐ書斎へ忍び込んで獲物を手に入れるや、美術品などより簡単に現金化できる品々には目もくれずに逃亡している。

ハンキン警部がどれほど慎重に捜査を進めていかなければならなくなったか、お察しいただけるだろう。ハンキンはフルーウィン氏の召使いや看護婦を含めた屋敷の全員から事情を聴取した。そして、ミセス・フルーウィンが家を出る前に瀕死の夫へ声をかけ、道楽息子の話を持ち出したことをそれとなく探り出した。青年は目と鼻の先におり、ミセス・フルーウィンは夫に会わせたがっていた。ハンキンから執拗に追及されたミセス・フルーウィンは、息子がブライトンに滞在していること、事件当夜に会ったことを認めた。

「ライオネル・フルーウィン氏は、ホテル・メトロポールに滞在しています」夫人の口調は冷ややかだった。「昨晩は私の姉のレディ・スティーンに夕食をご馳走になっていたのです。私が車で参りましたとき、サセックス・スクエアの姉の家におりました」ハンキンが内心疑いを抱いたのを察知したのだろう、ミセス・フルーウィンは急いでつけ加えた。「私が帰りますとき、ライオネルはまだそこにいました。私は、主人の状態が非常に危険で、もって数時間と聞かされておりましたから、フルスピードで帰ってきたのです。この家から姉の家まで七マイル以上ありますけれど、十五分もかかりませんでした」

ご記憶にあるかもしれないが、ミセス・フルーウィンの証言は姉のレディ・スティーンと義兄のサー・マイケルから完全な裏書きを得た。ライオネル・フルーウィン青年はたしかにブライトンのホテル・メトロポールに滞在しており、母親が車で駆けつけたときは、サセックス・スクエアのスティーン家で食事中だった。ミセス・フルーウィンは、ブラッチリーへ来て危篤の父親に会うように一時間ほど息子を説得していたようだ。もちろん、その親族会議で実際に何があったか、立ち会った四人とも口を濁した。その代わり、母親が着いたときライオネル・フルーウィン氏が邸内にいたこと、母親が車で帰宅した後もかなり長時間屋敷を離れなかったことを、サー・マイケルとレディ・スティーンは揃って宣誓すると話した。

その証言が障害だった。しかし、こういった事件によくあることだが、世間はすっかり偏見の虜《とりこ》となって既に結論に飛びついてしまっていた。ライオネル・フルーウィン氏はまたもや金詰まりとなり、アメリカで高く売りさばこうと父親の貴重な細密画を盗んだに違いない。末期の父親との和解を拒んだ息子に、世間は一切同情しなかった。

フルーウィン母子が話し合っているところへウィスキーと炭酸水を持っていったレディ・スティーンの下男の一人は、ライオネル氏が冷ややかにこう言い放つのを聞いた。

「よくわかったよ、お母さん。だけど、それはつまらない感傷さ。もう少し思いやりを持って援助してくれれば、僕の人生はまるで違っていたはずなのに、父さんときたら裸同然で僕を放り出したんだ。ちょっとした若気の過ちなのに、僕の未来を台なしにする方を選んだんだよ。一シリングもやらないという遺言を変える気があるわけじゃないんだし、頭を下げて偽善者ぶるつもりはないよ。今頃はもう意識もなくなって、どっちみち僕のことなんてわからないさ」

こういった事情で、世間の風あたりは厳しかったものの、罪をライオネル青年に負わせるには無理があった。窃盗犯が誰であれ、メイドのエミリーが翌朝施錠を確認している以上、チップスが外からドアに鍵をかける前に書斎に忍び込んでいなくてはならない。そのため、ライオネル・フルーウィンがなんらかのかたちで盗難に絡んでいるとにらんだ世間は、息子から窮状を訴えられた大甘の母親が自ら細密画を盗み、引き渡したのだろうと結論づけた。

3

この話を聞いたレディ・モリーは、華奢《きゃしゃ》な肩をすくめて笑い飛ばした。

「盗難が発生したとき、フルーウィン老人は死にかけていたのよ。そうでしょう？」レディ・モリーは言った。「もうすぐ未亡人になる妻が、どうしてわざわざ面倒な盗難騒ぎを起こさなければならないの？　数時間も待てば、細密画は自分のものになるのでしょう？　仮にフルーウィン氏の死後も細密画を売り払うことが不可能だったとしても、多額の現金と財産が転がり込むのよ。道楽息子には好きなだけお金を出してやれるわ」

もちろん、この点が事件の謎を一層深めているのだった。スコットランド・ヤードは捜査に全力をあげた。四十八時間も経たないうちに、ほとんどのヨーロッパ言語で盗品の手配書を作成し、ミセス・フルーウィンが大急ぎで描いた細密画のおおざっぱなスケッチも添付した。これらは思いつく限りの海外の著名な美術館及びコレクターを始め、アメリカの主要都市及び資産家のもとへと送付された。窃盗犯が細密画を処分することはきわめて難しくなったに違いない。むろん盗品を売り払うことができなければ、なんの得にもならない。美術品は裏取引もできないし、銀や宝石のように鋳潰《いつぶ》したりばらばらにすることも不可能だ。これまでのところ、窃盗犯が細密画を処分しようとした形跡は一切見られない。事態はさらに謎めき、不可解の度を増すばかりだった。

「この事件を手がけてみないか？」ある日、主任がレディ・モリーに言った。

「はい」レディ・モリーは答えた。「ただし、条件が二つあります」

「なんだね？」

「無駄な質問で私を煩わせないこと、新しい手配書をできるだけ多くの美術館及びコレクターに改めて送付して、過去二年間に購入した美術品についての情報を提供してもらうことです」

「過去二年間！」主任は叫んだ。「おいおい、細密画の盗難はたったの三ヶ月前だぞ」

「無駄な質問をしないで下さいと言ったではありませんか」

これが主任に対する返事なのだ。主任は笑っただけだったが、私はあまりの強気ぶりに倒れるところだった。ともあれ、主任は手配書を送り、事件はレディ・モリーの担当となった。

4

約七週間後の朝食の際、レディ・モリーはすっかり興奮して上機嫌だった。

「ヤードに返事の手紙がどっさり届いたのよ、メアリー」レディ・モリーが元気に言う。「主任はまだ、私の頭がどうかしていると思っているみたいだわ」

「はあ。結果はどうだったんです？」

「収穫はこれだけよ。ブダペストの美術館が今、エングルハートの細密画八点セットを所有しているの。でも、スコットランド・ヤードの最初の手配書には該当しないと思ったそうよ。細密画を秘密のルートで手に入れたのは、二年少し前らしいの」

「ですが、二年前ならフルーウィン家の細密画はまだブラッチリー・ハウスにあったじゃありませんか。フルーウィンさんが毎日のように手にしていたんです」私はレディー・モリーの意図を計りかねた。

「わかっているわ」レディ・モリーは明るく答えた。「主任も同じ意見ね。だから、私のことを手の施しようがない馬鹿だと思っているんでしょう」

「それで、これからどうするおつもりなんです？」

「ブライトンへ行くわ、メアリー。一緒に来てちょうだい、フルーウィンの細密画の謎を解いてみましょう」

「よくわからないんですけど」私は途方に暮れた。

「そうね、あっちに着くまではわからないでしょうよ」レディ・モリーは私に駆けより、愛らしい仕草で優しくキスをした。

その日の午後、私達はブライトンへ向かい、ホテル・メトロポールに宿泊した。ご存じのとおり、私は最初からレディー・モリーを生まれながらの貴婦人に違いないと信じて疑わなかったが、それでも至るところで出会う洗練された友人達の多さには驚かされた。「こんにちは、レディ・モリー。こんな所で会うなんて！」とか、「驚いたな、今日はついてるよ！」と挨拶の嵐だ。レディ・モリーは微笑み、全員が昔からの知己《ちき》であるかのように愛想よく話し込んでいた。が、その人達の誰一人として、レディ・モリーがスコットランド・ヤードと関係があるとは夢にも思っていないことに、私はすぐに気がついた。

ブライトンはそれほど大きな町ではない。静かな食事目あてに自分の家の料理人が不在のときしか来ないにせよ、このにぎやかな町の上流社会の住人は大概遅かれ早かれホテル・メトロポールの豪奢な食堂に顔を出す。そのため、到着してから一週間ほど経ったある晩、コース料理の席上でいきなりレディ・モリーの華奢な指が私の腕に触れたとき、私は少なからず驚いた。

「後ろを見てご覧なさい、少し左手よ、メアリー。ただし、今はだめよ。振り返ったら、すぐ近くの小さなテーブルに二組の女性と紳士が座っているのが見えるわ。サー・マイケルとレディ・スティーン夫妻、喪服姿のミセス・フルーウィンと息子のライオネル・フルーウィンよ」

私はタイミングを見計らって振り返り、ブラッチリー・ハウスでのドラマの主人公親子を興味深く眺めた。私達は静かに夕食をとった。ここ数日間の陽気で活発な態度とはうって変わり、レディ・モリーは冷静に黙りこくっている。ただならぬ雰囲気を嗅ぎとった私は、レディ・モリーにならって平然としているよう心がけた。夕食をすませたレディ・モリーはラウンジをぶらつき、レディ・スティーン達のすぐ近くのテーブルにコーヒーを持ってくるよう頼んだ。

私達が最初に近づいたとき、レディ・スティーンはレディ・モリーににこやかに会釈し、サー・マイケルは立ち上がって「ご機嫌いかがですか」とお辞儀をした。私達は席につき、たわいないおしゃべりを始めた。いつものとおり、すぐに様々な友人達がテーブルの周りに集まってきて、私達を楽しませてくれた。やがて、美術に関連した話題となった。その場にいたサー・アンソニー・トラスコットは、ご存じのとおり、サウス・ケンジントン美術館で美術部門の責任者をしている。

「今、細密画に夢中なんです」サー・アンソニーの発言に応じて、レディ・モリーが切りだす。

私は驚きを顔に出さないようにした。

「それで、ミス・グラナードと私は」レディ・モリーは臆面もなく言ってのける。「素晴らしい作品を手に入れるために、ヨーロッパ中を回って参りました」

「それはそれは」サー・アンソニーが答えた。「何か掘り出し物は見つかりましたか？」

「ええ、傑作を発見いたしました」レディ・モリーは言う。「ねえ、メアリー？　ブダペストで購入したエングルハートの作品が二つ。あれはまったく見事の一言に尽きますわ」

「エングルハート――ブダペストで！」サー・アンソニーが息をのむ。「ヨーロッパ大陸の主要都市の所蔵品はもれなく知っているつもりでしたが、ハンガリーの首都にそんな逸品があるとは初耳ですな」

「ああ、二年前に買ったばかりで、つい最近公開されたところなんです」レディ・モリーは説明した。「元々は八つ一組だったと、責任者のプルスキさんが教えて下さいました。名前はちょっと思い出せませんけど、とあるイギリスのコレクターから購入したそうで、もう鼻高々でしたわ。ただ、本来なら手が出ないほどの高値だったそうでして、いくらか埋めあわせをしようと、プルスキさんは八点のうち二点を売りに出したんです。それはもう、びっくりするような値段でした」

話している間、レディ・モリーの瞳に怪しいきらめきが宿るのが、私にははっきりとわかった。そのとき、低い妙な声が、耳に飛び込んできた。私は振り返った。レディ・モリーの演出によるこの意味深長な場面を、ミセス・フルーウィンが目を見開き、じっと見つめている。

「作品を見ていただきたいわ」レディ・モリーはサー・アンソニーに告げた。「外国の鑑定家数人に見ていただいたんですが、最高の傑作だと言っていました。メアリー」レディ・モリーがこちらを向く。「悪いけど、急いで部屋から持ってきてくれないかしら？　化粧道具入れの一番奥に入っている、封をされた小さな包みよ。ほら、鍵」

　少々面食らったものの、レディ・モリーの態度からなんらかの役目を振られたことを感じ取り、私は鍵を受け取って部屋へ向かった。化粧道具入れの中にはたしかに、平たくて四角い、小さな包みがあった。その包みを持って再び階下へ向かう。寝室のドアに鍵をかけたとき、不意に喪服姿の背の高い美人が現れた。ミセス・フルーウィンだ。

「ミス・グラナードね？」緊張感漂う早口だった。声は震えており、異常なほど興奮しているようだ。私の返事も待たず、焦った口調で続ける。

「ミス・グラナード。細かいことを説明している時間はないの。でも、聞いて。私、心配で胸が張り裂けそうなのよ。私の命がかかっているの。今、手に持っている包みの中をほんのちょっと覗かせてちょうだい」

「ですが――」私は困り果て、口ごもった。

「『ですが』なんて言わないで」ミセス・フルーウィンは畳みかける。「生死に関わる問題なのよ。ミス・グラナード、ここに二百ポンドあるわ。その包みをちょっと触らせてくれればいいの」震える手で小物用手提げ袋《レティキュール》から小切手帳を取り出す。

　私はためらった。ミセス・フルーウィンの要求に応じるつもりだったのではなく、この奇妙な状況にどう対応すべきか見当もつかなかったからだ。そのとき、優しいきれいな声が突如割って入った。

「お望みならお金を受け取ってもいいわよ、メアリー。その人に包みを渡しても構わないわ」ウェストラインの極端に高い総裁政府時代風の美しいドレスを上品かつエレガントにまとったレディ・モリーが、微笑みながら立っている。廊下の暗がりにはハンキンの姿もおぼろげに見えた。レディ・モリーは私達に歩みより、小さな包みを取り上げてミセス・フルーウィンに突きつけた。

「ご自分で開けます？」レディ・モリーが言う。「それとも、私が開けましょうか？」ミセス・フルーウィンは身動き一つしなかった。石に変わってしまったかのようだ。レディ・モリーが手早く包みの封を切り、真っ白な厚紙数枚と薄いさねはぎ板を引っぱり出した。

「どうぞ！」大きな澄みきった目でミセス・フルーウィンを見据えたまま、厚紙をつまむ。「こんなつまらない品を見るために二百ポンドだなんて、ずいぶん大金ですこと」

「では、これは卑怯な罠だったのね」ミセス・フルーウィンは威儀を正した。レディ・モリーは意にも介さない。

「たしかに罠です」勝利の微笑みをたたえ、レディ・モリーが答えた。「卑怯な、とおっしゃりたいのでしたらご自由に――私達の思惑どおり、まんまと引っかかったのですから」

「で、次はどうするつもり？」

「上司に報告します」レディ・モリーは動じなかった。「私達警察の人間はフルーウィンの細密画盗難事件の早急な解決に失敗したとして、厳しい非難にさらされてきたのです」

「今だって解決していないわ」ミセス・フルーウィンは言い返した。

「そんなことはありません」レディ・モリーの微笑みは消えない。「二年前、あなたの息子ライオネル・フルーウィンさんは経済的な窮地に追い込まれました。父親に打ち明けられないような、後ろ暗い事情があったのです。あなたはなんとかして金を工面してやらなければなりませんでした。自由になる現金はありません。でも、愚かな息子さんを自業自得の破滅からは救ってやりたい。ムッシュー・ドゥ・コランヴィーユは帰ったばかりでした。ご主人は最初の卒中の発作で倒れた後です。知力も視力もいくらか衰えています。すぐれた画家であるあなたは、ある計画を企てました。あなたは貴重な細密画の精巧な複製を作り、息子さんに本物を渡してブダペストの美術館に売却させたのです。ブダペストなら、細密画がご主人の所蔵品だと知っている人に見られる可能性はほとんどありません。イギリス人はホテル・ハンガリアで一晩過ごすのが関の山ですからね。あなたの複製品は申し分のない仕上がりで、当時のご主人の精神状態をかんがみれば、ごまかすのは簡単なことでした。しかし、ご主人が危篤に陥ったとき、あなたは遺言の検認を受けなければならなくなると気づいたのです。細密画はジェームズ・ハイアムさんに遺贈されることになっています。検認のため鑑定を受けなければなりません。すり替えが発覚することを恐れたあなたは、ブラッチリー・ハウスでの盗難劇を見事に演出しました。あの状況ではあなたや息子さんが罪に問われる可能性はまったくありません。ご主人が亡くなった晩に図書室からそれとなく持ち出した偽のエングルハートの細密画を、その後どこへ隠したのかは知りません。ですが、ヤードは見つけだしますよ」レディ・モリーは穏やかにつけ加えた。「もう、捜索しています」

恐怖のあまり悲鳴を上げたミセス・フルーウィンは、逃げだそうとするかのように背を向けた。しかし、レディ・モリーが素早く行く手を遮る。いかにもレディ・モリーらしい生来の優しさを込めた優雅な仕草で、追いつめられた女性の手首をつかむ。

「一言、忠告をさせて下さい」思いやりのある口調だった。「ヤードはあなたから告白書を受け取るだけで結構です。職務怠慢というヤードの汚名をそそぎ、犯人がしかるべく罪を償ったと納得させてくれればいいのです。その後で、ご主人の遺言の受益者であるジェームズ・ハイアムさんと話し合いをなさってみて下さい。事情を包み隠さず打ち明け、金銭的な賠償を十分にすると申し出るのです。家名がかかっているのですから、ことを荒立てたりはしないでしょう。全てを明るみに出したところで、なんにもなりません。恩義ある亡き伯父や自分自身のためにも、ハイアムさんはそう頑な態度はとらないと思いますよ」

踏ん切りのつかないミセス・フルーウィンは、喧嘩腰のまましばらく思案していた。やがて、表情が和らぐ。体の向きを変えて、自分を熱心に見つめている親切な美しい目を真正面から見つめ、レディ・モリーの小さな手を両手で包み込む。ミセス・フルーウィンはささやいた。

「ご忠告に従います。感謝しますわ」

ミセス・フルーウィンは立ち去った。レディ・モリーはハンキン警部を傍らへ呼んだ。

「告白書を受け取るまではね、ハンキン」仕事絡みのときに見せる、いつもの冷静な態度で告げる。「他言無用よ」

「はい。その後も漏らしません。レディ・モリー」ハンキンは力強く請け合った。

そう、レディ・モリーにかかれば、男性は意のままなのだ。もちろん私だって、身も心もレディ・モリーに捧げている。

さて、告白書は手に入った。ミセス・フルーウィンは、この件に関して終始紳士的に振る舞ったジェームズ・ハイアム氏ときわめて良好な関係にある。そして、フルーウィンの細密画に関する謎の事件は、世間の記憶から消えてしまった。

アイリッシュ・ツイードのコート

1

ことの起こりは、シチリア島パレルモのアンドリュー・カースウェイト氏の殺人事件だった。カースウェイト氏は町はずれの邸宅の庭園内で、死体となって発見された。肩胛骨《けんこうこつ》の間には錐《きり》状の刃物が刺さり、犯人のコートから破り取ったとおぼしき粗いアイリッシュ・ツイードの切れ端をしっかり握りしめていた。

こちらで知り得た情報によれば、カースウェイト氏はヨークシャー出身で、シチリア島で大勢の従業員を抱える大理石加工工場のオーナーだった。シチリア島の事業主には珍しく、カースウェイト氏は現地に数多くある秘密組織や社会主義結社を徹底的に嫌い抜いていた。たえず成長し続けるマフィアなど組織の圧力にも屈せず、重役から下働きに至るまで全従業員にあらゆる組織や結社、労働組合などへ一切加盟してはならないと厳命していた。

カースウェイト氏の〝A.C.〟のイニシャル入りの金時計と鎖が紛失しており、事件は当初単純な強盗目的と考えられた。しかし、ほどなくシチリア警察は単なる隠蔽工作ではないかとの見方を強め、この卑劣な犯行の裏には個人的な憎悪や怨恨が絡んでいると判断した。

先程も述べた一つの証拠が官憲の手に入った。被害者の手の中から発見された、粗いアイリッシュ・ツイードの切れ端だ。

丸一日も経たないうちに十人以上もの証人が現れ、その布きれがカースウェイト氏の工場の監督、イギリス人のセシル・シャトルワース氏がいつも着ていたコートの一部であると宣誓しようとした。この若者は、最近雇用主の厳格な規定を無視して、地方の一組織――半社会主義的かつ半宗教的――に加盟し、ヨークシャー出身の老人の逆鱗《げきりん》に触れた。

カースウェイト氏とシャトルワース青年の間に何度か激しい論争があったことは間違いない。ある日とりわけ激しいやりとりが交わされた現場を、カースウェイト氏の召使い達が屋敷で目撃している。召使い達は二人のイギリス人の会話を実際に理解したわけではなかったが、最終的にはカースウェイト氏が最後通牒《つうちょう》を突きつけ、シャトルワース青年が拒絶したことははっきりわかった。監督はその場で解雇され、同じ日の夜、カースウェイト氏は庭で殺害された。

一言断っておくが、この怪事件の予備調査は――イギリス人の基準に照らし合わせれば――どう見ても短兵急《たんぺいきゅう》で被告に不利なやり方だった。シチリア警察は、最初からシャトルワースが犯人に違いないと決めつけていたように思える。例えば、一目見ただけで破り取ったとわかる、被害者の手の中の布きれについて、若いイギリス人監督が日頃同じ生地のコートを着用していたことは大勢すぎるほどの人々が証言している。が、肝心のコートは被疑者の所持品からは発見されなかったし、亡き雇用主の時計と鎖も見つかっていない。

それにもかかわらず、事件発生の数時間後に青年は逮捕され、かたちだけの予備的〝説示〟を受け、死刑を科しうる犯罪容疑で正式な裁判にかけられる身となった。

この頃、私はヤードとの公的なつながりを断ち、レディ・モリーの個人秘書となった。ある日、メイダ・ヴェイルの居心地のいい小さなフラットの書斎で一緒に仕事をしていると、さっぱりしたみなりの私達のメイドが盆に名刺と手紙を載せて入ってきた。

レディ・モリーは名刺をちらっと見て、私に手渡した。ジェレマイア・シャトルワース氏。手紙は主任からだった。

「大したことは書いていないわ」ざっと目を通したレディ・モリーが言う。「これだけよ。『この方はパレルモの殺人事件で訴追されている男性の父親です。相当頑固ですが、依頼を引き受けることは許可します』エミリー、お通しして」レディ・モリーは声をかけた。

すぐに背の低い、がっしりした男性が小さな書斎に入ってきた。砂色の髪、そばかす。四角い顔には固い決意の色が浮かび、幾分えらの張った大きな顎はいかにも頑固一徹といった印象だ。レディ・モリーに椅子を勧められて腰を下ろし、一言の前置きもなしに切りだす。

「こちらに来た理由はおわかりでしょう――えー――お嬢さん?」男性は水を向けた。

「ええ」レディ・モリーは名刺を手にして答えた。「想像はつきます」

「私の息子は、お嬢さん――いえ、マダム」シャトルワース氏の声はかすれていた。「無実なんです。神かけて誓いますが――」

むきになったのを恥じて、シャトルワース氏は言葉を切った。そして、もう少し落ち着いた口調で先を続ける。

「むろん、コートの件があります。たしかにあのコートは息子のものですが——」

「ええ、それで?」シャトルワース氏は促されるのを待つかのように再び黙り込んだため、レディ・モリーが口を挟む。「コートがどうしたのです?」

「ロンドンで見つかったんですよ、お嬢さん」シャトルワース氏は静かに答えた。「事件の真犯人の悪魔のような連中が、自分達の嫌疑を逸らすためにあの恐ろしい罠を仕かけたんです。息子のコートを盗み、暗がりの中で目撃されたときの用心に、殺人の実行犯に着せたんです」

しばらく、小さな書斎は静まり返っていた。この垢抜けない北部出身の男、妙に力強い調子で語る痛々しい父親の発言に、私はただ呆気に取られていた。重々しい沈黙を最初に破ったのは、レディ・モリーだった。

「シャトルワースさん、今のお話の根拠は? なぜカースウェイトさんがギャング集団に暗殺されたと思うのですか?」

「シチリア島のことならよくわかってますよ」シャトルワース氏は簡単に答えた。「息子の母親はシチリアのメッシナの生まれでね。あそこには秘密結社やら殺人集団やら無政府主義者の組織がうじゃうじゃしてるんですよ。カースウェイトさんはそういう組織と対立するなんて無茶をしてたわけです。組織の一つ——おそらくマフィアでしょう——に始末されたんですよ。あそこまで力のある強情な相手を、やつらが放っておくはずがありませんよ」

「そうかもしれませんね、シャトルワースさん。ですが、コートの件について、もっと詳しく話して下さい」

「ええと、いずれにしろ、やつらにはのっぴきならぬ証拠になります。私はもうすぐ再婚する予定でね、お嬢さん――いや、マダム」一見まったく無関係な話を始める。「相手は未亡人なんです。タドワースという名前ですが、父親はバデーニっていうイタリア人でして。最初の家内の遠縁にあたるもんで、知り合ったわけです。レザー・レーンをご存じですか？　イタリアみたいなところですよ。聞こえてくるのはイタリア語ばかりですからね。そのレザー・レーンのブレッド・ストリートにバデーニの家があり、母国の連中を相手に宿をやってるんです。今、私の未来の妻が跡を継いでます。一週間ほど前、親子だという二人の男がやってきました。安い部屋が欲しいという話でした。食事は全部、朝食まで外ですませ、その上ほとんど一日中出かけています。前にも何度かバデーニの家に泊まったことがあるみたいです――年寄りの方は見るからにやくざ者でね。タドワースさんが昔の友人の娘だと知って、すっかり安心したようでした。

男達はピアッティと名乗り、トリノから来たと話しました。ただね、たまたま階段で話しているところを聞いたんですが、あいつらは二人ともシチリア島出身に違いありません。

ご想像のとおり、今の私にはシチリア島に関わるものは一つも見逃せません。それに、最初からあの二人はどうもうさんくさい気がしたんですよ。息子の無実をなんとしてでも証明したいという気持ちにかけては、タドワースさんも私に負けていません。それで猫がネズミを見張るみたいに、やつらに目をつけていてくれることになりました。じいさんの方は庭仕事に目がないとか言いましてね、家の裏手にあるやせた地面の隅っこを好きにしていいということになったんです。昨晩、タドワースさんの小さな居間で食事をとりながらそのことを聞いたんですが、ピンときましたね。ピアッティ達はいつもどおり夕食を食べに出かけて留守です。私は鋤《すき》を持ち出して、庭の隅に行きました。一時間ぐらい掘ったでしょうかね、心臓が跳ね上がりましたよ。何か妙に柔らかい手応えがあったんです。後は指と爪で掘り続けました。すぐにコートが出てきたんです――あのコートですよ、お嬢さん」もはや自分を抑えきれずに言い募る。「背中の部分がちょっと破れていました。おまけにポケットには殺された老人の時計と鎖が入っていたんです。〝A. C.〟のイニシャル入りですよ。あの悪党め！　わかってたんだ――わかってたんですよ、これで息子の無実が証明できるんだ！」

再び沈黙があった。私は今の奇想天外な話に夢中で言葉も出なかったし、レディ・モリーはシャトルワース氏ののぼせぶりがいくらかおさまるのを静かに待っていた。

「もちろん、息子さんの無罪は証明できます」レディ・モリーは顔を紅潮させた男を励ますように微笑みかける。「ですが、コートはどうしたんです？」

「見つけたところへ埋め戻しておきました」シャトルワース氏は少し落ち着いたようだ。「私が手がかりをつかんだことを、やつらに悟られたら大変です」

レディ・モリーは満足げに頷いた。

「結構です。主任からお話があったと思いますが、全てをイギリスの警察にゆだねるのが今の最良の方法でしょう。スコットランド・ヤードが直ちにシチリア島の官憲と連絡を取ります。その間、レザー・レーンの二人の男は厳重に監視することができます」

「はあ、そういう話でしたね」シャトルワース氏は冷めた口調で答えた。

「それで?」

「『シチリア島の官憲と連絡』を取ったりすれば、息子の裁判はたちどころに結審し、絞首台へと送られてしまうでしょう。息子の無実を示す証拠は全て握りつぶされるか、いずれにしろ、手遅れになるまで提出されませんよ」

「馬鹿なことを言わないで下さい、シャトルワースさん」

「たしかに馬鹿かもしれません」シャトルワース氏は動じなかった。「いいですか、私はシチリア島を知っているが、あなたは知らない。シチリア島の組織や暗殺者集団なんて聞いたこともないんだ。あいつらに比べりゃ、あのロシアの無政府主義者なんて無邪気な子供みたいなもんです。あらゆる人殺し集団を束ねるマフィアの一味が、イタリア中の都市、町、ちっぽけな村にまで潜んでる。役所、軍隊、あの国のお偉いさんからしがない商人まで、やつらの息がかかってる。シチリア警察やイタリアの税関だって同じだ。息子の命がかかっている品、何より大切な証拠品を引き渡したりしてたまるか」

「そうは言っても――」

「私の握ってる証拠に関する証言なんて、警察に押さえ込まれる。国境付近でコートも時計も鎖も消えちまうでしょうよ。絶対に間違いない――」

レディ・モリーは答えなかった。黙って考え込んでいる。たしかにシャトルワース氏の言い分にも一理ある。

お粗末な捜査、裁判にかけるための性急な収監。さらに、被告に有利な証拠はことごとく簡単に却下されているという事実。私達がイギリスで入手したごくわずかな情報からも、この父親が不安を抱くのはもっともだとわかる。

「ですが、それではどうするつもりなんですか?」ややあって、レディ・モリーが口を開いた。「証拠を直接息子さんの弁護士のところへ持って行きたいんですか? そういうことですか?」

「いいえ、そんなことをしてもだめです」シャトルワース氏はあっさり答えた。「シチリア島で顔を知られていますからね。見張りに引っかかって殺されるのが落ちです。私が死んでも息子の役には立ちません」

「では、どうするんです?」

「息子の伯父が、オーストリアとイタリアの国境にあるチビダーレで警察署長をしております。義兄ならできるだけのことをしてくれるに違いありません。それにタドワースさんがいます。私と同じくらい息子のことを心配してくれていますし、イタリアでは私との関係を知られていないはずです。タドワースさんなら、息子の無罪の証拠を義兄に届けることができます。他の人には到底無理でも、義兄ならしかるべきやり方で、無事に息子の弁護士と接触するでしょう」

「わかりました」レディ・モリーは続けた。「そういうことでしたら、私達には何をお望みですか?」

「女の人の手助けが必要なんですよ、お嬢さん――いや、その、マダム」シャトルワース氏は答えた。「頭がよくて、やる気があって、しっかりした方。できれば喜んで――メイドか何かのふりをして――タドワースさんに同行してくれる人が必要なのです。女性の一人旅は何かと疑わしい目で見られますからね、注意を逸らしたいだけです。それに言葉の問題もあります。スコットランド・ヤードで会った方は、もしあなたが同意して下さるなら二週間の出張を許可すると言っていました」

「ええ、行きますとも」レディ・モリーはあっさり引き受けた。

2

その後、私達――シャトルワース氏、レディ・モリーと私――は長い間書斎で座り込み、この危険な旅の計画を練った。後程わかるが、大団円《デヌーマン》では無実の男性の生死が分かれるこのドラマで、私もちょっとした役割を演じることになっていたのだ。

議論を逐一説明して、皆さんを退屈させるには及ばないだろう。最終的に私達が決定した計画をお教えするだけで十分だと思う。

これまでのところ、シャトルワース氏がうまくピアッティの目をごまかしていることは確実なようだ。そのため、今晩ピアッティが絶対に姿を現さないときを見計らい、コートと時計と鎖を再度掘り起こし、その穴に生地や色合いがそっくりな別のコートを埋めておくことになった。万が一、親子のいずれかがまた庭いじりを始めたときには、目くらましになるかもしれない。

その後、ミセス・タドワースがシャトルワース青年の無罪の証拠を持って家を出て、このメイダ・ヴェイルのフラットでレディ・モリーと落ち合う。今夜はここに泊まり、二人はロンドンから国外へ出る準備をする。翌朝チャリング・クロスを九時に出る列車に乗り、ウィーン、ブダペストを経由して最終的にチビダーレへ向かう。

しかし、私達の計画はさらに手が込んでいた。そこにささやかながら私が関係するのだが、そのことについては追ってお話ししよう。

その日の夜九時半、ミセス・タドワースが、チビダーレの警察署長グラッシ大佐に引き渡すべき証拠品のコートと時計と鎖を持ってフラットに到着した。

そう、私はミセス・タドワースを念入りに観察した。たしかに小さな顔は可愛らしく、せいぜい二十七、八といったところだろう。しかし、外見や態度から察するところ、気の毒なシャトルワース氏が信じ込んでいるように献身的な女性というよりは、弱々しい性格の持ち主に見えた。

そのせいだろうか。私は敬愛するレディ・モリーと別れるとき、どういうわけか不安と悲しみに襲われた。もっとも、レディ・モリーの方は一向にそんな感情は抱かなかったらしい。その後、私は自分に割りあてられた役割を演じるべく、舞台に上がった。

私はミセス・タドワースの服を身につけ——私達はほぼ同じ背格好だった——帽子をかぶり、しっかりとベールを下ろした上で、レザー・レーンへ向かう。私は可能な限り、ミセス・タドワースの家で女主人の身代わりを務めることになっていた。

既にご想像されているかもしれないが、ミセス・タドワースの暮らし向きは豊かではなかった。レザー・レーンの奥まった細い裏通りにある家には、召使いもいない。実際、午前中二時間ほど掃除婦の手を借りているだけで、ミセス・タドワースは全ての家事を自分でこなしていた。

レディ・モリーの計画に従って、その掃除婦には一週間分の給料と引き替えに仕事を辞めてもらった。私――つまり、ミセス・タドワース――は翌日から風邪で部屋に引きこもることになっている。そして、私達自身のメイド、レディ・モリーや私のためならあらゆる危険をいとわない聡明なエミリーが、新しい掃除婦となる手はずだった。

正体を見破られたとの疑いが起きれば、すぐさまレディ・モリー宛にあらかじめ打ち合わせておいた複数の地点へ電報を打つことになっている。

様々な意味を持つ重要な役目を担い、私はレザー・レーンのブレッド・ストリートへうまく入り込んだ。必要最低限の事情しか教えられていないとはいえ、十分納得したエミリーはやる気満々で、私に負けず劣らず熱心に役割を演じた。

最初の晩は、平穏そのものだった。ピアッティ親子は十一時過ぎに帰宅し、真っ直ぐ自分達の部屋へ引き上げた。

翌朝、もともとこぎれいなエミリーができる限り汚い掃除婦の格好をしてホールにいたとき、二人の男達は朝食に出かけていった。後でエミリーが報告したところによると、若い方の男が鋭い目つきで今までの掃除婦はどうしたと訊いたらしい。エミリーがあたり障りのない曖昧な返事をしたところ、シチリア人達はそれ以上何も言わずに出ていった。

長く気疲れする一日だった。風通しの悪い小さな居間に閉じこもり、絶えず裏庭の一画に目を配る。ヨーロッパを横断中の二人のことを思い描いては、不安に苛《さいな》まれた。

正午頃、ピアッティの一人が家に戻り、やがてぶらぶらと庭へ出ていった。掃除婦が変わり、怪しまれたに違いない。鋤で地面を突いているのが見えた。私がミセス・タドワースのふりをして動き回っている居間の窓へ、時折視線を向けている。

今でもはっきり覚えている。その日の夜九時頃、シャトルワース氏と家の裏側の居間で一緒に夕食をとっているところだった。突然、玄関で鍵の回る音が聞こえ、ドアは再び静かに閉まった。ピアッティ達はごく規則正しい生活をしていたのだが、今回に限って二人のうちの一人がとんでもない時刻に帰宅したことになる。それにあのドアの開け閉めの仕方。こっそり忍び込むつもりだったのだろう。考えるいとまもなく、私は居間のガスランプを消した。表側の客間のドアは開いたままだ。急いで指さし、シャトルワース氏にささやく。

「何か話しかけて!」

幸い、息子を助けたい一心で、シャトルワース氏の勘はとぎすまされていた。シャトルワース氏は客間へ出ていった。ガスランプはついている、好都合だ。廊下に通じるドアは開いており、シャトルワース氏は愛想よく話しかけた。

「おや、ピアッティさんじゃありませんか? 何かご用でも?」

「ああ、はい。ども」シチリア人の声はかすれ、動揺しているようだ。「ご親切に――私――私、今夜、気分悪くてぼんやりしてる。暑さのせいだ。きっと。悪いけど――悪いけど、ちょっとその――アンモニアを――いや気つけ薬って言うのかな、薬局で買ってこられますか? 私、ベッドで横になる――悪いけど――」

「いや、もちろん構いませんとも、ピアッティさん」私が何を望んでいるか、うまく察したのだろう。シャトルワース氏は私の思惑どおりの行動に出た。「すぐ、行って来ます」

シャトルワース氏は帽子掛けに向かい、シチリア人は「ども」と繰り返しつぶやいている。やがて玄関のドアの閉まる音が聞こえた。

私の位置からピアッティを見ることはできなかったが、きっと薄暗い廊下で遠ざかるシャトルワース氏の足音に耳を澄ませているのだろう。

ほどなく、奥の出入口に向かう足音が聞こえた。直後に裏庭の片隅で人影が動く。鋤は先程用意していた。コートと時計と鎖を掘り返すつもりなのだ。理由ははっきりしないが、もはや元の場所に隠しておくのは危険だと考えたにちがいない。女主人のもとを頻繁に訪れる男がパレルモのセシル・シャトルワースの父親だと、殺人犯どもは聞き知ったのだろうか？

その途端、私は無我夢中で台所へ駆け下りた。もう、監視は無用だ。ピアッティの目的はわかった。

エミリーを怖がらせたくなかった。それに、いつ何時すぐさま逃げ出さなくてはならない事態になるかわからないと、最初に言い聞かせてある。台所には荷物をまとめた小さなハンドバッグを用意している。そこから勝手口までは目と鼻の先だ。

エミリーをそっと手招きし、いよいよそのときが来たことを知らせる。エミリーはバッグを手に後からついてくる。勝手口の扉を後ろ手に閉めたとき、庭に通じるドアが乱暴に閉まる音がした。ピアッティはコートを掘り出し、今頃は時計と鎖を確認するためにポケットを探っているだろう。十秒もあれば、自分の今手にしているコートが自分達で庭に埋めたものではないことに気づくだろう。自分達の有罪を示す――もしくは共犯の罪を示す――決定的な証拠が消えたことに。

私達はその十秒を無駄にしたりはしなかった。レザー・レーンに向かって、ブレッド・ストリートを駆け抜ける。そこでシャトルワース氏が見張りをしていてくれるはずだ。

「やっぱり」物陰のシャトルワース氏をすぐに見つけ、私は早口で説明した。「気づかれました。私は早朝のコンチネンタルでブダペストへ発って、ホテル・ハンガリアで二人と落ち合います。エミリーをちゃんとフラットへ送り届けて下さい」

事態は一刻を争う。シャトルワース氏やエミリーが口を開く前に、私は二人を残して立ち去り、素早く雑踏へと紛れ込んだ。

私はぶらぶらとレザー・レーンを下っていった。そう、ピアッティ達は私の顔を知らない。二人は汚い窓ガラス越しにぼんやりした姿を見ただけだ。

エミリーはシャトルワース氏に任せておけばいい。フラットには戻らず、ブダペストまでのオリエント急行の寝台席を予約した。今夜はチャリング・クロスのグランド・ホテルで休み、明朝九時に出発するのだ。

3

そう、皆さんならこんなことわざはご存じだろう。〝下種《げす》のあと知恵〟。

もちろん、ブダペストのホテル・ハンガリアのロビーでピアッティの父親を見つけたとき、エミリーと共にブレッド・ストリートの家を抜け出した時点から自分が尾《つ》けられていたことを悟った。まだロンドンにいる間に息子から目をつけられてしまったに違いない。そして、父親の方が密かに私と同じ列車に乗ってヨーロッパを横断した。ブダペストに到着した私が、気の利いた御者《ぎょしゃ》にホテル・ハンガリアへと声をかけて辻馬車へ乗り込むのも見られていたのだ。

私は急いで部屋の手配をすませ、ロンドンの〝ミセス・ケアリー〟――ミセス・タドワースが旅行中に使う名前だ――とメイドがまだ宿泊中かどうかを確かめた。たしかに滞在している。〝ミセス・ケアリー〟はちょうど食事中だ。その食堂では私の不安をあざ笑うかのように、ベルケシュ独特の楽団が美しいハンガリーの音楽を奏でている。

〝ミセス・ケアリーのメイド〟は給仕室で夕食を食べているそうだ。

矢継ぎ早の質問をしながらも、私はできるだけ小声で話すようにした。しかし、ピアッティの視線や皮肉な笑顔はどこまでもつきまとってくるような気がする。ピアッティは平然と部屋を頼み、荷物が運ばれるのを見守っていた。

ホテル・ハンガリアでは、ほとんどの職員が英語を話す。給仕室は難なく見つかった。が、残念なことに、レディ・モリーの姿はない。誰かが〝ミセス・ケアリーのメイド〟は女主人の部屋へ戻ったはずだと教えてくれた。部屋は二階の一一八号室だ。

貴重な数分間が失われてしまった。ロビーへ駆け戻る。ホテル・ハンガリアの果てしなく続く廊下は、皆さんもご存じだろう。幸い、その廊下の一つでこちらへ歩いてくるレディ・モリーを見つけた。一目見ただけで、まるでマントを脱ぎ捨てたかのように全ての不安が消えていくような気がした。

レディ・モリーはのんびり落ち着き払っていた。しかし、一瞥しただけで、私がブダペストへやってきた理由を悟ったらしい。

「コートが見つかってしまったのね」レディ・モリーは素早く私をもっと狭い廊下へ引き入れた。お誂《あつら》え向きに、暗くて人影もない。「で、当然あなたを尾けてきた――」

私は頷いた。

「あのタドワースさんは意気地なしでとんでもないお馬鹿さんよ」レディ・モリーの口調は厳しく、怒りがにじんでいる。「もうチビダーレに着いているはずだったのに――具合が悪いし、疲れてもうこれ以上動けないなんて言うのよ。お気の毒だけど、シャトルワースさんがあんな人をあれほど頼りにするなんて、どうかしてるわ。

ねえ、メアリー」幾分口調が和らいだ。「すぐ、ロビーへ行ってちょうだい。あのお馬鹿さんから絶対に目を離さないで。シチリア人を怖がっているのよ。ピアッティなら、あの人を脅して確実に有罪の証拠を取り上げてしまうわ」

「どこに――その、証拠はどこに?」私は不安になった。

「あの人の鍵のかかったトランクの中よ。私に預けようとしないの。強情なお馬鹿さんよ」

レディ・モリーがこれほど怒っているのを見るのは、初めてだ。しかし、レディ・モリーはそれ以上言い募ろうとはせず、そのまま別れた私はどうにかロビーへ戻った。照明の光り輝くロビーでは、ピアッティもミセス・タドワースの姿もないことが一目で見て取れた。不意に嫌な予感で胸が一杯になる。理由はわからない。

私は二階の一一八号室へ駆けつけた。外側のドアは開いている。私は躊躇なく室内へ通じる内側のドアの鍵穴へ目をあてた。

部屋の中は明るかった。ちょうど真向かいに、私に背を向ける格好でピアッティが立っている。横の低いスツールに座り込んでいるのは、ミセス・タドワースだ。すぐ傍のトランクのふたは開いている。ミセス・タドワースは慌ただしく中身を引っかき回していた。心臓が止まりそうになった。私は——指をくわえて——およそ考えられないほど姑息《こそく》な、我が身可愛さ故の裏切り行為を目にするところなのだろうか？

しかし、そのとき何かがピアッティの注意を引いたに違いない。いきなりこちらを向いて、ずかずかとドアに向かってくる。言うまでもなく、私は急いでその場を去った。

頭の中は一つの考えで一杯だった。レディ・モリーを見つけて、今目にした状況を知らせなければ。あいにく、ホテル・ハンガリアでは廊下や階段や通路が、それこそ迷宮のように入り組んでいる上、私はレディ・モリー自身の部屋のナンバーを確かめておかなかった。フロントへ戻ってまた〝ミセス・ケアリーのメイド〟のことを詮索すれば、不審に思われかねない。無学な私は外国語に不案内で、メイドから話を聞くこともできない。

五、六回も階段の上り下りを繰り返し、不安で疲れ切った私は惨めだった。そのとき、ようやく遠くにレディ・モリーの美しい姿を見つけた。私は夢中で駆けより、急いで自分の軽挙妄動について報告した。

「タドワースさんはすっかり怯えているわ」不安に苛まれる私の顔を見て、レディ・モリーが言い添える。「でもね、今回は自分のトランクではなく、私のトランクを開けて、ピアッティをうまくごまかすことができたのよ。自分は証拠を持っていないと言い張ったのね。ただ、嘘を突き通せるほど、あの人は利口じゃないわ。もちろん、二度も同じ手は通用しないでしょう。一刻も早く、チビダーレへ向かわなければいけないわね。でも、一番早い列車が、明日の朝九時十五分発なのよ。パレルモの気の毒な青年には危険が迫っていて、予断を許さない状況よ。あの馬鹿な意気地なしの人と、父親の人を見る目のなさのせいだわ」

もちろん、今は敬愛するレディ・モリーの身を案じたところでどうにもならない。恐ろしい予感で胸がはちきれそうだったが、できるだけ不安を押さえ込み、やがて丁寧に就寝の挨拶をした。言うまでもなく、私はほとんど眠れなかった。翌朝八時にはすっかり身支度を整え、部屋を出る。

一一八号室前の廊下を一目見ただけで、最悪の不安が的中したことがわかった。こんな朝早い時刻だというのに、人だかりができている。ホテルの職員が行き来し、メイドは立ち話に夢中だ。次の瞬間、まさに恐怖で胸を引き裂かれるような気がした。憲兵が二人、警官が一人、ホテルの支配人と共にミセス・タドワースとレディ・モリーの部屋へ入っていったのだ。

ああ、そのとき私達イギリス人が外国語に不得手なことをどれほど呪ったことか！　職員達は忙しくて私には目もくれないし、メイドはお風呂とかお湯とかに関する片言の英語しか知らない。

ついに、ホテル・ハンガリアの平穏を乱した事件を英語で説明することができるおしゃべりなボーイを見つけたとき、私は大いに胸をなで下ろした。

なんということだろう！　平然と笑みを浮かべ、肩をすくめながらボーイが話してくれた内容を完全に理解したとき、どれほどのショックを味わったかはとても忘れられない！

「すごく不思議な出来事ですよ」ボーイは説明した。「強盗じゃありません。ああ、いえいえ！　いなくなったのはミセス・ケアリーなんですよ——消えたんです！　発見されたのはケアリーさんのメイドですよ。猿ぐつわをはめられ、意識不明の状態で一一八号室のベッドの柱に縛りつけられていました」

4

そういうわけだった。数世紀にも匹敵するかのように思えたその後の数日、そのつらい日々に味わった苦痛の極み、不安のどん底を詳しく説明して、皆さんを退屈させる必要はないだろう。

私の敬愛するレディ・モリー、その人のためならどんな苦難でも笑って耐えられると思っていたのに。そのレディ・モリーが恐ろしい暴行を受け、半死半生の目に遭わされたとボーイは笑って断言した。薄のろの警官達は、私の存在など目もくれない。懇願したり怒ったり大声をあげたりする私に眉をひそめ、冷たい非難の眼差しで見下ろす。私はけが人につき添って看護させてもらいたいと訴えた。母親が子供を大切に思う以上に、かけがえのない友人なのだと。

なのに、どこへ行っても人を落胆させ、途方に暮れさせる冷たい官僚主義の壁にぶつかってしまう。どれほど苦しんだか、とても言葉では言い尽くせない。

しかし、たとえレディ・モリーに面会することが許されなくとも、卑劣な犯人に復讐することはできる。ミセス・タドワースが姿を消したということは、この不法行為を犯したと自ら告白したも同然だ。だが、単独でこんな事件を引き起こす頭脳も体力もないこともはっきりしている。ピアッティが糸を引いているのだ。通訳を介して、私は躊躇なくピアッティを告発した。強盗目的で共謀して暴行を働いたのだと決めつけた。犯行の前日、ミセス・ケアリー、本名ミセス・タドワースがピアッティとこっそり話しているところを見たと、しつこく主張し続けた。

二人の狙いは私の友人、実はメイドではなくミセス・ケアリーにつき添ってブタペストまでやってきた人物が持っていた、〝A.C.〟のイニシャルの入りの高価な金時計と鎖だと説明した。私の話は破れかぶれだった私の打った手は、たしかに大胆だった。もっけの幸いと言うべきか、私の話は裏付けが取れた。フロア担当のボーイが、明け方頃一一八号室の前の廊下をうろつくピアッティを見かけていた。あの悪党が臆病なミセス・タドワースにドアを開けさせたに決まっている。たぶん、殺すと脅しつけたのだろう。根っからの弱虫のミセス・タドワースは、パレルモの殺人事件の決定的な証拠を犯人に渡すことを承知した。そのとき、話し声を耳にしたレディ・モリーが自分の部屋から飛び出す。邪魔をされないように、ピアッティがレディ・モリーを打ち倒す。そのため、ミセス・タドワース——意気地のない馬鹿な女——はすっかり逆上してしまい、事件が発覚する前にピアッティの手を借りてホテルから、おそらくブダペストからもまんまと姿を消した。

ピアッティが一緒に逃亡しなかった理由は、わからない。いったん逃げた後、こっそり自分の部屋へ戻ってきたらしい。部屋づきのメイドが一一八号室のドアがわずかに開いているのを見て不審に思い、中を覗いたのは一時間後だったのだ。部屋では〝メイド〟が猿ぐつわを嚙まされ縛られて意識を失っているという、恐ろしい有様だった。

ともかく、私の願いは叶えられた。ピアッティ――お断りしておくが、私の話を徹頭徹尾否定した――は、さらに詳しい事情聴取が行われるまで身柄を拘束された。やがてそのことを知らされた私は満足した。

イギリス領事はとても親切だった。病院に移送されたレディ・モリーとの面会は許されなかったが、ハンガリー警察が法の裁きを受けさせるべく〝ミセス・ケアリー〟の捜索に全力をあげていると聞かされた。

姿をくらましたことが決定的に不利に働いた。事件後の不安に満ちた三日間はもう二度と経験したくない。その後〝ミセス・ケアリー〟がオーストリアとハンガリーの国境に向かう途中アルソレーヴで逮捕され、ブダペストに向けて護送中との一報が領事館から入った。

その嬉しい知らせを聞いた後の朝、憲兵隊本部で留置中の〝ミセス・ケアリー〟が、現在ホテル・ハンガリアに滞在しているロンドンのミス・メアリー・グラナードとの面会を要求していると聞かされた。私がどれほど不安と怒りに震えたか、ご想像いただけると思う。

なんと厚かましい！　私との面会を要求するなんて！　結構、私だって顔を見てやりたい。

唾棄《だき》すべき、臆病な裏切り者の顔を。哀れな父親の、愚かで盲目的な信頼を裏切った女。生死の瀬戸際にある無実の若者の、最後の希望をうち砕いた女。私が世界一敬愛する女性を半死半生の目に遭わせる引き金となった女の顔を。

私は憎しみと軽蔑の塊と化したような気分だった。見るも汚らわしい。私が領事館の事務員につき添われ、辻馬車に乗り込んで憲兵隊本部へ急いだのは他でもない、あの卑怯な女に思いの丈をぶちまけてやりたいだけだったのだ。

憲兵隊本部のがらんとした殺風景な部屋で、二、三分待たされた。やがて、ドアが開き、軍人らしいしっかりした足音と共に衣擦れの音がした。次の瞬間、いつもどおり隙のない装いで目の前に現れたのは、静かで落ち着いたレディ・モリーだった。

「あなたが私をこんな目に遭わせたのよ、メアリー」レディ・モリーは明るく笑った。「ちゃんと出してちょうだいね」

「でも――いったいどうして」私はこう言うのが精一杯だった。

「ごく単純な話よ。メイダ・ヴェイルへの帰り道に何から何まで説明してあげるわ」レディ・モリーは言った。「さしあたり、あなたとタドワースさんは、私がメイドに暴行したり時計と鎖を奪ったりはしなかったと、たっぷり宣誓供述書を作らなきゃならなくなるわよ。イギリス領事が力を貸してくれるでしょう。日数がかかるだけよ。その間、ブダペストの囚人生活がどのくらい興味深いかを話してあげられるかもしれないわね。思っていたよりつらくはなかったわ」

もちろん、レディ・モリーが口を開いた途端に真相が閃《ひらめ》いた。お察しのとおり、私は恥ずかしさに身の縮む思いだった。無実の人間を救うという人の生死に関わる重要な責務を首尾よく全うした、レディ・モリーの賢明さを疑うなんて。

ミセス・タドワースは意気地なしの役立たずだった。急ぎの旅や、食べ物や気候の変化などで本当に体調を崩し、ブダペストで音をあげてしまった。しかしながら、ホテル・ハンガリアに二十四時間の滞在を強いられている間、レディ・モリーは二人の役割を入れ替えるよう難なく説きつけてしまった。レディ・モリーがイギリスから来た〝ミセス・ケアリー〟となり、ミセス・タドワースはメイドとなった。

レディ・モリーはその事実を私に知らせなくとも計画に差し支えはないと考え、あの短い話し合いの際には特に触れなかった。その後、ピアッティが踏み込んできて、ミセス・タドワースを心底震え上がらせた。幸い、とっさの機転かまたは逃れたい一心か、ミセス・タドワースはコートと時計と鎖をレディ・モリーに預けたと言いつくろった。ピアッティは部屋までついてきたが、証拠品が自分の持ち物のなかにはないことを示すことができた。この場面を、私は鍵穴から目撃したのだ。

しかしながら、シチリア人がもう一度奪い取りに来ることはわかりきっている。その場合、これもわかりきったことだが、ミセス・タドワースは我が身可愛さにシャトルワース親子を犠牲にしてしまうだろう。レディ・モリーにはわかっていた。レディ・モリーは体力と行動力にすぐれ、意志も強い。その晩ミセス・タドワースとちょっとした取っ組み合いを演じ、最終的には半ば意識を失ったミセス・タドワースをベッドの支柱に縛りつけてしまった。これで少なくとも二十四時間は、意気地なしのエゴイストが勝手な振る舞いをしたり、勇敢なレディ・モリーの計画を台なしにすることはできない。

翌日の朝、ピアッティが一一八号室のドアを開けた。わざと鍵はかけておかなかった。目に飛び込んできたのは、ミセス・タドワースが恐怖のあまり半死半生状態で縛りつけられている光景だった。同時に、シャトルワース青年の無実とピアッティの有罪を示すかけがえのない証拠は消え失せてしまっていた。

レディ・モリーの顔は、ピアッティにも組織にも知られていない。ピアッティにはあの役立たずのミセス・タドワースが手中にあると思い込ませておいて、レディ・モリーはチビダーレ行きの始発列車に乗った。ここでつけ加えておくが、レディ・モリーは無事に国境へ行き、持ち前の鋭い勘でグラッシ大佐を見つけだし、必要な説明と共にシャトルワース青年の無実の証拠を引き渡した。

この騒ぎで私が取った行動も、レディ・モリーには有利に働いた。ホテルではレディ・モリーが女主人で、ミセス・タドワースがメイドと思われていた。襲われて病院にかつぎ込まれたのは、〝ミセス・ケアリーのメイド〟だと誰もが聞かされた。しかし、レディ・モリーが襲われたと考えた私は、直ちにピアッティを告発した。ピアッティはすぐさま囚われの身となり、組織の連中と連絡を取る暇さえなかった。

グラッシ大佐の尽力のかいあって、シャトルワース青年は殺人事件の裁判で無罪となった。しかし、お断りしておくが、ピアッティ親子も一味も、一人として逮捕されることはなかった。有罪の決め手となる証拠——アイリッシュ・ツイードのコート、及び被害者の時計と鎖——は、シャトルワース青年の弁護士が「無罪」の評決を勝ち得た後、不可解にも消えてしまった。

それが、シチリア警察なのだ。シャトルワース氏は全て飲み込んだ上で相談を持ちかけていたのだ。

もちろん、レディ・モリーを釈放してもらうのにはなんの問題もなかった。イギリス領事がうまく取りはからってくれた。しかし、ブダペストのホテル・ハンガリアで発生した〃ミセス・ケアリー〃暴行事件は、未だ未解決のままだ。ミセス・タドワースはレディ・モリーの容疑を完全に晴らしたものの、ピアッティを告発することは拒んだ。むろん、あの男が怖いのだ。それで、当局もピアッティを釈放せざるを得なかった。

あの年老いた悪党は、いったい今どこにいるのだろうか！

フォードウィッチ館の秘密

1

ヤードでも指折りの腕利きが手も足も出なくなったとき、主任が自ずとレディ・モリーを頼りにするのに、なんの不思議があろうか?

いわゆるフォードウィッチ館の秘密だが、いつもにもまして女性の機転、洞察力、人並みすぐれたレディ・モリーの資質全てが必要となる事件だったことは間違いない。

弁護士のマッキンリー氏とジャック・ダルブカーク青年を除き、この事件の関係者は全て女性だった。

もし、貴族名鑑を研究したことがあれば、私同様その一家が六百年以上も歴史をさかのぼるイギリスの古い家柄の一つだと知っているだろう。現当主レディ・ダルブカークは先祖代々の男爵位と財産を父親から受け継いだ。また、もしその興味深い名鑑を熟読したなら、故ダルブカーク男爵には二人の娘があったこともわかるだろう。長女がクレメンティーナ・セシリアで、父の跡を継いで今は女男爵となっている。もう一人のマーガレット・フローレンスは一八八四年にフランス人のジャン・ローラン・デュプレシスと結婚した。このお相手について、貴族名鑑は『インド、ポンディシェリーの』と曖昧な記述をしている。夫婦には、今や由緒あるフォードウィッチのダルブカーク家の跡継ぎであるヘンリエッテ・マリーと、二年後に誕生したジョーンという二人の娘がいた。

マーガレット・フローレンス・ダルブカークが外人部隊のハンサムな若き将校と結ばれるにあたっては、ある秘密、いやロマンスが絡んでいたらしい。老ダルブカーク男爵は当時イギリス大使としてパリに駐在中で、この結婚に大反対したようだ。しかし、ミス・マーガレットは父親の反対など歯牙にもかけず、分別もかなぐり捨て、ある日デュプレシス大尉と駆け落ちした。そして、親戚宛にポンディシェリーから世界で一番愛する男性と結婚した旨の簡単な手紙が届いた。老ダルブカーク男爵は、娘の裏切りから終生立ち直れなかった。マーガレットは男爵の秘蔵っ子だったらしく、駆け落ちで父親の心は張り裂けたも同然だった。しかし、男爵は最後まで娘に優しかった。長女が生まれ、若い夫婦が生活に困っていたときには、男爵はマーガレットに終身手当を与えることにした。そして駆け落ちから三年後、次女の出産の際にマーガレットは亡くなった。

父親が亡くなり、爵位と財産を受け継いだクレメンティーナ・セシリアは、結婚に破れ、子供もいなかった。そのため、次の爵位継承者となる亡き妹の長子を養育する義務があると考えたらしい。結果的に、ミス・ヘンリエッテ・マリー・デュプレシスは父親の同意を得て、伯母とフォードウィッチ館で暮らすことになった。さらに、一九〇一年には自分の名前を捨て、勅許《ちょっきょ》により正式にダルブカークを名乗ったと貴族名鑑に出ている。ヘンリエッテが相続人ではなくなった場合、爵位と財産はまずヘンリエッテの妹ジョーンに継承され、その後は遠縁にあたる現在近衛隊《このえたい》の士官のジョン・ダルブカーク青年が受け継ぐことになる。

召使い達の話では、今のダルブカーク女男爵はかなりの頑固者らしい。が、その点を除けば、社交界では別格として扱われている、イングランド北部の典型的な老嬢に他ならない。あまり人好きのするとは言えない性格だが、唯一、亡き妹の娘を目に入れても痛くないほど可愛がっている点は微笑ましかった。ミス・ヘンリエッテ・デュプレシス・ダルブカークは、フランス人の父から黒い目と髪、いくらか浅黒い肌を受け継いでいたが、がっちりした体つきや屋外スポーツをこよなく愛する点にイギリス人の血がはっきり現れている。ヘンリエッテは大のスポーツ愛好家で、フェンシングやボクシングをたしなみ、猟犬を使って狩りもすれば、射撃の腕前も抜群だった。

この立派な館に最初のトラブルの兆候が現れたのは、若く非常に可愛らしい娘が訪ねてきたときだったと、誰もが口を揃える。娘にはインド系の混血の侍女がつき添っていた。色が黒く無愛想だったが、若い女主人には犬のように忠実だった。フォードウィッチ館の者達にとって、この訪問は寝耳に水だったようだ。レディ・ダルブカークは客の来る予定には一切触れず、当日の朝初めて娘のために寝室を一部屋、次の間には折り畳み式のベッドを用意するようメイドに簡単な指示をした。ミス・ヘンリエッテでさえ、この知らせには驚いたらしい。指示を受けたメイド、ジェーン・テイラーによれば、伯母と姪の間で激しい言い争いがあったらしい。ミス・ヘンリエッテは激高し、最後にこう言った。

「伯母様、いずれにしてもこの館には私達二人を置く余裕なんてないじゃありませんか！」ヘンリエッテは捨てぜりふとともに部屋を飛び出し、荒々しく背後のドアを閉めた。

間もなく、問題の客が他ならぬミス・ヘンリエッテの妹、ミス・ジョーン・デュプレシスであることが召使い達にも知れた。最近、デュプレシス大尉はポンディシェリーで亡くなったらしい。娘は伯母のレディ・ダルブカークに手紙を書き、援助と庇護を求めたようだ。当然、女男爵はもう一人の姪も面倒を見るべきだと判断した。

ミス・ジョーンは姉とまるで違うタイプだった。小柄で色白、外国風ではなくイギリス人らしい顔立ち。優雅かつ上品な物腰で、すぐに館の召使い達の好意を勝ち得た。さらに、インドから連れてきた混血の侍女とミス・ジョーンの結びつきは、驚くほど強かった。

しかしながら、二人の新来の客が到着してからというもの、揉め事が絶えず、激しい言い争いも日常茶飯事となった。ヘンリエッテは妹をひどく嫌っているらしく、ルーナという名前らしい色の黒い侍女には特に激しい嫌悪感を示した。

何かきわめて深刻な事態が前途に待ち受けていることを、フォードウィッチ館の召使い達は信じて疑わなかった。執事や下僕達は、夕食時にかなり険悪な調子の会話を小耳に挟んでいた。「弁護士」とか「証拠」、「結婚証明書、出生証明書」などの言葉が聞こえ、召使い達が近くに居合わせるとすぐに声は低くなった。女男爵はひどく気を揉んでいるらしく、ミス・ヘンリエッテと小さな私室に何時間も閉じこもる。中からはレディ・ダルブカークの悲痛な泣き声やミス・ヘンリエッテの荒々しい怒声など、不穏な物音が聞こえた。

ロンドンの高名な弁護士、マッキンリー氏が二、三度フォードウィッチ館を訪れた。レディ・ダルブカークは長時間話し合っていたが、その後は目を真っ赤に泣きはらしていた。マッキンリー氏とレディ・ダルブカーク、そしてミス・ジョーンの話し合いの席に必ずと言っていいほどインド人の侍女ルーナが立ち会うことを、召使い達は非常に不思議に思った。それ以外の場では、ルーナは誰とも関わろうとしなかった。極端な無口で、レディ・ダルブカークとミス・ジョーン以外には一切関心がないらしい。ミス・ヘンリエッテの激しい癇癪にもびくともしない。妙なのは、突然館から半マイルほど離れた小さなローマ・カトリック修道院の礼拝堂に足繁く通うようになったことだ。やがて、ゾロアスター教徒の子孫であるルーナが、司祭によりローマ・カトリックへ改宗したことがわかった。

申し添えておくが、これは全てここ二、三ヶ月の間の話だ。実際、ジャック・ダルブカーク大尉が定期的なご機嫌伺いとしてフォードウィッチ館に現れたのは、ミス・ジョーンが到着してからちょうど十二週間後だった。初対面のときから、大尉はジョーンに並々ならぬ好意を抱いたらしい。この好意がすぐに愛情へと成長したことは、誰の目にも明らかだった。その頃から姉妹喧嘩の頻度が増し、深刻化したこともまたたしかだった。ミス・ヘンリエッテがミス・ジョーンに焼き餅をやいているというのが一般的な見方だった。どういうわけか、レディ・ダルブカーク自身はこの恋愛関係に強い不快感を抱いたようだ。

そして、悲劇は起こった。

ある朝、ジョーンが階下へ駆け下りてきた。青ざめて全身を震わせ、嗚咽《おえつ》を漏らしながら走ってくる。

「ルーナ！　可哀相なルーナ！　わかっていたのよ！　こうなることはわかっていたのよ」

たまたま、階段の下でダルブカーク大尉に出くわした。大尉に訳を問いただされても、ジョーンは口も利けない。何も言わずに上階を指さすだけだった。本気で不安になった大尉が階段を駆け上がり、ルーナの部屋のドアを一気に開けた。背筋が凍りついた。不幸なルーナは小さな折り畳み式のベッドに横たわり、鼻と口をハンカチでふさがれ、喉を切り裂かれていたのだ。目を覆いたくなるような光景だった。

どう見ても、ルーナの息はない。

ダルブカーク大尉はジョーンに落ち着くよう言い聞かせ、少なくとも近所の医師に使いを出してレディ・ダルブカークに悲報をそれとなく伝えるまではしっかりしているようにと励ました。あくまで冷静に、大尉は静かにドアを閉め直した。

大至急呼ばれてきた医師は、約二十分後に到着した。ジョーンとダルブカーク大尉の恐れていた事実が、改めて確認されただけだった。ルーナは完全に死んでいた。医師によれば、死後数時間が経過しているとのことだった。

2

そもそもの初めから、この謎の事件に対する世間の関心は常になく高かった。殺人事件当日の夕刊各紙には、派手な見出しが踊った。

フォードウィッチ館の惨劇
重要な証人、殺害される
貴人に対する重大な嫌疑

こんな調子だ。

時間の経過と共に、事件の謎は深まる一方だった。遅かれ早かれ主任が自分に協力や助言を求めざるを得ない事態になると、レディ・モリーは見越していたに違いない。私に検死審問を傍聴させ、事件に関することならなんでも——一見つまらないことでも——細大漏らさず見聞きしてくるように、との厳命を下した。レディ・モリー自身はロンドンに留まり、主任からの連絡を待つことになった。

検死審問はフォードウィッチ館の食堂で行われた。二階で気の毒な被害者の死体を確認した検死官と陪審員がようやく着席したときには、立派なホールは立錐の余地もないほどだった。どんな小説家でも食指が動くほどの劇的な場面だった。審問が開始される直前にドアが大きく開き、しーっというささやき声が広がる。人々がかしこまるなか、背筋を伸ばして四角張って歩いてきたのは、ダルブカーク女男爵だった。姪のミス・ヘンリエッテがつき添い、近衛隊の大尉、親戚のジャックがすぐ後に続く。

老婦人はいつものように取り澄ました横柄な態度だった。運動好きの姪も同じだ。一方、ダルブカーク大尉は頬を紅潮させ、困惑した表情を浮かべている。部屋に入ってくるなりジャックの視線が小柄な女性を求めてさまよったことに、皆が気づいた。恰幅のいい高名な弁護士、ヒューバート・マッキンリー氏の傍らで、身動き一つせずに黙りこくっている姿。真っ黒なラシャのドレスを着た、ミス・ジョーン・デュプレシスだ。ジョーンの若々しい顔は青ざめ、涙の跡が残っていた。

最初は順当に地元のウォーカー医師が証人として呼ばれた。医師の証言はあくまで専門的だった。死体を調べた結果、被害者の鼻腔にクロロホルムを染み込ませたハンカチが押しあてられていたこと、就寝中に襲われた可能性が高く、鋭利な刃物で喉を切られていたことが判明したと証言する。不幸な被害者に抵抗した形跡はまったくないことから、即死状態だったとみられた。

検死官の尋問に答え、医師はこのむごたらしい犯行には特別な腕力や暴力行為を要しなかっただろうとつけ加えた。襲われたとき、被害者が意識不明の状態だったのは疑問の余地がない。つまり、並はずれて冷酷非情な犯行だったことになる。

まずハンカチが、続いてナイフが提出された。派手な色のハンカチは、被害者の持ち物と証言された。凶器は外国製の古風な狩猟用ナイフで、ホールの片隅に飾られていた武器一式のうちの一つだと判明した。エリオット刑事が近くのゴルフ場でハリエニシダの茂みから発見したときにはまだ血痕が残っており、そのナイフが凶行に用いられたことは火を見るよりも明らかだった。

次に証人として呼ばれたのは、ダルブカーク大尉だった。証言することはあまりなかった。部屋の奥に死体を発見し、すぐさま元どおり扉を閉め、ジョーンに落ち着くよう言い聞かせ、召使いを呼んで医者のもとへやっただけだった。

フォードウィッチ館の使用人達も何人か呼ばれた。インド人の侍女が並はずれて無口だったこと、そのため召使いの間でもすっかり孤立していたことを、異口同音に証言する。しかし、ミス・ヘンリエッテのメイド、ジェーン・パートレットは一つ、二つもっと興味深い証言をした。亡くなった被害者とは他の誰よりも親しかったらしい。少なくとも、一度個人的な話をしたことがあった。

「ご主人の話がほとんどでした」検死官の質問に対し、ジェーンは答えた。「ジョーン様が何よりも大切だったんです。ご主人のためなら死んでも構わないと言っていました。私は外国人らしい大げさで馬鹿馬鹿しい言い方だとばかり思っていました。ですが、私が笑うと、ルーナはとても腹を立てまして、ドレスの前をはだけ、裏地に縫いつけてある書類を見せてくれました。『この書類全部、大事なご主人の財産』そう言うのです。『ルーナが命をかけて守る。取り上げるなら、まずルーナを殺さなくちゃならない！』」

それが六週間ほど前のことです」ジェーンは話を続けた。メイドの証言が進むにつれ、奇妙な畏怖の念が傍聴人全員に広まっていくようだった。「最近は、前にもまして無口になりました。一度私が書類の話をしましたら、すごい剣幕で余計なことを言うなと怒りだしました」

書類のことを誰かに話したかと訊かれ、ジェーンは否定した。

「もちろん、ミス・ヘンリエッテは別です」わずかにためらった後、ジェーンはつけ加えた。

このような予備審問の間、レディ・ダルブカークはダルブカーク大尉と姪のヘンリエッテの間に折り目正しく座り、我関せずと超然たる態度で一言も口を利かなかった。一方、ヘンリエッテはあからさまに退屈している様子だ。一、二度、人に聞こえるあくびをして、傍聴人達の感情を逆なでした。これほど謎めいた悲劇の真っ只中だというのに、実の妹が悲嘆に暮れているというのに、まるで人ごとのような態度は周囲の反感を買った。ルーナの死体が安置されている真下の部屋で、検死審問が始まる直前までフェンシングのレッスンを受けていたこと、事件発覚から一時間も経たないうちに、平然とゴルフをしていたことは皆に知れ渡っている。

そして、ミス・ジョーン・デュプレシスが呼ばれた。

この若い娘が進み出たとき、部屋は緊迫した沈黙に包まれた。観客達がドラマチックな芝居の見せ場の幕が上がるのを、固唾をのんで待ちかまえているときの雰囲気によく似ている。しかし、ジョーンは冷静で落ち着いていた。喪服姿は見るからに哀れをそそり、若々しい顔には忠実な友人の悲惨な死に対する悲しみがはっきり刻み込まれている。

検死官の尋問に対し、ジョーン・クラリッサ・デュプレシスと名乗り、侍女が亡くなるまでフォードウィッチ館に住んでいたことを簡潔に述べる。しかし、事件後はその仮住まいを出て、町のはずれにあるダルブカーク・アームズという静かで質素なホテルへ引き移ったと説明する。

この事実を初めて知った者達が息をのむ。検死官は優しく尋ねた。

「あなたはたしか、インドのポンディシェリーの生まれでしたね。また、ダルブカーク女男爵の実の妹であるデュプレシス夫人とデュプレシス大尉の次女ですね?」

「私はポンディシェリーで生まれました」ジョーンは静かな声で告げた。「そして、ダルブカーク女男爵の実の妹である故デュプレシス夫人と故デュプレシス大尉の唯一の嫡出子《ちゃくしゅつし》です」

この証言に、傍聴人の間にはざわめきが走った。検死官がすぐに静粛を命ずる。証人はわざわざ『嫡出子』と強調した。聞き誤りようがない。そこに、今まで不可解そのものだったインド人女性の怪死を解き明かす手がかりがあるに違いない。

全員の視線が老ダルブカーク女男爵と姪のヘンリエッテに注がれる。しかし、二人はひそひそとおしゃべりをしており、審理の進展にはもはやまったく興味を失っているようだ。

「被害者はあなたの忠実な侍女でしたね?」わずかな間をおいて、検死官が続ける。

「はい」

「最近、あなたと一緒にイギリスに来たのですね?」

「はい。私が亡き母の唯一の嫡出子であること、つまりダルブカーク家の爵位の相続人であるという私の言い分を証明するため、一緒に渡英する必要があったのです」

この証言をしたジョーンの声は、微かに震えていた。しかし、張りつめた沈黙のなか、ジョーンは傍目にもわかるほど懸命に自制した。検死官の尋問に応じ、忠実なメイドの死を発見した経緯を明確に答える。証言が十五分ほど続いた頃、不意に検死官が重大な質問を発した。

「先程の証言にも出ましたが、被害者が肌身離さず持っていた書類について、何かご存じですか?」

「はい」ジョーンの声は穏やかだった。「私の主張の証拠となる書類でした。私の父、デュプレシス大尉は母と会う前の青年時代に、ルーナの姉にあたるインド人の混血女性と極秘結婚をしておりました。二人はうまくいかず、子供はありませんでしたし、父は別れる決意をしました。ですが、そのとき手続きの合法性はまったく問題にされなかったのです。その後、父は母と一緒になり、最初の妻は傷心のあまり亡くなりました。ただし、その女性が死んだのは、姉のヘンリエッテが生まれたわずか二ヶ月後だったのです。父は最初の妻が二年ほど前に亡くなったと思い込んでいました。母に対して由々しい不法行為を働いてしまったと知り、父はさぞかし大きなショックを受けたに違いありません。関係を正すために、父と母は改めて結婚の手続きをとりました――今回は合法的な結婚です。父はこの件をもみ消すために、ルーナの親戚に大金を支払いました。この二度目の――この時初めて合法的になったのです――結婚後一年を待たずに私が生まれ、母は亡くなりました」

「それでは、何度も証言に出た書類は――具体的にどのようなものでしたか？」

「父と最初の妻との結婚証明書、ヘンリエッテ出生の二ヶ月後にその女性が死亡したことに関する宣誓供述書が二通。一通は当時ポンディシェリーの高名な医師だったレノー先生のもので、もう一通は姉を腕のなかで看取ったルーナ本人のものでした。レノー先生は亡くなりました。今回ルーナが殺されて、全ての証拠もなくなってしまい――」

ジョーンの声はすすり泣きに代わった。しかし、懸命な努力をしてジョーンはすぐに自分を取り戻した。傍聴人で一杯の部屋では、ピン一本落とした音も聞こえただろう。皆が全身を耳にして聞き入っていた。

「では、それらの書類はまだルーナさんが持っていたんですね？　なぜです？」検死官が尋ねた。

「自分で保管する勇気がなかったのです」伯母と姉に目を向けた証人の若々しい顔に、恐怖の色がにじむ。言外の意味が感じ取れるようだ。「ルーナは手放そうとしませんでした。服の裏地につけて持ち歩き、夜は全て枕の下に置いていました。ルーナが――ルーナが亡くなって、ウォーカー先生が席を外したとき、私の未来の全てがかかっている書類を取り戻すのは私の権利だと思いました。マッキンリー先生に管理してもらいたかったのです。ベッドや可哀相なルーナの手元にあった服を全て念入りに探したのですが、書類は見つかりませんでした。なくなってしまったんです」

この証言がもたらしたセンセーションは、改めてご説明するまでもあるまい。全員の注目が青ざめた娘の顔から姉の方へと一斉に移った。ヘンリエッテは証人のほぼ真向かいに座っており、がっちりした肩をすくめ、冷たく傲慢な態度で目の前の哀れな妹に無関心な視線を注いでいる。

「さて、書類のことはひとまずおくとしましょう」一息ついて検死官は続けた。「ルーナさんの私生活についてご存じのことはありませんか？　敵はいませんでしたか、恋人はいかがです？」

「いいえ」ジョーンは答えた。「ルーナは私と私の権利のために、身も心も捧げていたのです。私は何度か書類をマッキンリー先生に預けるよう頼んだのですが、ルーナは誰も信用しようとしませんでした。私の言うとおりにしていてくれたなら――」気の毒なジョーンはここで思わず嗚咽した。「私の将来全てがかかっている書類をなくさずにすんだのに。この世で一番私を大切にしてくれた人が、無惨に殺されることはなかったのに」

悪気がないのはもちろんだが、この娘が無意識のうちに目の前の人物に対して重大な告発をしているさまには空恐ろしいものがあった。事件全体が紛糾し、謎めいていく一方なのは、誰の目にも明らかだった。今の哀れを誘う話を聞いて、この場にいる全ての人間が心中に描き出した事件の構図を想像できるだろうか？　自分が正当だと信じる権利を行使するためにイギリスまでやってきたジョーンは、大事な証人を卑劣にも殺されてしまい、自分の言い分を証明することがきわめて困難な状況へと一気に追いつめられたのだ。

ルーナが死んで書類が紛失した結果、ジョーンの主張の立証がきわめて困難になったことは、弁護士のマッキンリー氏の証言ではっきりした。むろんのこと、マッキンリー氏はあまり多くを語れなかったし、証言を証拠として採用するには無理があった。ルーナとジョーンはマッキンリー氏を完全に信用せず、一度も証拠品を実際に引き渡したことはなかった。弁護士はデュプレシス大尉の最初の結婚証明書を確認しており、写しは当然簡単に手に入れられると証言した。問題の女性は一八八一年のコレラの大流行で亡くなったらしい。多くの犠牲者が出たためにポンディシェリーでは詐欺や隠蔽工作が横行し、フランス政府の怠慢もあって、死亡証明書がきわめて簡単に、かついい加減に発行された。

ルーナは、姉がデュプレシス大尉の長女誕生の二ヶ月後に自分の腕のなかで息を引き取ったことを証言するつもりでイギリスに来たのだ。レノー医師は亡くなったため、宣誓供述書のみだ。これらの供述書には、マッキンリー弁護士も目を通していた。

ジョーン・デュプレシスの主張の裏付けとなる証拠のうち、今も残っているのは、両親が長女のヘンリエッテが誕生した後で二度目の結婚の手続きをとっているという事実だけだった。この事実は否定されず、必要であれば簡単に証明できることだったが、それでも決定的な証拠とはなり得ない。デュプレシス大尉が手続きに疑念を覚えていたことは察せられる。そのせいで、念のため二度目の結婚の手続きがとられたのかもしれない。しかし、長女が非嫡出子だと証明したことにはならない。

実際、マッキンリー氏の証言が進むにつれ、書類の強奪こそこの不幸な殺人事件の狙いだったのだとの印象は強くなっていた。ルーナは主人の将来のかかっている証拠品を肌身離さず持っていた。その忠実さのために、命を落としたのだ。

その後も、何人かの証人が呼ばれた。召使い達は念入りな尋問を受け、医師は再喚問された。しかし時間をかけて苦労したにもかかわらず、検死官も陪審員も今までの証言にさらなる光明を投げかける事実を一つも引き出せなかった。

インド人の女性は殺害された！

肌身離さず持ち歩いていた書類が消えた！

その二点の事実以外はまったく何もない！　沈黙と解きがたい謎という壁で、八方ふさがりだ！

フォードウィッチ館の執事は、凶器となったナイフがたしかにいつもの場所からなくなっていたと認めた。が、紛失に気づいたのは事件発生後の朝で、以前からなくなっていたわけではない。さらに、この地域でクロロホルムを購入した唯一の人物が被害者本人であると判明し、事件はさらに混迷の度を深めた。

二、三週間前のある日、ルーナは近所の薬局へ行き、髪を清めるためのクロロホルムの処方箋を出した。薬剤師はごく少量を小さな瓶に入れて渡した。瓶は空になった状態で、後程ルーナ自身の化粧台の上で発見された。事件当夜聞き慣れない物音などは耳にしていないことを、フォードウィッチ館の全員が宣誓した。気の毒なルーナ自身と隣り合った部屋で休んでいたジョーンさえ、何も異常な音は聞いていないと言った。しかし、二人の部屋をつなぐドアは閉まっていたし、犯行は音をたてずに素早く行われていた。

結果として、不気味な疑いと名状しがたい恐怖を残したまま、この異常な事件の検死審問は終了した。

陪審は「単数もしくは複数の未知の人物による故意の殺人」との評決を答申した。次の瞬間、レディ・ダルブカークは立ち上がり、姪の腕にすがって静かに部屋を出ていった。

3

ヤードでも腕利きの二人、ピーグラムとエリオットが引き続き事件を担当することになった。二人はフォードウィッチ——館の近くの小さな町——に宿をとった。ミス・ジョーンも同じくダルブカーク・アームズにそのまま滞在し続けることを決めた。私は検死審問終了後すぐにロンドンへ帰った。ダルブカーク大尉は連隊に戻り、館の二人の女性は以前とまったく変わらぬ静かで贅沢な生活に戻った。レディ・ダルブカークはいくらか孤独な女王然とした暮らしを送っていた。ミス・ヘンリエッテはフェンシングやボクシングをし、ホッケーやゴルフを楽しんだ。傲慢な主人達の立派な館の上には、名付けようのない不気味な疑いが醜い猛禽《もうきん》のようにさまよっていた。

二人の貴婦人は世間の評判などあえて鼻であしらうことにしたのかもしれない。しかし、風あたりは強かった。面と向かって非難する者こそいなかったが、事件当日の朝、ミス・ヘンリエッテが凶器の見つかったゴルフ場でプレーしていたこと、ミス・ジョーン・デュプレシスが爵位の継承権を立証できずに終われば当然その地位にはミス・ヘンリエッテがとどまることを、誰もが忘れていなかった。今やダルブカーク家の女性達が馬車で村の通りを走っていても、帽子を取って会釈をする者は一人もいない。教会で司祭が十戒の六ヶ条目『汝、殺すなかれ』を読み上げれば、全員が恐れのこもった目で女男爵と姪を見る。

フォードウィッチ館は孤高を持する構えだ。日刊紙はますます辛辣な論調でスコットランド・ヤードの運営費を無駄金と非難し、人々の忍耐も限界に達していた。

主任は頭を抱え、レディ・モリーを呼んだ。二人が話し合った結果、私は再度フォードウィッチへと向かうことになった。ただし、今回はレディ・モリーも一緒だ。レディ・モリーは、この謎の事件の捜査に必要と思われる行動は全て許可するという白紙委任状《カータ・ブランシュ》を、上層部から取りつけていた。

例によってニューカッスルで長時間待たされ、私達がフォードウィッチに着いたのは午後八時だった。ダルブカーク・アームズで部屋を取り、まずい夕食をそそくさと口に運びながら、レディ・モリーは計画の一端を明かしてくれた。

「私にはあの殺人事件の細部まで手に取るようにわかるのよ、メアリー」熱のこもった口調だった。「まるで自分がずっとフォードウィッチ館に住んでいたみたいにね。他の刑事達がどこでつまずき、なぜ解決できなかったかもはっきりわかっているの。でもね、いくら主任が自由裁量を認めてくれたとしても、今からやろうとしていることは型破りだから、失敗すれば即刻首になるでしょう。あなたの経歴にも傷がつく。まだ遅くないわ――今なら、手を引いて私一人にまかせてもいいのよ」

私はレディ・モリーの顔をまともに見た。黒みを帯びた瞳が輝いている。その目には洞察力が、いや〝森羅万象〟を見通す素晴らしい能力が宿っていた。

「なんでも言われたとおりにします、レディ・モリー」私は淡々と告げた。

「じゃあ、もうお休みなさいな」レディ・モリーは言った。この気まぐれな態度は私にとってはこの上なく魅力的だが、他の人々ならとてもついていけまい。

レディ・モリーは私の異議には耳を貸さず、質問にも答えてくれなかった。仕方なく、私は部屋へ引き上げた。翌日の早朝、注文仕立て《テーラー・メード》ドレスを着て完全に身支度を整えた優美なレディ・モリーが、私のベッドの脇に立っていた。

「いったい何時なんです?」いっぺんに眠気が吹っ飛び、私は尋ねた。

「あなたが起きるには早すぎる時間よ」レディ・モリーは落ち着いている。「近くにあるローマ・カトリックの修道院へ、早朝のミサに出かけるところなの」

「ローマ・カトリックの修道院のミサへ?」

「そうよ。私の言ったことをいちいち繰り返すのはやめてちょうだい、メアリー。馬鹿げた時間の無駄よ。ここでは私、アメリカ人のミセス・サイラス・A・オグデンということになっているの。故障した自家用車をニューカッスルで修理している最中で、このあたりの美しい景色を楽しんでいるというわけ。ローマ・カトリック教徒だから、まずミサに行のよ。レディ・ダルブカークとは一度ロンドンで会ったことがあるから、後で館にご挨拶に伺ってくるわね。帰ったら一緒に朝食をとりましょう。あなたはその間にミス・ジョーン・デュプレシスとうまく近づきになってみて。ここに宿泊しているから、朝食に誘ってちょうだい」

私が何も言えないでいるうちに、レディ・モリーは出ていってしまった。すぐさま指示に従うしかない。

一時間後、小さなホテルの庭をぶらついているミス・ジョーン・デュプレシスを見かけた。声をかけるのは簡単だった。ジョーンも話し相手ができて見るからに嬉しそうだ。私達は天気のことなどをおしゃべりした。フォードウィッチ館での悲劇の話題を巧みに避けていると、十時頃にレディ・モリーが戻ってきた。三時間前に出ていったときと同じく、レディ・モリーは優雅で落ち着いた様子だった。しかし、レディ・モリーを知り抜いている私はその目に勝利の輝きを認め、計画が図にあたったことを悟った。ピーグラムも一緒に来ていたが、すぐさまホテルの中へと消えた。レディ・モリーは一人で庭にいる私達のところへやってきて、上品な挨拶と自己紹介をした上で、一緒に二階の喫茶室へ行こうとミス・ジョーンを誘った。

誰もいない喫茶室のテーブルにつく。私は興奮で震えながら成り行きを見守った。開いた窓の向こうに、急ぎ足で通りを歩いてくるエリオットの姿が見えた。やがて、ウェイトレスが去り、緊張で会話も食事も手につかない私をよそに、レディ・モリーは如才なくミス・ジョーンにインドでの生活や父親のデュプレシス大尉について尋ねている。ジョーンは、昔から自分が父親のお気に入りだったことを認めた。

「どうも、父は姉のヘンリエッテと気が合わなくて」ジョーンはつけ加えた。

最初にルーナと会ったのはいつか、とレディ・モリーが訊く。

「母が亡くなったとき、家に参りまして」ジョーンが答える。「赤ん坊の私の世話をしてくれたんです」ポンディシェリーでは、かつては実の姉が女主人だった士官の家で、妹が召使いとして働いても別に不思議はないらしい。ポンディシェリーはフランスの植民地で、物事の流儀や習慣に、かなり独特のところがあった。

私は思い切って、今後の身の振り方をジョーンに尋ねてみた。

「そのことですか」ジョーンはとても悲しそうだった。「もちろん、伯母の存命中はどうしようもありません。伯母に同居や相続人の資格を、無理に認めさせることはできませんから。ただ、伯母が亡くなったとき、仮に姉がダルブカーク家の称号と財産を奪おうとしたなら」不意に、ジョーンの子供っぽい顔つきが異様な――憎しみと酷薄さを感じさせるほどの――復讐の念にゆがむ。「そのときは、ルーナの悲劇を再度表沙汰にするつもりです。世間が味方してくれると――」

言葉が途切れた。窓の外を眺めていた私は、ジョーンに視線を戻した。真っ青な顔で正面を見つめている。手からナイフとフォークが落ちる。私はピーグラムの姿に気づいた。ピーグラムはテーブルに歩みより、書類の束をレディ・モリーに手渡した。

何もかも一瞬でわかった！

追いつめられた獣のような、絶望の叫び声があがった。かん高い悲鳴にピーグラムの怒声が被さる。「おい、やめろ」止めるまもなく、ジョーンの美しい姿は一瞬で開いた窓の中央へ移動していた。

次の瞬間、ジョーンは下へと消え、血の凍るような鈍い衝突音が聞こえた。

ピーグラムが部屋から飛び出す。しかし、レディ・モリーは座ったまま動かなかった。

「無実の人のぬれぎぬを晴らすことはできたわ」レディ・モリーの声は静かだった。「でも、犯人は自ら罰を受けてしまったわね」

「じゃあ、あの娘が犯人だったんですか？」呆気にとられ、私はつぶやいた。

「そうよ。最初からおかしいと思っていたの」レディ・モリーは冷静に答えた。「ルーナがローマ・カトリックに改宗したこと、その後の態度の変化が最初の手がかりになったのよ」

「でも、なぜ——なぜなんです？」私はやっとの思いで言った。

「簡単なことよ、メアリー」レディ・モリーは華奢な手で書類の束を軽く叩いた。ひもをちぎり、紙をテーブルに広げる。「何もかもでっち上げだったのよ。最初の妻との結婚証明書はたしかに本物よ。でも、ルーナが肌身離さず書類を持っていてマッキンリーさんにも預けようとしなかったと聞いて、他は偽物ではないかと思ったの。最初はたんなる恐喝が目的だったに違いないわ。書類はレディ・ダルブカークから金を強請《ゆす》り取る道具で、法廷に持ち出すつもりはなかったのよ。

もちろん、事件全体でルーナの役割は重要だった。最初のミセス・デュプレシスが死亡した日を宣誓証言するつもりでいたんですからね。もちろん、ジョーンの差し金よ、いえ、デュプレシス大尉本人かもしれないわね。自分や可愛がっている次女をまるで顧みようとしない身内に憎しみを抱いていたのでしょう。むろん、真実は永久にわからないわ。最初、ルーナはゾロアスター教徒で、乳母として育てた主人に犬のように忠実だった。そのジョーンが、ルーナに役目を徹底的にたたき込んだに違いないわ。でも、やがてルーナはローマ・カトリック教を信じるようになった。いい、本気で改宗したのよ。そしてローマ・カトリック教徒らしく、地獄の業火を恐れるようになった。今朝、修道院へ行って来たでしょう。司祭様の説教を聞いて、その力強い言葉が無知で迷信的なルーナにどんな影響を与えたかがわかったの。可哀相に。女主人のためなら死んでも構わないという覚悟に変わりはなかったでしょうけど、もう嘘をつく気はなくなった。ミサの後、フォードウィッチ館へ行ったわ。私の身分を知ったレディ・ダルブカークは、ルーナが殺された寝室に案内してくれたの。そこで発見したことが二つあるわ」レディ・モリーはまだ腕に提げたままの上品なレティキュールに手を入れ、大きな鍵と祈禱書を私の目の前に置いた。

「鍵はルーナの寝室だった次の間の、古い戸棚の引き出しから見つかったわ。あの気の毒な人が持っていた細々したものも、全部一緒に入っていたの。そして、ジョーンの寝室に通じるドアを抜けようとしたら、鍵がかかっていたのよ。この鍵がぴったりだった。ルーナは自分の部屋の側からドアに鍵をかけていた——主人を怖がっていたのよ。そのとき、私の推理が正しいとわかったわ。祈禱書はローマ・カトリックのものだった。偽証や嘘が恐ろしい罪としてあげられ、地獄の業火の罰を受けると書かれた箇所は、すっかり手ずれしていたの。改宗したばかりのルーナは迷信の虜になり、恐ろしい罪を犯すのが怖くなったのね。

あの二人、無惨な非業の死を遂げた二人の間で何があったか、誰にもわからないでしょう。ジョーン・デュプレシスはどんな嘆願を、どんな説得をして、どれほど泣いたのかしら？　自分に富と栄光をもたらす偽証を、ルーナがしてくれる見込みはないと知ったときから、あの悲劇の日、もはやルーナが沈黙を守ってはくれないと悟り、口をふさぐために恐ろしい手段にでたときまで？

このことがはっきりして、私は大胆な攻撃《クー》を仕かけることにしたの。いい、絶対の自信があったのよ。ここでジョーンとおしゃべりをして引き留めている間に、ピーグラムをジョーンの部屋へやって、ハンドバックと化粧箱の鍵を壊して開けるよう言いつけたの。ね——見込み違いだったら職務規程違反で解雇されるだろうと話したでしょう？　私にそんな権利は一つもないんですもの。でも、仮に私が見当をつけたところからピーグラムが書類を発見すれば、殺人犯に法の裁きを受けさせることができるというわけ。私は同性のことをよく知っていると思わない、メアリー？　ジョーン・デュプレシスが書類を破棄しなかったこと、決して破棄することはないとわかっていたのよ」

レディ・モリーが話していたそのとき、外の廊下で重い足音が響くのが聞こえた。私は戸口に駆けより、ピーグラムと出くわした。

「完全に事切れています」ピーグラムは告げた。「下の石畳の舗道に、四十フィートも上から墜落したんですから」

犯人は自らに罰を科したのだった！

事件の真相が公表された日、レディ・ダルブカークは五千ポンドの小切手をレディ・モリーへ送ってきた。

皆さんは正当な報酬だったと言ってくれると思う。レディ・モリーはあの華奢な手でフォードウィッチ館の悲劇を覆っていたベールを引き開けた。ジョーン・デュプレシスの化粧箱の中からは書類が発見され、犯人は自殺した。インド人の女性の殺害事件は、もはや謎ではなくなったのだ。

とある日の過ち

1

新聞の読者には〝サマセットシャーの暴行事件〟として知られている、あの複雑な怪事件。あの事件を見事解決に導いたのが、洞察力と切れ味にすぐれたレディ・モリーの頭脳であったことを、ご存じの方はいないだろう。

実際、今日まで——一般の人々に関する限り——サマセットシャーの暴行事件の真相が明らかにされることはなかった。警察を批判することが好きなお節介達が、我々捜査課の驚くべき無能力ぶりを示す好例として、始終あの事件を取り上げている。

ブリストル湾に臨む保養地ウェストン・スーパー・メアに滞在中だったジェーン・ターナーという若い女性が、ある日の午後、猿ぐつわをかまされて縛り上げられ、身動きできないまま恐怖と飢えに衰弱した状態で発見された。現場はミス・ターナーが宿泊していた有名なアパート式ホテルの寝室だ。直ちに警察が呼ばれ、ミス・ターナーは話ができるようになるとすぐ、この謎めいた事件を可能な範囲で説明した。

ジェーンはブリストルの大型服地店の店員で、年に一度の休暇をウェストン・スーパー・メアで過ごしていた。父親はバンウェル——ウェストンから四マイルほど離れた村——で肉屋を営んでいる。九月三日金曜日の午後一時頃、週末を両親と一緒に過ごす予定だったジェーンはバンウェルへ向かう準備に追われ、寝室で身の回りのものを慌ただしくハンドバッグに詰めていた。

そのときドアがノックされ、人の声がした。「私よ、ジェーン。入ってもいい？」

聞き覚えのない声だったが、友人だろうと思ったジェーンは叫んだ。「どうぞ！」

気の毒なジェーンがはっきり思い出せるのはそこまでだ。次の瞬間、ドアが勢いよく開き、凄まじい勢いで誰かが襲いかかってきた。テーブルの倒れる音がした。ジェーンは鼻と口に湿ったハンカチを押しあてられると同時に、側頭部を殴られた。

その後のことは、まったく記憶にない。

だんだん意識が回復し、自分が大変な目に遭わされたことがわかってきた。二十四時間後、ホテルのおかみ、ミセス・スクワードが縛られたままのジェーンを発見した。

犯人の様子を説明してみてくれと言われたジェーンは、ドアが開いたとき、ベールとボンネット（顎の下でひもを結ぶ昔の婦人帽）をかぶり、大きなマントを着た年輩の女性を見たような気がすると話した。しかし、襲ったときの腕力や荒っぽさから、犯人は男に違いないとも言った。ジェーンに敵はなく、金目のものも持っていない。ただ、ごくつまらないものしか入っていないハンドバッグがいずれにしろ消えていた。

他方、この一見理由のない異常な暴行事件にまつわる謎については、ホテルの人々もほとんど解決の光明を投ずることができなかった。

ミセス・スクワードが覚えているのはこれだけだった。金曜日、ミス・ターナーがバンウェルに出かけるので週末は留守にすると告げた。しかし、週明けの月曜には戻ってくるので、部屋をそのまま押さえておいて欲しいとのことだった。

そんな話をしたのが十二時半頃だった。多くの宿泊客達に昼食を用意している忙しい時間帯だ。ジェーンに外出する様子がないのに、ホテルの従業員達は気にも留めなかったわけだが、仕方のないことだろう。ミセス・スクワードがたまたまあの種の人々にありがちな吝嗇家《りんしょくか》でなければ、気の毒な娘は最終的に発見されたときの見るも哀れな状態のまま、数日間放置されていたに違いない。

その週末、ウェストン・スーパー・メアは大変な混雑で、宿泊の申し込みが引きも切らなかった。ミセス・スクワードは一晩か二晩、ちょうど宿泊客が不在の部屋を又貸しして、料金の二重取りをしたところで差し支えないだろうと考えた。

土曜の午後、ミセス・スクワードはお客をミス・ターナーの部屋へ案内した。ドアを一気に開けたところ――ちなみに鍵はかかっていなかった――椅子から落ちそうな格好で縛り上げられ、ウールのショールを顔の下半分に巻きつけられた哀れな娘を発見し、腰を抜かした。

気の毒な被害者を解放したミセス・スクワードは、すぐさま警察に通報した。地方警察のパースンズ刑事が頭を絞り、直ちにきわめて曖昧な証拠をわずかばかり集めた。

まず問題になったのは、ジェーン・ターナーが犯人としてあげた、大きなマントを着た年輩の女性だった。その証言にあてはまる人物が、金曜日の午後一時頃ホテルにミス・ターナーを訪ねてきていた。玄関で応対したメイドは、バンウェルに行ったと思うと答えた。

「あら！」その老婦人は言った。「そんなはずないわよ。私、ミス・ターナーの母親です。こちらで落ち合って、一緒に行くはずなんですけど」

「だったら、まだお部屋でしょう」メイドは告げた。「お知らせしてきましょうか？」

「お構いなく」女は言った。「場所はわかってますから。自分で行きます」

老婦人はメイドをおいてホールを横切り、二階へ上がっていった。その女が下りてきたところを見たものはいない。しかし、宿泊客の一人が、ジェーン・ターナーの部屋のノックの音と「ジェーン、私よ。入っていい？」と呼びかける女の声を聞いていた。

その後何が起こったのか、その女は何者か？　ジェーン・ターナーを襲い、少しばかりのつまらない品を奪った目的は何か？　これらの難問が警察に突きつけられた。その謎は解明されずに終わったことになっている。ジェーン・ターナーの母親は事件当時足首のけがでふせっており、動けない状態だった。つまり、あの老婦人は偽物だったのだ。女の捜索──周到な捜索が懸命に行われた、念のため──は、公にはなんの成果も得られかったとされている。しかし、今回はもう少しお話しできる。

犯行現場には、捜査の手がかりになるようなものがほとんどなかった。ジェーン・ターナーを縛り上げたロープからは、何も出てこない。ウールのショールはミス・ターナー本人のもので、犯人が悲鳴を押し殺すためにとっさに拾い上げたのだろう。床に落ちていたハンカチにはイニシャルもクリーニング店の印もない。クロロホルムが染み込ませてあって、薬瓶は近くから発見された。小さなテーブルはひっくり返され、上に乗っていた品々——ささやかな花をさした花瓶、ビスケットの箱、『ウェスト・オブ・イングランド・タイムズ』紙が何部か——が散らばっていた。

それっきりだ。犯人は冷酷に目的を成し遂げ、誰にも見咎められずにうまく姿を消した。忙しい昼食時であったため、逃げるのはごく簡単だったに違いない。

もちろん、ヤードでも指折りの面々が様々な推理を展開した。一番有望視された理論はこうだ。被害者の恋人、競馬ごろのアーサー・カットブッシュが犯人、少なくとも一枚嚙んでいるという説だ。主任が地方警察の応援に派遣したダンヴァーズ警部は、被害者のジェーン・ターナー自身も恋人を疑い、金目のものはなかったと言い張ってかばおうとしているという意見だった。実際は、ミス・ターナーが小金を持っていることを知り、若いごろつきが金を奪うために今回のとんでもない悪事を計画したと言うのだ。

捜査の結果、アーサー・カットブッシュは事件の三日前からミス・ターナーの電報でウェストンに来た土曜日の夜まで、ヨークの競馬に出かけていたことが判明し、ダンヴァーズは歯がみした。

さらに、ミス・ターナーはカットブッシュとの婚約を破棄したりはしなかった。動機がまったくつかめないことから、この推理はすっかり行き詰まってしまった。

ここにいたって、主任はレディ・モリーを呼び出した。今回の事件では女性の機転、レディ・モリーの素晴らしい洞察力が、より定評のある粗野な男性陣の推理にまさる成果をあげるかもしれない。主任はまたしてもそう考え始めたに違いなかった。

2

「今回の事件には、もちろん女が一人絡んでいるのよ、メアリー」主任との話し合いから帰宅したレディ・モリーは、私に言った。「ヤードのみんなからはさんざん馬鹿にされてしまったわ。例の呼びかけについては、女だと宣誓する証人は二人しかいないし、男の作り声だと決めつけているのね」

「では、ジェーン・ターナーを襲ったのは女だと思っているんですね?」

「そんなところかしら」レディ・モリーは言葉を濁した。「男が女の声のふりをしたら、不自然にかん高い声になってしまうわ。メイドなり、宿泊客なり、もしくは二人ともおかしいなと思ったはずよ」

これがレディ・モリーと私が進める推理のもとになった。と、持ち前の唐突さでレディ・モリーは話を変えた。

「メアリー。ウェストン・スーパー・メアへ向かう列車を調べてちょうだい。今夜中にそこへ着かなければいけないわ」

「主任の命令ですか?」私は尋ねた。

「いいえ、私の命令」レディ・モリーは簡単に答えた。「ABC鉄道案内はどこかしら?」

というわけで、私達はその日の午後出発し、夜にはウェストン・スーパー・メアのグランド・

ホテルで夕食をとっていた。

レディ・モリーは道中ずっと考え込んだままで、今も妙に黙り込んだままぼんやりしている。眉間には深いしわが刻まれ、時折聡明な黒っぽい瞳が不意に細くなり、前触れもなく光があてられたときのように瞳孔が収縮する。

レディ・モリーの活発な頭脳の中では、どのような思考が展開されているのかと、私は大いに頭を悩ませた。しかし、経験上、黙っているのが一番だとわかっている。

レディ・モリーは宿帳にロンドンのミセス・ウォルター・ベル及びミス・グラナードと記した。私達が到着した翌日、その名前宛に重い荷物が二つ届いた。上の私達の部屋まで運び、一緒に荷ほどきをする。

驚いたことに、中身は新聞の束だった。ちらっと見た限りでは一年分の『ウェスト・オブ・イングランド・タイムズ』のバックナンバーらしい。

「個人広告欄を探して全部切り抜いてちょうだい、メアリー」レディ・モリーが言う。「帰ってきたら、目を通すわ。お昼までには戻るけど、ちょっと散歩に出かけてくるわね」

もちろん、レディ・モリーは仕事で頭が一杯で、それ以外考えられないのだ。レディ・モリーを見送るなり、私は自分に割りあてられた退屈な作業に精を出した。レディ・モリーの頭の中では謎が解き明かされているところなのだ。その答えがこの『ウェスト・オブ・イングランド・タイムズ』のバックナンバーのなかにあると思っているに違いない。

レディ・モリーが戻る頃には、私は三百あまりの新聞の個人広告欄を切り抜き、整理して重ね、調べてもらうばかりにしておいた。時間どおりに仕上げた私に、レディ・モリーはこぼれるような笑顔で礼を言った。しかし、何か収穫があったとしても、それきり昼食を終えるまでほとんど口を開かなかった。食事後、レディ・モリーは作業に取りかかった。全ての切り抜きを念入りに調べていく。別の記事と比べたりして、目の前に仕分けする。その間、欄外にメモを書き込んだりしていた。

お茶を飲む間少し休憩しただけで、レディ・モリーは四時間近くテーブルを離れなかった。最後に何枚か切り抜きを手元に残し、残りは全て片付けた。レディ・モリーが顔を上げ、私は安堵の吐息をついた。

レディ・モリーは晴れ晴れとした顔をしている。

「お望みの記事は見つかりましたか？」待ちきれずに、私は訊いた。

「思っていたとおりだったわ」レディ・モリーが答える。

「説明してもらえませんか？」

レディ・モリーは切り抜きを私の前に並べた。全部で六枚、どの記事にも特別に×印のつけられた欄が一つずつ含まれている。

「印をつけたところだけ読んでごらんなさい」

私は言われたとおりにした。サマセットシャーの暴行事件の謎を解く鍵がたちどころに見つかると内心期待していたのだが、結果は失望に終わった。

印つきの個人広告欄はどれもH．S．H．のイニシャル宛になっており、ブリストルとウェストンの間の小さな駅のいずれか一つで、面会したいという内容だった。

私の困った顔がよほどおかしかったに違いない。レディ・モリーの玉を転がすような笑い声が、殺風景なホテルの部屋に響き渡った。

「わからないの、メアリー?」レディ・モリーがからかうように尋ねる。

「正直言って、わかりません」私は答えた。「なんのことやら、さっぱり」

「それでもね」レディ・モリーは幾分真面目な口調になった。「このつまらない記事は、ヤードの同僚を三週間以上も悩ませてきた、謎のジェーン・ターナー暴行事件の手がかりを与えてくれたのよ」

「でも、どこに手がかりが? 私にはわかりませんが」

「いずれわかるわ、メアリー。ロンドンに戻ったらすぐよ。午前中の散歩の間に、知りたかったことはみんなわかったの。この記事でもう決定的になったわ」

3

次の日、私達はロンドンへ戻った。

ブリストルにいる間に、私達はロンドン版の朝刊を買っていた。第一面には短い記事のついた大見出しが踊っていた。

サマセットシャーの暴行事件
警察、大発見
予想外の手がかり

記事の内容は以下のとおり。

関係者からの情報によれば、警察はつい先程ある事実を入手し、ミス・ジェーン・ターナー襲撃事件の動機は完全に解明された。現在のところ公式発表の段階には至っていないが、近日中に重大な進展があることは確実である。

ロンドンへの帰途、レディ・モリーはいくらか事件の説明をしてくれた。主任の要請により、レディ・モリーは今や全面的に捜査を担当することになっている。また、現在進行中の計画についても解説してくれた。先程の記事は単なる予備工作なのだそうだ。

報道協会に『関係者からの情報』を提供したのはレディ・モリーだった。言うまでもなく、ロンドンや地方のほとんどの日刊紙にニュースはちゃんと掲載された。

レディ・モリーの勘の冴え、計略の見事さは証明された。二十四時間も経たないうちに、私達の小さなフラットで、緊張でややかしこまったエミリーがホーエンゲビルク女伯爵殿下の訪れを告げたのだ。

H・S・H――『ウェスト・オブ・イングランド・タイムズ』の個人広告欄で目を引いたイニシャルは、殿下（Her Serene Highness）の略だったのだ！　このやんごとなき人の思いがけない訪問に、私がどれほど目を見張ったかご想像いただけるだろう。すぐさまレースとシフォンとバラに飾り立てられた姿が、口を開けたままの気の毒なエミリーの前を通り過ぎ、文字どおり雲のように事務所へ入ってきた。

私のレディ・モリーは気でもおかしくなってしまったのだろうか？　柔らかいブロンド、訴えかけるようなブルーの瞳、子供のような口元をしたこの若く美しい貴婦人が、あの店員に対する残酷な暴行事件に関与していると考えるだなんて。

若き女伯爵はまずレディ・モリーと、続いて私と握手を交わした。私が勧めた座り心地のよい椅子に、深いため息とともに腰を下ろす。

女伯爵はひどくおずおずしていたが、お行儀のわるいことをしたとわかっている子供のように終始はにかんだ口調で、スコットランド・ヤードへ行ったことを説明した。ヤードには非常に感じのよい男性――きっと主任のことだろう――がいて、親切にここへ送り届けてくれた。その男性は、ここなら八方ふさがりの窮地に救いと慰めの手を差し伸べてくれるはずだと言っていた。

レディ・モリーに思い切って悩み事を打ち明けるよう励まされ、突然堰《せき》を切ったように話し始める。女伯爵自身の短慮が招いた哀れな話だった。

未婚時代にはウェストンの公爵の娘としてレディ・ミュリエル・ウルフ＝ストロンガムと名乗

っていた夫人は、学校を終えた直後にシュタルクブルク＝ナオハイム大公と出会い、望まれて結婚した。身分が釣り合わなかったため、大公はイギリス人の妻にホーエンゲビルク女伯爵及び殿下の称号を与えた。

当初、結婚は幸せそのものに思われたが、大公の母と妹は大反対だった。故大公の未亡人は、イギリス人の娘が全て騒々しくたしなみにかけると思い込んでいたし、自分自身の結婚を有利に運びたいと切望していたアマリー公女は、兄の身分違いの結婚が自分の重大な足かせになると考えていた。

「認めていただけないのです。私が靴下を編んだりせず、アーモンドケーキの焼き方も知らないからと」愛らしい大公妃は、レディ・モリーの真面目な美しい顔をつぶらな瞳で訴えるように見上げた。「夫と私の仲が壊れるようなことがあれば、さぞかしお喜びになるでしょう」

昨年、大公がチェコ、マリアンスケ・ラズネの鉱泉に年に一度の保養に行った際、大公妃は幼い子息の健康のためにと、イギリス、フォークストンへ向かった。そこのホテルの一つに、富裕なイギリス人の一夫人としてひっそりと滞在することにした。乳母達とメイドが同行していたことは言うまでもないが、いつものようにドイツ人の従者達を連れ歩く煩わしさは避けた。

滞在中、夫人は父親の古い知り合いで裕福な金融業者のランボルト氏と出会った。一時は上流社会の仲間入りをしたランボルト氏だが、離婚訴訟事件をきっかけに大変なスキャンダルを起こし、最近ではすっかり評判を落としていた。

大公妃は青い目を伏せ、シュタルクブルクの城へ嫁いでからはイギリスの新聞を読んでいなかったとレディ・モリーに説明した。そのため、かつては好ましい人物《ペルソナ・グラータ》として父親の家にも出入りしていたランボルト氏が今や交際相手にはふさわしくないとは、考えもしなかった。

「とてもお天気のよい朝でしたわ」夫人はどことなく悲しげな口調で続けた。「私、フォークストンには飽き飽きしておりましたの。そうしましたら、ランボルトさんがヨットの航海に誘って下さいました。ブーローニュまで渡って昼食をとり、夕方涼しくなってから戻る予定でした」

「当然、ヨットが動かなくなったんですね」夫人が言葉を切ったとき、レディ・モリーは厳粛な顔で先を続けた。

「おっしゃるとおりです」大公妃は涙ぐみながらささやいた。

「そして、もちろん午後の定期郵便船には間に合わなかったのですね?」

「船は一時間前に出航しておりました。次の便は真夜中にならないと出なかったのです」

「それまでは、否応なしに待たなくてはなりませんね。そのとき、あなたの顔を知っているジェーン・ターナーという娘に見られてしまった。以来、殿下は恐喝されてきた」

「どうしておわかりになりましたの?」大きな青い目を滑稽なまでに丸くして、大公妃は叫んだ。レディ・モリーと私は思わず笑ってしまった。

「お言葉ですが」ややあって、レディ・モリーは真面目な顔に戻った。「事実を集めて結論を導き出すのが私達の仕事ではございませんか? 今回の場合、さほど難しい点はありませんでした。最近、『ウェスト・オブ・イングランド・タイムズ』に寂しい鉄道の駅での密会の指示がH・S・H・宛に出ていましたね。それが一つの手がかりになりました。謎の襲撃を受けた女性ですが、家は今触れた駅に近いですし、ブリストル城——妃殿下のご両親のお住まい——もまたお近くですね。最近殿下はご実家によく顔を出されるそうですし、その地理関係がまたパズルを埋める一片となったわけです。襲われた女性の部屋からは『ウェスト・オブ・イングランド・タイムズ』が見つかり、私の注意を部屋の主に向ける手がかりとなりました。そして、今日は殿下がご来訪下さいました。ごく簡単なことではありませんか」

「そうですわね」大公妃はため息をついた。「ですが、事態は今のお話よりずっと深刻ですの。娘時代には目をかけてやっていたのに、あの人でなしのジェーン・ターナーは、私とランボルトさんがブーローニュのオテル・デ・バンの階段に立っているところを写真に納めたのです。気がついた私は、止めようと階段を駆け下りました。そのときは悪意のかけらもないような口ぶりで——とんでもない偽善者ですわ——現像してしまえば感光板は要らないから処分してしまう、心配無用だ、と言いましたの。『ウェスト・オブ・イングランド・タイムズ』の個人広告欄を使って、しかるべく連絡するという話でした。両親に会うためにブリストル城に戻る予定でしたから、毎日目を通せます。ですが、どうして私が気を揉んでこんな手間をかけるのか、まったくわからないとジェーンは言っていたんですよ。ああ、私をこんな目に遭わせるなんて、ひどい人ではありませんか」

私が今までに見たなかで一番美しい青い目へと、再度レースのハンカチが運ばれる。私は心からこの浅はかで衝動的かつ愛らしい女性に同情していたが、それでも微笑みを禁じ得なかった。

「そして、『ウェスト・オブ・イングランド・タイムズ』で安心させてもらうどころか、田舎の駅での密会を要求するメッセージを発見したんですね？」

「はい、誰かに見られるのではないかと怯えながら参りましたところ、ジェーン・ターナー本人はおりませんでした。母親が来ていまして、単刀直入に写真を夫か、もしくは姑に売ると切りだしました。写真には四千ポンドの価値があるから、それ以下では手放さないようジェーンに言い聞かせたと言うのです」

「なんとお返事されました？」

「四千ポンドなど工面できない、と答えました」大公妃は切なそうだった。「さんざん言い争いましたあげく、私の衣装代のなかから年に二百五十ポンド支払うということで決着いたしました。念のためネガは保存しておくけれど、きちんと支払いが続けられている限り、決して誰にも見せないという約束でした。同時に、私が両親のいるブリストル城に滞在する折りには、『ウェスト・オブ・イングランド・タイムズ』の個人広告欄を通じて連絡をつけることも決まりました。私はあの女に言われたとおり、お金を払うことになったのです」

全体としてはひどく残酷な話だと気づかなければ、私は笑ってしまったかもしれない。この愚かで人の好い貴婦人が二人の貪欲な女に食い物にされ、恐喝される身となった経緯は滑稽なくらいだ。

「で、恐喝は一年以上も続いた」レディ・モリーは生真面目に答えた。

「そうです。ですが、ブーローニュ以来ジェーン・ターナーを見たことはありません。参りますのは、いつも母親でした」

「母親の顔は以前からご存じだったんでしょうね？」

「あら、いいえ。私はジェーンしか存じません。数年前、ブリストル城でお針子をしておりましたの」

「そうですか」レディ・モリーは噛みしめるように答えた。「駅でいつも会う女、ミス・ターナーへの金を言付けた女は、どんな人相でしたか？」

「わかりませんわ。はっきり見たことは一度もありませんから」

「はっきり見たことが一度もない？」レディ・モリーは叫んだ。聞き慣れた私の耳には、快哉《かいさい》の響きが混じっているように聞こえた。

「ええ」大公妃は悲しげだった。「指定はいつも遅い時間でしたし、あの沿線の小さな駅はとても暗くて。妙な噂が立ったりしないように城を出るのは大変でした。もっと外出しやすい時間に会ってくれないかと何度も頼みましたわ。でも、そのたびに断られました」

レディ・モリーはしばらく考え込んでいたが、唐突に質問を発した。

「どうしてジェーン・ターナーを恐喝で訴えなかったんです？」

「まあ、そんな――とんでもないわ」怯えきった様子で大公妃は叫んだ。「夫は決して許してくれません。姑と小姑も、ここぞとばかりに私達二人の仲を裂こうとするでしょう。ロンドンの新聞にジェーン・ターナーの暴行事件の記事が載り、手がかりが発見されて重大な進展があると書いてありました。心配で居ても立ってもいられず、スコットランド・ヤードへ参りましたの。ええ、絶対にだめですわ！　この事件に私の名前を出さないとお約束して下さい。私、破滅してしまいます」

大公妃は今やすすり泣いている。その、嘆き、怯えようは見るも哀れだった。泣きながら、大公妃は言った。

「私に表沙汰にする勇気がないのを知っていて、あの悪人達は吸血鬼のように食らいついてきたんです。最後にあの年老いた女に会ったとき、全てを夫に打ち明けると――こんなことには耐えられないと告げました。でも、鼻で笑われてしまいましたわ。私にそんな勇気のないことをちゃんとわかっているのです」

「それはいつの話です?」レディ・モリーが質問した。

「三週間ほど前です。ジェーン・ターナーが襲われて、写真を奪われる少し前の話ですわ」

「写真が奪われたことを、どうしてご存じなんです?」

「ジェーンから手紙が来まして、知りましたの」大公妃はレディ・モリーの鋭い質問に畏敬の念を抱いたようだ。優美なレティキュールから一枚の紙を取り出す。便箋には苦悩のあまり流した涙の跡が一杯で、表面はしわくちゃだった。差し出された手紙を、レディ・モリーが受け取る。タイプライターで打たれていて、署名はない。何も言わずに熟読した後、レディ・モリーは私に読み聞かせてくれた。

ホーエンゲビルク女伯爵殿下
私のことを、ブーローニュでのランボルト氏との密会をねたに、この十二ヶ月間殿下を悩ませ続けた張本人だとお思いでしょう。ですが、悪いのは私ではありません。ある人に写真のことを知られてしまい、私としては言いなりになるしかなかったのです。その男がこんな真似をさせたのです。それでも、私が写真を持っている限り、殿下は安全でした。今回、その男は私を襲って半殺しの目に遭わせた上、ネガを持ち去りました。私ならその男からネガを取り戻せます。いえ、取り戻してみせます。ただし、大金が必要になるのです。千ポンド用意することはできるでしょうか？

「この手紙を受け取ったのは、いつです？」レディ・モリーが尋ねた。

「数日前に受け取ったばかりです」大公妃は答えた。「なんてことでしょう！　この三週間、恐怖と疑心暗鬼で胸もつぶれる思いを耐え忍んできたのです。暴行事件の後、ジェーンからの連絡が途絶え、何があったのかと不安に思っていたところでした」

「まだお返事を出していないとよろしいのですが」

「出しておりません。出そうとしたとき、ロンドンの新聞の記事を見たのです。全て露見してしまうのではないかと、恐ろしくてすっかり取り乱してしまい、すぐさまロンドンに来てスコットランド・ヤードの方に面会しましたの。その方がこちらに連れてきて下さったのですわ。ああ！」大公妃は繰り返し懇願した。「スキャンダルをおこすような真似はなさらないで！　お願い、約束して！　あのことが知れ渡るくらいなら自殺した方がましです——千ポンド払う用意はあります」

「どちらも必要ないと思います」レディ・モリーが告げた。「さて、この事件を最初から最後まで一人で考えさせていただいてもよろしいでしょうか」さらに、つけ加える。「それにこちらの友人と話し合いたいのです。近々よいお知らせができるかもしれません」

レディ・モリーは立ち上がり、会見が終了したことをそれとなくほのめかした。しかし、そうあっさりとはすまなかった。まだ、泣きの涙の懇願が延々と続き、そのたび大丈夫だと優しい保証が繰り返された。しかしながら、十分ほど経った後には、レースとシフォンの雲のように上品な姿は、私達の事務所からふわりと消えた。あの気の毒でお人好しの女性、驚くほど思慮の足りない貴婦人は、ここ十二ヶ月間味わえなかった安堵感と慰めを得られたことだろうと、私達二人は感じた。

4

「そうよ！　あの人は手の施しようのない間抜けだわ」一時間後の昼食の席で、レディ・モリーは私に言った。「それにひきかえ、ジェーン・ターナーはびっくりするくらい頭のいい娘よ」

「母親になりすましていた謎の中年女性がジェーン・ターナーの共犯者で、あの暴行事件は二人のでっちあげだと考えているんですよね？　私も同意見です」私は言った。「ダンヴァーズ警部は喜ぶでしょうね――この説は警部の推理に近いですから」

「そうなの！」私の意見に与えられたお言葉は、これだけだった。

「つまり、あの娘の恋人アーサー・カットブッシュの仕業に違いありませんよ」私は気色ばんだ。「おわかりでしょう？　宣誓証言を念入りに調査すれば、事件発生時のアリバイは崩れるはずです。その上、さっき──」得意になってつけ加えた。「ずっとわからなかった答えが手に入りました──動機です」

「あら、そう」私の熱弁に、レディ・モリーは微笑んだ。「それがあなたの推理なのね、メアリー？」

「そうです。唯一残された疑問は、アーサー・カットブッシュがジェーン・ターナーと共謀していたか、もしくは対立していたか、です」

「そうね、その点を──他にもいくつか──解明しに行きましょう、すぐにね」テーブルから立ち上がり、レディ・モリーは結論を出した。

レディ・モリーは、その日の夜のうちにブリストルへ戻る決意をした。八時五十分発の列車に決め、私が準備をしていると──馬車はもう家の前で待っていた──豪華なドレスをまとい、真っ白な髪を高く結い上げた、いかめしい顔の堂々たる老婦人が突然部屋に現れ、私をびっくりさせた。

しわのよった口から明るい笑い声が響き、近よって確かめてみたところ、すぐにレディ・モリーだとわかった。旧弊のやんごとなき貴婦人そのものの出で立ちで、耳に下げた長い古風なイヤリングが、不思議に外国風の雰囲気を醸し出している。

なぜこんな凝った扮装でブリストルのグランド・ホテルへ到着することを望んだのか、なぜ私達の名前をドイツの大公未亡人およびアマリー・フォン・シュタルクブルク公女と記帳したのか、私には見当もつかなかった。その日の夜は、レディ・モリーも一切説明してくれなかった。

しかし、貸し馬車で出かけた次の日の午後には、私にも自分の演ずべき役割がすっかりわかっていた。レディ・モリーは自分のとっておきの黒い絹のドレスを私に着せ、髪を後ろで分け、丸くまとめるといういささか野暮ったいスタイルにさせた。レディ・モリー自身はどこから見ても微行の王族といった様子だ。ブレッド・ストリートのみすぼらしい一軒の家の前で貸し馬車を降りたとき、小さな子供や商店の小僧が口をあんぐり開けて私達を見たのも無理はない。

ベルに答えて、薄汚れた若いメイドがドアを開けた。レディ・モリーは、ミス・ジェーン・ターナーの家はここかと尋ねた。

「はい。ミス・ターナーならこの家にいますけど。木曜で早じまいですから、仕事から帰ってるでしょうよ」

「では、伝えなさい」レディ・モリーの口調は尊大そのものだった。「シュタルクブルク＝ナオハイム大公の未亡人とアマリー公女が面会に来たと」

気の毒なメイドは驚きのあまり、ひっくり返りそうになった。「そんな！」と震え声を発し、狭い廊下を駆け抜け、急な階段を上っていく。レディ・モリーと私がすぐ後に続く。

二階の踊り場でメイドはせわしないノックをし、ドアを開けると、かろうじて聞こえるような小声で告げた。

「お客様ですよ、ターナーさん」

メイドは慌てふためいて階段を駆け上っていった。あの娘が私達のことを頭のおかしな人だと思ったのか、幽霊、それとも犯罪者だと思ったのかは、よくわからない。

しかし、レディ・モリーは早くも堂々と部屋の中に入っていた。ミス・ジェーン・ターナーは座って小説を読んでいる最中だったらしい。私達が入っていくなり、ジェーンは飛び上がり、やんごとなき幽霊でも見たように目を丸くした。黒い目の挑戦的で不遜な光と、全体のだらしない雰囲気を除けば、器量は悪くない。

「お構いなく、ミス・ターナー」レディ・モリーは訛のある英語で声をかけた。椅子に腰を下ろし、私にも同じことをするよう合図をする。「お座りなさい、すぐに失礼します。あなたはスキャンダルの種になる写真をお持ちだそうね。そうなのでしょう――私の義理の娘、ホーエンゲビルク女伯爵の？　私は故シュタルクブルク＝ナオハイム大公の未亡人です。こちらは娘のアマリー公女。忍びで来ましたの。おわかりですわね？」

独特の優雅な手つきでレディ・モリーは眼鏡を掲げ、震えるジェーン・ターナーを見据えた。疑い、いや、恐怖があれほどありありと浮かんだ娘の顔を見たのは初めてだった。しかし、公正を期するため、ジェーンが並はずれた意志の力で平静を取り戻したことをつけ加えておく。ジェーンはこの高貴な女性に対する畏れを抑え込んだ。いや、むしろ上流階級、特に外国の上流階級に対する、イギリス中流階級の畏怖心の欠如が役に立ったと言うべきだろうか？

「なんのお話か、わかりません」ジェーンはつんと顎をあげた。

「嘘をおっしゃい」レディ・モリーは取り合わず、ジェーン・ターナーがホーエンゲビルク女伯爵に送ったタイプ打ちの手紙をレティキュールから取り出す。「これは大公妃に宛ててあなたが書いたものね。この手紙は大公妃ではなく、私が手に入れました。大いに興味がありますわ。大公妃と例の――えー――ランボルト氏の写真に二千ポンド払いましょう。それで売ってくれますわね？」

手紙を見せつけられ、図太い神経のジェーンも多少はたじろいだようだ。が、反抗的な態度に変わりはない。

「ここにはありません」ジェーンが答える。

「そう、残念ね。でも、手に入れられるでしょう？」レディ・モリーは手紙をそっとレティキュールに戻した。「この手紙で、あなたは千ポンド要求しているわね。私は二千ポンド出しましょう。今日、お勤めは終わっているそうではありませんか。お仲間の紳士の方から写真を手に入れられますわね？　帰るまで、待たせていただきましょう」

そう言って、レディ・モリーはスカートを整え、落ち着き払って両手を重ねた。本気で待つつもりらしい。

「写真はないんです」ジェーン・ターナーが言い張る。「今日は手に入れられません。相手――写真を持っている相手の家は、ブリストルではないんです」

「そう？　でも、お近くなのでしょう？」レディ・モリーは動じなかった。「一日中でもお待ちしますわ」

「だめよ！」ジェーンの声は震えていた。怒りか、それとも恐怖のためだろうか？「今日は手に入れられないの――そうよ！　あなたには売りません――売るもんですか。そんな二千ポンドなんて要らないわよ。だいたい、あなたなんてどこの誰かもはっきりしないじゃないの？」

「では、こうしましょう。お嬢さん」レディ・モリーは冷静だった。「写真を渡していただけないのであれば、こちらを失礼したその足で手紙を警察に持参いたします。息子の大公が、妻を脅迫したかどであなたを告発するでしょう。いいこと、私は義理の娘とは違いますのよ。スキャンダルを恐れてはおりません。さあ、写真を手に入れてきて下さいますわね？　私とアマリー公女はこちらで待たせてもらいます。あちらは寝室でしょう？」レディ・モリーは奥の部屋へ通じるドアを指さした。「帽子をかぶって、すぐにお行きなさい。二千ポンドか、二年間の懲役か――お好きなように」

ジェーン・ターナーはレディ・モリーを真っ向から見つめ、あくまで強気な態度を貫こうとした。しかし、よく見ていると、ジェーンの目に浮かぶふてぶてしさが徐々に怯えに変わり、さらに恐怖へ、絶望へと変化していった。みるみるうちに、顔が青ざめて引きつり、やつれて文字どおり老け込んでしまった。レディ・モリーは澄み切った目で、容赦なく相手を見据えている。と、ジェーン・ターナーは妙に荒々しいそぶりでいきなり向きを変え、奥の部屋へ駆け込んだ。なぜか私はぞっとした。

しばらくはしんと静まり返っていた。緊張のあまり、息苦しくなる。奥の部屋で何が起こっているのかと、懸命に耳を澄ませる。レディ・モリーも自分で思うほど冷静ではいられないらしく、美しい目には何かを待ちかまえるような奇妙な光があった。

刻々と時間は過ぎていく——どれくらい経ったのか、私にはわからない。みすぼらしいマントルピースの上で、時計が単調にチクタクと時を刻む音。外で、下働きの少年が叫ぶ声。私達をここへ連れてきた馬車が通りを行きつ戻りつする、ゆったりした蹄《ひづめ》の音。

突然、重い家具が倒れるような、大きな物音がした。私は思わず悲鳴をあげた。もはや限界だ。

「急いで、メアリー——奥の部屋よ！」レディ・モリーが言う。「こんなことになるんじゃないかと思っていたわ」

『こんなこと』の意味を確かめる余裕もなく、私はドアへ飛びついた。

鍵がかかっている。

「下よ！　急いで」レディ・モリーが命ずる。「ダンヴァーズに外で見張りをさせておいたの」

私がどれほど急いだか、この大胆な計略においてもレディ・モリーの先見の明には変わりがなかったことをどれほど有り難く思ったか、おわかりいただけると思う。玄関のドアをうち破らんばかりに開けると、通りをぶらぶらしている私服姿のダンヴァーズ警部が目に入った。合図をして——ダンヴァーズは目ざとかった——一緒に中へ駆け戻る。

幸い、おかみと召使いは地下室にいて手が放せないようだ。騒がしい物音にも、私がダンヴァーズを探して飛び出したことにも気づいていない。ジェーンの薄汚い居間では、レディ・モリーがまだ一人きりで奥の部屋のドアに張りつき、耳を鍵穴へ押しあてている。

「まだ間に合うと思うわ」レディ・モリーが早口でささやく。「ドアを破って、ダンヴァーズ」

ダンヴァーズは大柄でがっしりしている。すぐに建てつけの悪いドアへ肩から突っ込む。一度でドアは壊れた。

室内を一目見て、私は恐怖ですくみ上がった。こんなに無惨な光景は初めてだ。かつてランプをぶら下げていたとおぼしき天井の環に、ロープが結びつけられている。反対の端は輪になっていて、哀れなジェーン・ターナーの首に巻きついていた。

テーブルによじ登ったに違いない。そして、命を絶ちたい一心でテーブルを蹴倒したのだ。その大きな音が私達の耳に入り、救助に駆けつける合図となった。幸い、足が近くにあった椅子の背に引っかかっていて、首は完全に締まっていなかった。見るも恐ろしい顔になっていたが、ジェーンには息があった。

ダンヴァーズがすぐにジェーンを下ろす。警部は救急救命の心得があり、前にも同じような危機一髪の経験をしたことがあった。まもなくジェーンはどうにか意識を取り戻し、レディ・モリーは私とダンヴァーズを寝室の外へ出した。ほんの数分前には私が端役を演じた奇妙な喜劇の舞台、その暗い薄汚れた居間で、私は結果やいかにと待ちかまえていた。

ダンヴァーズは少し前に出ていった。夕暮れの影が忍び込んできている。外のみすぼらしい通りがことのほか薄気味悪く見えた。六時近くなった頃、ようやく待ちこがれた衣擦れの音が聞こえ、ドアが開いた。ついに奥の部屋から顔——厳しいが晴れ晴れとしている——を見せたレディ・モリーは私を手招き、何も言わずに玄関前で待っていた馬車に乗り込んだ。

「後でお医者様に往診を頼みましょう」ブレッド・ストリートを出るやいなや、まずレディ・

モリーは言った。「でも、もうなんともないわ。睡眠薬を欲しがっているだけよ。そう、充分罰は受けたみたいね。二度と恐喝なんて真似はしないでしょう」

「じゃあ、写真なんてなかったんですか?」私は呆気にとられた。

「そうよ。感光板は使い物にならなかったの。でも、あの哀れで意気地なしの大公夫人から金をせしめるという企みを、ジェーン・ターナーはそう簡単にあきらめはしなかった。あのお馬鹿さんをどれほど巧みに脅しつけたかはわかっているわね。あんなに手の込んだ陰謀をやってのけるなんて大したものよ、それも一人きりでね」

「一人きりで?」

「そう。仲間なんていなかったの。大公妃と会っていた中年女も、ウェストン・スーパー・メアのホテルの玄関に現れた女も、あのジェーンよ。あの女は自分の襲撃事件を全て一人で演出《ミザンセン》して、みんなをだました。完璧だったわ。ジェーンがあの事件を自作自演したのは、追いつめられた大公妃が過ちを夫か両親に打ち明けるのが怖かったんでしょう。そうなれば、むろん脅迫のかどで訴えられてしまう。それで、全てを大がかりな陰謀に賭けたのよ。もう少しで首尾よく大公妃から千ポンド巻き上げられるところだった。金を手に入れ次第、ネガも写真も処分されたと言って安心させるつもりだったんでしょう。でも、今日の午後故シュタルクブルク＝ナオハイム大公の未亡人が現れて、身動きがとれなくなった。恐れていた告訴が目の前に迫る。囚人生活なんてとても耐えられない。絶望のあまり、ジェーンは自ら命を絶とうとしたのよ」

「この事件は全て内々に片付けられてしまうでしょうね」

「そうね」レディ・モリーは残念そうにため息をついた。「ジェーン・ターナーを襲った犯人の名が公表されることはないでしょう」

当然ながら、レディ・モリーはいくらかすっきりしない様子だった。しかし、ホーエンゲビルク女伯爵殿下に、あの運命の日の過ちの結果を二度と恐れる必要がないと伝えるときを迎えたのは、喜ばしいことだった。

ブルターニュの城

1

そう！　私達、レディ・モリーと私は休暇から戻ったばかりだ。骨身を惜しまず働いたかいがあると実感できる休暇だった。

私達が訪れたのはフランス、ブルターニュ半島の内陸にある美しい村、ポールエ。海からもさほど離れておらず、谷に隠れ、周りを山に囲まれた魅力的な小さな村である。野趣《やしゅ》に富み、ロマンチックで美しい――まさにブルターニュそのものだ。

私達は去年まったくの偶然から漫遊旅行の途中でその村を見つけ、三週間ほど逗留した。その滞在が、つい一ヶ月前にクライマックスを迎えた奇妙な冒険の下地となったのだ。

皆さんがこの話に興味を持たれるかどうか、自信はない。というのも、この事件でのレディ・モリーの立場は純粋にプライベートなものであり、スコットランド・ヤードとは一切関わりがない。と同時に、人間の行為を決定する欲望、意志を見抜くレディ・モリーの卓越した手腕を示す、この上ない好例でもある。

私達は村はずれにある小さな修道院で、賄《パンシヨン》いつきの部屋を借りた。古風な教会、絵のように美しい司祭館も近くにあった。程なく、私達は素朴で親切な老司祭《キュレ》と近づきになった。レディ・モリーと私のように魅力的なイギリス人女性がカトリック教徒ではないことを嘆きはしたものの、「広い外の世界」――司祭はこう表現した――の人と話す喜びはその埋め合わせをしてあまりあるものだったようだ。司祭も自分の素朴な生活ぶりや、愛する村、教区民のことなどを屈託なく話してくれた。

教区民のなかでも、司祭がとりわけ気にかけ、よく話題にする人物が一人いた。私達も大いに興味をそそられた。その人こそ、フランス建築の七不思議の一つにもあげられる素晴らしいポールエ城の主、ミス・アンジェラ・ドゥ・ジュヌヴィーユだった。元々はイギリス人――イギリス海峡最大の島ジャージー島の生まれ――で、大変な資産家だった。名付け親でもある伯父から、七十五万ポンドにのぼる金とともにジャージー島のセントヘリア最大の葉巻工場を遺贈されたのだ。

ミス・ジュヌヴィーユを変わった人と形容するのは、ごく控えめな言い回しにすぎない。村ではもっぱら頭がおかしいという評判だった。その癖のある人柄の根底には悲劇的な恋愛物語が絡んでいるようだと、司祭はほのめかした。たしかに、ミス・ジュヌヴィーユはまだ若い頃、特にはっきりした理由もないままジャージー島の工場を売り払い、財産を全て現金に換えた。二年間各地をさまよい続けた後、妹を訪ねるためにブルターニュへ足を運んだ。妹のトゥロヴァン侯爵夫人は未亡人で、一人息子のアメデと共にポールエ村近くの小さな所有地でつましい生活を送っていた。

ミス・アンジェラ・ドゥ・ジュヌヴィーユは、この人里離れた寒村の静けさと美しさに心打たれたらしい。当時売りに出されていた美しいポールエ城を購入し、帰化の申請をしてフランス人となった。それ以来、新しく手に入れた城の外へは一度も出たことがない。

イギリスに戻ったこともない。また、司祭と妹親子を除けば、少人数の召使い以外の誰とも会わなかった。

しかし、人の好い老司祭はミス・ジュヌヴィーユに並々ならぬ敬意を抱いていた。ミス・ジュヌヴィーユは、司祭や恵まれない人々にこの上なく慈悲深い人だったのだ。司祭は毎日のようにミス・ジュヌヴィーユの親切や独特の生活ぶりを何かしら話題にしていた。そんなある日、司祭は思いがけない時間に修道院へ顔を出した。私達がロールパンと熱いコーヒーというあっさりした遅い朝食《デジュネ》をすませた途端、庭を横切ってくる司祭が見えた。

司祭が興奮して慌てていることは、急ぎ足や優しげな顔に赤みが差していることからすぐにわかった。司祭は「おはよう、お嬢さん達！」との挨拶もそこそこに、すぐさま用件を切りだした。内心の動揺を隠すつもりか、こちらに口を挟む隙も与えない。チャーミングなイギリス人のレディにご招待を伝えたいと思いましてな――奇妙な招待、ああ、そうですな！　そうかもしれません――マドモアゼル・ドゥ・ジュヌヴィーユ――とても変わった人――が大変困ったことに――深刻な事態なのです――おまけに現在ひどく健康を害していて――お気の毒に――半身不随で弱っている――そう、頭も元のとおりとは――そこへ甥のアメデ・ドゥ・トゥロヴァン侯爵《マルキ》が――あの罰あたりな若者――パリという悪徳の巣で悪い仲間に入った――以来借金漬け――いつでも金に困っている――母親がまた甘い――大甘だが一人息子で――イギリスのご婦人達はわかって下さるだろう。大変悲しいことだ――きわめて遺憾だ――マドモワゼル・ドゥ・ジュヌヴィーユが立腹されるのも無理はない。侯爵の借金を一度、二度、三度まで片付けてやった――しかし、もう払ってやるつもりはない――が、マドモワゼルは大変困っておられて、友人が必要だ――女性の、自分の祖国の友人が必要なのだ――なぜなら、私は――ああ！――一介の田舎の司祭《キュレ・ドゥ・ヴィラージュ》にすぎない――立派なご婦人方、その独特の流儀にはついていけない――イギリス人のレディが私に同行してマドモワゼルに面会して下されば、それこそ真のキリスト教徒らしい慈悲というものだ。

「ですが、妹さんの侯爵夫人がいらっしゃるではありませんか」レディ・モリーは老司祭の長広舌《ちょうこうぜつ》を遮った。

「ああ。たしかに、いらっしゃいますがね」司祭はため息をついた。「故侯爵の夫人がね――ですが、あの人は現侯爵の母親ですから。お優しいイギリス人のレディにはおわかりいただけるでしょうが――母親というものは――むろん――」

「そうは言っても、私はミス・ジュヌヴィーユと一面識もありませんし」レディ・モリーは難色を示す。

「ああ。ですが、マドモワゼルの心はずっとイギリス人のままですから」司祭は答えた。「今日はこう話していました。『ぜひイギリス人女性の暖かい手をお借りしたいものです。この厄介な状況では、思慮分別に富んだイギリスの方が必要なのです。司祭様、イギリス人のご友人をここへ連れてきて下さいな。頼る人もない不幸な老人に力を貸して下さるのなら』」

もちろん、こう言われればレディ・モリーが断るはずがない。さらにレディ・モリーはミス・

ジュヌヴィーユにいたく興味を引かれたらしい。それ以上反対しようとはせず、いつでもポールエ城へご一緒すると告げた。

2

もちろん、私はその話し合いの場には同席しなかった。しかし、レディ・モリーはどんなことが起こったかを細大漏らさず、それこそ目で見るように繰り返し話してくれたので、時折自分がその場にいなかったことを忘れてしまうほどだ。

司祭自ら、レディ・モリーをミス・アンジェラ・ドゥ・ジュヌヴィーユの前へ案内したそうだ。二人が部屋へ入っていったとき、老婦人は一人ではなかった。トゥロヴァン侯爵夫人がテーブルの傍の背の高い椅子に座っていた。どことなく派手な感じの中年女性で、顔立ちは姉によく似ているが著しく品が落ちる。苛々と指でテーブルを叩いていた。一方窓辺の斜間には、二人の婦人によく似た若い男が立っていた。その男が一人の女性の息子、もう一人の女性の甥であることは一目瞭然だった——トゥロヴァン侯爵だ。

ミス・ジュヌヴィーユは大きな安楽椅子で背筋を真っ直ぐ伸ばして座っていた。顔は黄色い蠟のような色で、文字どおり骨と皮ばかりだった。両目は異様なほど輝いている。片手は椅子の腕をわしづかみにしているが、もう片方の手は完全に麻痺しており、力無く膝の上に置かれたまま動かない。

「ああ！　イギリスのご婦人がようやくいらっしゃった！　有り難いこと」レディ・モリーが部屋の中に姿を現すやいなや、かん高い耳障りな声が響いた。「こちらへいらっしゃい。私にはあなたの情けがどうしても必要なのです。結局、誠実なイギリスのご婦人は、この世で最高のものですよ。そうですとも《パデュー》！　ともかく、ほっとしました」レディ・モリーは挨拶のために遠慮がちに進み出て、ミス・ジュヌヴィーユが差し出す震える手を取った。

「この近くにお掛けなさい」変わり者の老婦人が命じた。レディ・モリーはどう見ても家族会議中としか思えない場に連れてこられて居心地が悪く、機を見てさっさと抜け出そうと考えていた。しかし、病人の震える手はレディ・モリーのほっそりした手首をしっかり握りしめ、近くの低い椅子へと座らせ、意地でも放すまいとしている。逃げ出すなど無理な話だし、無下にはねつけるのも酷というものだろう。

新来の友人が司祭同様この場で自分の話に耳を傾けようとしていることに満足して、老婦人は窓の方へ怒りに燃える顔を向けた。

「今、私の立派な甥に話していたところです。お前の考えは、『捕らぬ狸の皮算用』というものだと。見てのとおり、私はまだ死んではいません。それに遺書を作りましたからね――ええ、そうですとも。手癖の悪い指が決して届かないところにしまってあります」

それまでおもしろくなさそうに窓の外を眺めていた青年が急に向きを変え、憎しみに満ちた目で老婦人を見据えた。

「遺書には異議を申し立てられるわ」侯爵夫人が冷たく言い放つ。

「何を根拠に?」ミス・ジュヌヴィーユが切り返す。

「遺書を作成したとき、お姉さまは半身不随でぼけていたと言うわ」侯爵夫人が冷ややかに応じる。

これまで落ち着かない様子で帽子をいじくり回していた司祭は、この血も涙もない宣言に両手をあげ、天井を仰いだ。どれほど心を痛めたか、その仕草が雄弁に物語っている。レディ・モリーはもはや出ていきたいとは思っていなかった。レディ・モリーの手首を握りしめていた不自由な指はゆるんでいた。しかし、レディ・モリーは静かに座っていた。現在、目の前で繰り広げられている興味深いドラマに、鋭敏な知性は完全に目を覚まし、夢中になってしまっている。

ちょっとした沈黙があった。聞こえるのは部屋の片隅にある、時代物の奇妙な時計が単調に時を刻む音だけだった。ミス・ジュヌヴィーユは妹の痛烈な皮肉には答えなかった。しかし、今や狂気じみた、ほとんど危険と思えるほどの密かな光を目に浮かべている。

ミス・ジュヌヴィーユは司祭に声をかけた。

「ペンとインク、それに紙をお願いします。ここ、このテーブルの上に」と頼む。司祭が急いで言われたとおりにすると、ミス・ジュヌヴィーユは再度甥の方を向き、筆記用具を指さした。

「座ってお書きなさい、アメデ」ミス・ジュヌヴィーユが命じる。

「書くって、何を?」侯爵が聞き返す。

「告白書ですよ」老婦人はかん高い声で笑った。「お前のちょっとした過ちについての告白ですよ。今、私が救いの手を差し伸べてやらなければ、たしか七年間犯罪者植民地送りになるのでしょう？　違うの、ご立派なアメデ？」

「告白書だって？」アメデ・ドゥ・トゥロヴァンは伯母に噛みついた。「僕を馬鹿だとでも思っているんですか？」

「いいえ、アメデ。お前は賢いですとも——金貸しのルービンスタインがアメデ・ドゥ・トゥロヴァン侯爵の偽造文書を買えなどとおもしろいことを言ってきましたが、大事な伯母様に金を出す気がないことくらいお前は当然わかっているはずです。そう、お前が告白書を書き、サインしない限りはね。書くのです、アメデ。告白書を書きなさい。十万フランの手形に伯母のサインを偽造した罪で、被告席に立ちたくなければ」

　アメデは歯を食いしばり、小声で悪態をついた。老婦人の矢が、侯爵の急所を貫いたことは間違いない。自分が完全に追いつめられていることを侯爵は知っていた。二十四時間以内に買い取らなければ偽造文書を検事《プロキュルール・ドゥ・ラ・レピュブリク》に送りつけると、金貸しは脅しているらしい。ミス・ジュヌヴィーユをおいて支払う金のある人はいない。その本人が、屈辱的な告白書と引き替えでなければ、支払いに応じないと言っている。

　トゥロヴァン母子が意味ありげな視線を交わす。レディ・モリーは見逃さなかった。とりあえず今は伯母に譲るとしよう。金貸しの手から無事に偽造文書を取り戻すのが先決だ。伯母は後で言いくるめればいい。きっと忘れてしまうか、痴呆が進んで何もできなくなる。レディ・モリーはこう解釈した。

母親の視線に応えるかのように、若い男はぶっきらぼうな返事をした。

「書くにしても、まずその告白書をどうするつもりか教えてもらわなければ」

「お前次第ですよ」ミス・ジュヌヴィーユはすげなかった。「私が血のつながった甥に好き好んで懲役刑を受けさせるはずがないことくらい、わかるでしょうに」

若い侯爵は一瞬ためらった。そして腰を下ろし、ふてくされた口調で告げる。

「書きますよ――口述をどうぞ――」

老婦人は短く、皮肉な乾いた笑い声をあげた。そして、伯母に言われたとおりにアメデは書いた。


マルキ・ドゥ・トゥロヴァンこと、私アメデは以下のとおり告白いたします。私は無断借用した手形にマドモワゼル・アンジェラ・ドゥ・ジュヌヴィーユのサインを偽造し、ブレスト市のアブラハム・ルービンスタインから十万フランを入手しました。

「司祭様、侯爵のサインを確認して署名して下さい」アメデがペンを置くと、老婦人はせきたてた。「あなたもよ、お嬢さん。いいわね?」ミス・ジュヌヴィーユはレディ・モリーの顔を見る。レディ・モリーはわずかにためらった。当然ながら、この骨肉の争いに巻き込まれたくないと思ったのだ。しかし、レディ・モリーは不思議に心を動かされ、一風変わった老婦人に同情を覚えるようになっていた。この人は女王然とした豪奢な環境にありながら、ごろつきの犯罪者である甥と、同じように卑劣な妹の板挟みになって、孤立無援の状態なのだ。

その思いと司祭の懇願するような目に背中を押され、レディ・モリーは証人として文書に署名した。侯爵夫人と息子が、もっと神経の細い人ならば恐ろしい予感に震えあがるような憎しみの目を向ける。

レディ・モリーは違った。まさにこの憎々しげな視線が、かえって覚悟を決めさせる結果となった。ミス・ジュヌヴィーユの指示に従って文書を畳み、封筒に入れて封をし、宛名をカン市の検事にする。

手も足も出ないアメデは、怒りに燃える目でこの成り行きを見守っている。

「この文書は」先程より落ち着いた口調で老婦人は切りだした。「封筒に納め、私の顧問弁護士、遺書を作成したパリのヴァンドーム先生《メトル》のところへ送っておきます。後で説明しますが、ある特定の事態になったときのみ、この封書を投函するよう指示してあります。さあ、アメデ。お友達のアブラハム・ルービンスタインさんに知らせるといいでしょう。この書類と一緒に送った手紙がヴァンドーム先生の手元に着き次第、私が例の文書を買い取ると約束したとね」

「なんて汚い手を」怒りをこらえかね、侯爵夫人が立ち上がりながら口を挟む。「危険な異常者として、閉じ込めてやるわ。そうですとも——」

「そんなことをすれば、むろんルービンスタインから書類を買い取ることもできなくなるでしょうね」ミス・ジュヌヴィーユは動じなかった。

息子の危うい立場を悟り、侯爵夫人はすくみ上がって黙り込む。老婦人は静かにレディ・モリーへと向き直り、再び震える指で新しい知己のほっそりした手を握りしめた。

「お嬢さん、私が今日ここへあなたと司祭様を呼んだのは」ミス・ジュヌヴィーユは説明した。「お二人に私の最後の願いを叶える手助けをして欲しいと思ったからなのです。さあ、神にかけて誓ってちょうだい、二人とも。私が死んだら、何もかも私の望んだとおりにすると。さあ、誓って！」真剣そのものの口調で迫る。

レディ・モリーと老司祭が正式に誓うと、ミス・ジュヌヴィーユはいくらか落ち着きを取り戻した。

「さあ、あそこの時計を見てちょうだい」突然、一見まったく脈絡のない話を始める。「あれはね、ポールエ城の前の主が持っていた、古い家宝なのです。この城と一緒に買い取ったのよ。人間の頭脳が生みだした最高の精密機械だと認めてもらえるでしょう。びっくりするような仕かけがありましてね。あの時計は三百六十六日間、正確無比な時間を刻みます。動きが止まるとき、おもり――相当な大きさです――があるバネを外し、ひとりでにあの大きな扉が開いて、ねじを巻けるようになるのです。巻き終わって扉を戻すと、三百六十六日後になるまで誰にも開けられません――そう、ばらばらに壊してしまわない限りはね」

レディ・モリーはこの不思議な古時計を興味津々で観察した。この老婦人の奇妙な話の意図を、既におぼろげながらつかみかけていた。

「二日前」ミス・ジュヌヴィーユは続けた。「時計の扉が開きました。司祭様が巻いて下さったのです。ただし、再び扉を閉める前にある書類を滑り込ませておきました。覚えていますか、司祭様？」

「ええ、覚えていますよ」老司祭は答えた。

「その書類が私の遺言書です。全財産をポールエの教区に遺贈すると書いてあります」ミス・ジュヌヴィーユはあっさり告げた。「この頑丈な時計の扉はもう閉められました。三百六十四日後にならなければ、遺言書は誰にも取り出せません――誰にも、ね」かん高い笑い声が響く。

「そう、私の甥、アメデ・ドゥ・トゥロヴァンにもね」

沈黙が続いた。衣擦れの音とともに侯爵夫人が絹のドレスの肩をすくめ、短い皮肉そうな含み笑いをした。

「お嬢さん」ミス・ジュヌヴィーユはレディ・モリーの生き生きした真面目な顔を真っ向から見つめた。「約束してちょうだい。今日から三百六十四日後――来年の九月二十日――あなたと司祭様は時計の扉が開くこの時間に、この部屋にいて下さい。お一人が来られなくなった場合は、どちらかで構いません。この家宝の時計のネジを巻き、おもりの下敷きになっている書類を取り出すのです。そして、できるだけ早く、ヴァンドーム先生に渡し、検認を受けて下さい。カンの司教様、行政区の区長様、郡長様にも遺言書の内容は全て通知してありますし、ポールエの司祭様が実質的に遺言書を保管しておられることも伝えてあります。必要な時に遺言書を提出できなければどれほど大変なことになるか、司祭様もおわかりでしょう」

気の毒な司祭は、怯えて息をのむ。

「しかし――しかし――しかしですよ」司祭は困り果てて、口ごもった。「この家に入るのを力ずくで邪魔されるかもしれませんし、病気になるかもしれないし、それとも――」

司祭は口には出せない恐怖に身を震わせ、やや落ち着いてからつけ加えた。

「私は遺言書を盗んだ罪で――その、あなたのお身内と結託してポールエの貧しい人々から遺言書をだまし取ったと、身に覚えのない罪で告訴されるかもしれないのですよ」

「心配要りませんよ、司祭様」ミス・ジュヌヴィーユはそっけなく告げた。「私は棺桶に片足を突っ込んだ年寄りかもしれませんが、妹や甥の言うほどぼけてはいません。あらゆる事態に、ちゃんと備えてあります。もし、司祭様が指定された日時に病気になったり、他の理由で立ち会えなくなった場合には、こちらの立派なイギリス人女性が代理をすることができます。あなた方のいずれかがこの家への立ち入りを力ずくで阻止された場合、あるいはこの部屋に入って多少なりとも暴力や圧力を受けた場合、時計が壊されて書類が持ち去られていた場合、あなた方はその事実をヴァンドーム先生に連絡するだけで結構です。後は先生がやってくれます」

「何をするんです?」

「私達全員が知っている、ある告白書が検事に送られることになります」怒りに燃える目で老婦人はアメデをにらみ据えた。「その告白書はね」とさりげなくつけ加える。「いいこと、当日、司祭様やこちらのイギリスの方や時計が一切危害を受けなかった場合、告白書は破棄するようヴァンドーム先生に指示してあります」

薄暗い大広間は、しばらくしんとしていた。聞こえるのは死が間近に迫った病人、この息詰まるやりとりですっかり疲れ切ったらしいミス・ジュヌヴィーユの、意地悪そうなくすくす笑いだけだった。浅ましい放蕩者の飽くことを知らぬ欲望に対し、半ば狂気じみた老婦人の策略。

これで、ミス・ジュヌヴィーユは甥と妹を八方ふさがりの立場へ追い込んだ。あくまでも金を奪い取ろうとする血縁者に腹を据えかね、老婦人が編み出したこの奇妙な復讐。レディ・モリー自身もいささか畏敬の念に打たれた。

すっかりこのドラマに夢中になったレディ・モリーは、自分の役割を投げ出すことなどできなかった。それに、ポールエの貧しい人々に財産を渡すというこの危険な仕事を、気の毒な司祭一人に押しつけては信義にもとるではないか。失敗すれば、金は賭博テーブルの上か競馬場で使い果たされしまうに違いない。レディ・モリーは後で私にこう説明した。

今あげた理由と、複雑すぎて説明できない多くの理由も相まって、レディ・モリーは新しい知己の押しつけがましい信用に応える決意をした。

ついにレディ・モリーは司祭を助け、虐げられた女性の最後の願いを叶えると宣誓した。やがてレディ・モリーがいとまごいをしたときも、侯爵夫人親子は一顧だにしなかった。

司祭はすっかり途方に暮れて帰っていった。その後、レディ・モリーは何度かポールエ城にミス・ジュヌヴィーユを見舞い、すっかり気に入られたようだ。十月、私達は否応なしに仕事の待つイギリスへ戻らなければならなかった。翌年の春、ミス・ジュヌヴィーユが亡くなったという知らせが、司祭から私達のもとへ届いた。

3

レディ・モリーは過労のため体調がすぐれなかったが、翌年九月十九日にポールエへ到着した。二十四時間も経たないうちに、いよいよあの古時計がミス・ジュヌヴィーユの遺書を引き渡す瞬間が来る。

まず司祭に会って入念に翌日の打ち合わせをしたいと考え、私達は駅から真っ直ぐ司祭館へ歩いていった。しかし、残念ながら司祭は重病にかかり、医師の命令でブレストの病院に入院していると家政婦から告げられた。

今回の件は思ったより簡単には運ばないかもしれない。私はそのとき初めてそんな予感を抱いた。私にとって、遺書引き渡しに関するミス・ジュヌヴィーユの驚くべき計略は、水も漏らさぬように見えた。そのため、トゥロヴァン親子が喉から手が出るほど欲しがっている財産をあきらめてしまう前に、一か八かの闘いを挑んでくるなどとは今の今まで思ってもみなかった。

侯爵は手も足も出ないと、私は思っていた。役目を果たすために城を訪れたとき、司祭やレディ・モリーに少しでも危害を加えれば、例の告白書が検事へ送られてしまう。すぐさま文書偽造の罪で告発されるだろう。時計を壊そうとしても同じ目に遭う。

しかし、急病や、毒——神よ、私達をお守り下さい——説明不能な事故が司祭や私の世界一敬愛する女性に降りかかるとは、思っても見なかった。

家政婦に礼を言い、部屋を予約した去年と同じ修道院へ言葉もなく向かう。途中、レディ・モリーが青ざめ、沈んでいるように見えたとしても無理はなかった。

どういうわけか、修道院のもてなしぶりは、昨年とは変わってどこか心遣いが欠けてしまったようだった。さらに、私達の寝室は続き部屋ではなく、それぞれ別々に石造りの廊下へ出なくてはならない。

二階へ案内してくれた修道女は、心なしかすまなさそうに言い訳した。私達が来ることを院長が考えに入れていなかったため、私達の寝室の間にある部屋に別の女性客を泊めてしまったそうだ。しかし、今その女性は体調を崩してふせっているらしい。

第六感というものがよく話題にされたり、物の本に書かれたりしている。理由を説明しようとは思わないが、その第六感がもはや修道院の中も善意の人達ばかりではないと私にはっきり告げていた。

鼻薬がきいているのだろうか？　問題の女性客は私達の動きを見張るための、トゥロヴァン親子のスパイなのだろうか？　考えたところでわかるはずがない。数多く続いた凶兆がずっと頭から離れず、夜になっても眠気は起きなかった。偏屈な老婦人や隠された遺書など海の底にでも沈めばいい、と私は内心考えていた。

レディ・モリーもまたすっかり不安になったらしい。私がいくらミス・ジュヌヴィーユの遺書の問題を話し合おうとしても、すぐさまにべもなくはねつけられてしまう。と同時に、レディ・モリーの身辺に忍びよっているこの邪悪な気配は全て、友人の最後の願いを忠実に叶えなければならないという決意を一層強めるだけだ。レディ・モリーのことを知り抜いている私には、わかっていた。

私達はかなり早めに休むことにした。事件、計画、推理、仕事などについて自由に話し合う、一日の締めくくりの楽しい語らいが省略されたのはこれが初めてだった。私達の部屋の間に居座る、姿の見えない女性が私達の間に水をさしている。

レディ・モリーがベッドに入ってしまうまで、私は部屋を出ていかなかった。レディ・モリーは着替えの際もほとんど口を利かなかったのだが、私が「お休みなさい」とキスをしたとき、ほとんど聞き取れないような声で直接私の耳にささやいた。

「トゥロヴァン一味が活動中よ。あなたを待ち伏せして、お金を餌に明日私を城に近づけるなと持ちかけるでしょう。企みに乗ったふりをするのよ。お金を受け取って言われたとおりにしなさい。もうこれ以上の説明はできないわ。見張られてる」

例によってレディ・モリーの勘の冴えは、五分もしないうちに証明された。レディ・モリーの部屋を出て自分の部屋に向かいかけたとき、かぼそい声が私の名前を呼び、誰かが後ろからそっと腕をつかんだ。

くすんだ色のガウンを着た、どことなく派手な印象の中年女性が目の前に立っていた。私の部屋を指さす。一緒に入りたいのだろう。レディ・モリーの別れ際の指示を思い出し、私は頷いた。女は廊下を用心深く右左と見回した後、背後からついてきた。

ドアがぴったりと閉まり、思惑どおりに二人きりになった途端、女はいきなりこう切りだした。

「ミス・グラナード、教えてちょうだい。あなたはお金が欲しいんじゃないの、違う？　お給料をもらってお金持ちのつき添いをしているんでしょう？」

レディ・モリーの指示を忘れず、私は悲しげなため息をついて見せた。

「それなら」女はすかさず言った。「五万フラン欲しくない？」

「それはもちろん」私の真剣な口調に、女は明らかにほっとした様子で満足げな吐息をつく。

「私の姉の遺言書の話は知っているでしょう――時計の話？」と畳みかけてくる。「この卑劣な計画で、あなたのご主人が務める役目も？」

再度、私は頷いた。レディ・モリーの推理どおりだ。この女はトゥロヴァン侯爵夫人なのだ。この修道院に入り込み、レディ・モリーに目を光らせ、私を丸め込んで買収するつもりなのだ。

さあ、負けてはいられない。

「明日の一時まで、ご主人が城に行けないようにすることはできる？」侯爵夫人が訊く。

「簡単です」私はあっさり答えた。

「どうするつもり？」

「ご存じのとおり、体調がすぐれないんです。お医者様から睡眠薬を飲むように言われています。用意するのは私です。明日の朝、他のお薬の代わりに強い睡眠薬を飲ませることができます。夕方まで目が覚めないはずです」

これだけのことを、私はできるだけうまくフランス語で説明した。侯爵夫人は安堵し、大きく息を吐いた。

「そう！　それは好都合だわ」侯爵夫人は言った。「さあ、よく聞いてちょうだい。言われたとおりにすれば、明日には五万フランが手に入るのよ。午前中、ご主人の服を着てお城に来てちょうだい。私の息子がそこで待っています。一緒に行って、秘密の扉が開いたら協力してあげて。息子は時計を巻き終わったら、あなたに五万フランくれるわ」

「でも、司祭様は?」私はおそるおそる尋ねた。

「病気よ」侯爵夫人は簡単に答えた。

しかし、このたった一言を発するとき、侯爵夫人の顔には邪悪な冷笑が、目には残酷な勝利の色が浮かび、最悪の事態を予想した私の勘の正しさを裏付けた。

もし、本当にこの浅ましい金の亡者達が、司祭を一時的に遠ざけるために貧乏な町医者を買収したとしたら? 考えただけでも恐ろしい。恐怖にかられてすぐにこの女の前から逃げ出さず、最後まで堂々と抜かりなく自分の使命をやり遂げるには、平常心と欲望をありったけかき集めなければならなかった。

侯爵夫人親子の計画にのっとった明日の私の行動について、さらにいくつか指示が出た。亡くなる少し前、ミス・ジュヌヴィーユは二人の最も忠実な召使いに城を離れてはならないと厳命を下し、この重要な九月二十日にイギリス人女性や司祭に危険がないよう見張りをさせることにしたらしい。この二人の男の疑いを逸らすため、侯爵は明日私をレディ・モリーの身代わりにして、一緒に部屋へ行くつもりのようだ。表面上は和やかに、あの家宝の時計のある部屋へ。

これらの指示に従えば——遺言状を盗み出す間、レディ・モリーを薬で眠らせておくことも含め——私、ミス・グラナードはトゥロヴァン侯爵から五万フランもらえることになる。

何もかもこの悪女の思いどおりになった。やがて侯爵夫人は私の両手を取って優しく握り、かけがえのない味方だと励ました。一生恩に着ると誓って夫人はやっと音もなく部屋を出ていき、私は心からほっとした。

4

侯爵夫人は夜通し自分とレディ・モリーの部屋を仕切る薄い壁に耳をくっつけているだろう、と私は考えた。きっと間違いない。そのため、今し方の重大な会話を報告しに行くのは危険だと判断した。スパイ抜きで心おきなく話し合える機会がいつ来るのだろうかと、私は不安だった。

翌朝、レディ・モリーの部屋へ入った私は仰天した。私が言葉をかける前に、レディ・モリーはさも苦しげに大きなうめき声をあげ、弱々しく、しかしはっきりとこう言った。

「ああ、メアリー！　来てくれて安心したわ。とても具合が悪いのよ。一睡もできなくて、どうしても起きあがれそうにないの」

昨夜から色々大変なことが続いたものの、幸い私の頭は鈍っていなかった。レディ・モリーは自分で言うほど具合が悪そうには見えない。ベッドに近づいた私の目をレディ・モリーがとらえた。唇だけが動いて言葉を表現する。私は正確に読みとったと思う。

「向こうの言うとおりに。私は寝ているわ。説明は後で」

レディ・モリーは厳重に見張られていると判断したのだ。しかし、私にはわからなかった。時計の扉が開き、いざ遺書を取り出す瞬間に立ち会わなければ、どういう結果になると思っているのだろう？　私に書類を奪い取れというのだろうか？　そして裏切りに怒るトゥロヴァン親子に立ち向かえと？　たとえ危険があるとわかったとしても、義務を果たすのを恐れるのはレディ・モリーらしくない。ましてや瀕死の友人と交わした約束を破るなど、想像もできない。

しかし、むろん言われたとおりにするのが私の役目だ。見張られていることを警戒し、私はレディ・モリーに薬を持っていった。飲み終えたレディ・モリーは疲れ切ったように枕へ倒れ込んだ。

「これで眠れると思うわ、メアリー」レディ・モリーは言った。「でも、しばらくしたら起こしてね。十二時までにはお城に行かなくちゃいけないから、ね」

レディ・モリーの衣装箱が一つ、私の部屋に置いてあった。そのため、ドレスを借りて盛装することも簡単だった。身仕舞いを整え、しっかりベールを下ろす。レディ・モリーがどういうつもりなのか、まだ見当もつかない。不安だった。しかし、何も考えず、何も訊かず、一兵卒のように命令に従う覚悟で、私は十二時少し前に城へ向かった。

ベルに応え、年老いた執事がドアを開けた。ホールではトゥロヴァン侯爵夫人が座っていた。息子は落ち着かない様子で行ったり来たりしている。

「あら、お嬢さんが来たわよ」侯爵夫人は素知らぬ顔でつまらなさそうに言った。「お嬢さん」侯爵夫人は立ち上がり、私の手を取った。「約束を果たしに、私の息子が当然受け継ぐべき財産を取り上げるために来たってわけね。手も足も出なかったわ。妨害すれば、息子が大変な不名誉を被るわけですからね。おまけに、お姉さまったらこの家中番兵とスパイだらけにしたのよ。そうね、心配ご無用よ。心おきなく、約束を果たせるわ。私の息子がお供することに異存はないでしょうね？　お姉さまは亡くなる前に部屋のドアを外してしまって、代わりにカーテンを取りつけたのよ」いかにも財産が手に入らず悔しがっているような口調で締めくくる。「だから、ちょっとでも騒げば、すぐさまスパイ達が駆けつけるわよ」

何も言わずに、私と侯爵は会釈を交わした。年老いた執事の先導で、立派な階段を上り、変わり者の老婦人の部屋とおぼしき場所へ向かう。

執事が仕切りカーテン《ポルティエール》を引いた。私達が部屋へ入る間、執事は廊下で立っている。室内にはレディ・モリーから何度も聞かされたとおり、立派な時計があった。時計はゆっくりと重々しい風格のある音をたてて、時を刻んでいる。

侯爵は私に安楽椅子を指し示した。当人は神経を極限まで張りつめているらしい。じっと座っていることができずに、妙にせわしなく手を開いたり閉じたりしている。内心の緊張感が自ずと現れていた。

突然手首をつかまれ、私は危うく悲鳴をあげるところだった。侯爵は指を一本唇にあて、仕切りカーテンの方を指さす。誰かが外で見張りをしていると考えているに違いない。しかし、時計そのものは、部屋の中にいなければ見えない位置にある。

その後、私達はただじっとしていた。古時計は内部に書類を秘めたまま、絶え間なく時を刻んでいる。

レディ・モリーがどのような行動を望んでいるのかわかるのなら、私は二年分の給料を差し出したことだろう。実を言うと、私は今にもレディ・モリーの足音が聞こえるのではないかと待ちかまえていた。レディ・モリーが約束をすっぽかすなど、どうしても信じられない。

しかし、レディ・モリーはこう言った。「企みに乗ったふりをしなさい」そのため、やがて侯爵が私を手招きして時計を調べようとしたとき、私はすぐさま応じた。全身が針とピンで一杯になり神経や皮膚を刺されるような感覚と息詰まる緊張で、叫びだしそうな気分だった。

私は夢うつつで部屋を横切り、不思議な時計を見つめた。十五分もしないうちに、内部の秘密が明らかになるのだ。目の前にいる不埒《ふらち》な放蕩者の運命を、しっかりと扉の内側に閉じ込めている物言わぬ精密機械。この哀れなメアリー・グラナードよりも知的な人々ならば、哲学的な論考にたっぷり耽《ふけ》ることができただろう。しかし、私の頭は延々と続くチクタクという音で一杯だった。扉を穴の開くほど見つめている目が痛む。

一体何が起こったのか、今もまったくわからない。完全に不意をつかれてしまった。ともあれ、気づいた瞬間、私は完全に自由を奪われていた。口にマフラーを巻きつけられてほとんど息もできない。二本の力強い腕が身動きできないように私の体をがっちりと押さえ込んでいる。

「単なる自己防衛手段だよ、ミス・グラナード」震える声がささやいた。「じっとしているんだ。悪いようにはしない。十分もすれば、五万フランをポケットに入れて、のんびり城を出ていけるさ。君のご主人も司祭も一切暴力は受けていない。時計だって傷一つつけられていない。後はどうなろうと、知ったこっちゃないさ。あの忌まわしい遺書さえ処分してしまえば、法律も俺からあの意地悪婆の財産を奪い取ったりはできないんだ」

まず、進退窮まったという思いが心をよぎった。何が起ころうとしているのか、レディ・モリーが何を計画していたのか、私はちゃんと考えてみたのだろうか？　それとも、レディ・モリーを傷つけたくないという一心で、盲目的に指示通りの行動をとっただけなのだろうか？

「企みに乗ったふりをしなさい。お金をもらいなさい」レディ・モリーはこう言った。そして私は――一兵卒のように――唯々諾々《いいだくだく》と従った。

私は身動き一つしなかった。瞬きもせずに時計を見守る。時の歩みが速まったような気がする――三分経った――五分――十分――。

すぐ傍の侯爵の激しい息づかいしか耳に入らない。

幻を見たのだろうか、それとも本当に黒い隙間が――毛筋ほどの――この時計の立派な両開きの扉に隙間ができたのだろうか？　ああ、心臓が破れそうだ。

黒い筋がはっきり太くなってきた。扉がゆっくりと開いている！　一瞬私は自分を見張っている悪党に同情を覚えるところだった。今の苦しみはほとんど拷問に等しいに違いない。

もう、白く輝く紙がはっきり見える。巨大なおもりの下敷きにはなっていない。ただ、扉の内側にちょこんとあるだけだ。やがて、扉が開き、書類は私の足下に落ちた。

筆舌に尽くしがたい叫び声を喉の奥で発し、侯爵はまさに飢えた野獣が餌食に襲いかかるように白い紙へ飛びついた。侯爵は私の目の前で膝をつき、角封筒を手にしていた。震える指で封を切る。

中身は短い文書だった。『アメデ・ドゥ・トゥロヴァン』という署名がはっきり見える。ちょうど一年前、この若い侯爵が書いた手形偽造の告白書ではないか。さらに手形が何枚か入っていた。おそらく何十万フランになるだろう。侯爵は怒りのあまり書類を投げ捨て、もう一度時計に向き直った。扉は完全に開いている。しかし、中には巨大で精巧な機械仕かけしか見えない。

ミス・アンジェラ・ドゥ・ジュヌヴィーユ——最後まで先見の明を失わなかった変わり者の老婦人は、悪賢い身内にこの大がかりなペテンを仕かけたのだ。妹親子が遺書を手に入れようと悪知恵を一カ所に集中させていたとき、ミス・ジュヌヴィーユは素知らぬ顔で遺書を安全な場所へ移してしまったのだ。

侯爵は、早くも落ち着きと威厳を完全に取り戻していた。私の縛めを解いたばかりか、約束の五万フランを渡そうとしたことは認めなければならない。

「さあ、時計でも巻くか」侯爵はぼんやりと言った。「出ていっていいよ。ご主人のふりをしたことを誰にも知らせることはない。君のご主人はきっとこの——ペテンを知っていたに違いない。だからこそ、城から遠ざける計画がこんなにあっさり成功したんだろう。ひどいジョークだと思わないか？　あの魔女みたいなばあさんは墓の中でさぞかし笑っているだろうよ」

もちろん、私は金を受け取らなかった。侯爵は黙って私を階下まで送っていった。死者の国から自分を追いかけてきた憎しみに、打ちのめされていたに違いない。

ホールまで来たとき、到着したばかりの亡き伯母の弁護士ヴァンドームとレディ・モリーが待ちかまえていたが、侯爵は驚いた様子さえ見せなかった。トゥロヴァン侯爵夫人の姿は見えなかった。

レディ・モリーは満足げに微笑みかけ、近づいた私を巧みに引っ張っていき、素早くささやきかけた。

「うまくやってくれたわ、メアリー。連れ戻しに来たのよ。でも、ちゃんとこの若い悪党の裏をかいたみたいね。さあ、行きましょうか。ここでの仕事は終わったわ」

レディ・モリーは軽く頭を下げたが、侯爵は目もくれなかった。ヴァンドーム弁護士に挨拶し、レディ・モリーはようやく私と一緒に城を後にした。

外に出るが早いか、私は早速説明を求めた。

「ヴァンドーム先生がミス・ジュヌヴィーユの遺書を持っていたのよ」

レディ・モリーが打ち明けた。「今日、ポールエの貧しい人達のために任命された三人の管財人立ち会いのもとで、遺言書を読み上げることになっていたの。全財産はポールエのものよ」

「トゥロヴァン親子は?」私は訊いた。

「告白書を取り戻したでしょう」レディ・モリーはあっさり答えた。「それに、管財人を通じて年金が贈られるわ」

「じゃあ、最初からご存じだったんですね?」幾分非難がましく、私は訊いた。

「そうなの。司祭様もね。でも、ミス・ジュヌヴィーユがあなたにさえ秘密を打ち明けないと誓わせたのよ。トゥロヴァン親子の悪巧みをひどく心配していたの。つまりね」熱心に耳を傾けている私に、レディ・モリーは微笑みかけた。「ミス・ジュヌヴィーユは古い鍵を持っていて、いつでも時計の扉を開けることができたの。どんなに精巧な機械でも故障しないとも限らないから、修理や調整が必要になったときのための鍵よ。遺書を時計の中に隠したと発表した家族会議の次にお目にかかったとき、私は計画を変更して遺書を弁護士に送るよう説得したのよ。ただし、トゥロヴァン親子には、遺書はまだあの奇妙な隠し場所にあると思わせておくように、とね。最初は耳も貸してもらえなかったわ。でも、幸い最終的に説得は成功したのよ。結果はあなたも知っているとおりよ」

「でも、お気の毒な司祭様は?」私は叫んだ。

レディ・モリーの目が楽しげにきらめいた。

「ああ! あれが最後のちょっとしただまし討ちだったの。お気の毒に、司祭様は自分が全てをうっかりばらしてしまうのではないかと心配していらしたの。半分仮病みたいなもので、もうなんともないのよ。でも、ブレストのお医者様は司祭様の親友だから、この件が全て無事に片付くまで匿《かくま》ってもらうことになったの」

「じゃあ、なんにも知らなかったのは私一人なんですね」私は悲しかった。

「そうなのよ、メアリー」レディ・モリーは優しかった。「だって、約束だったんですもの。でもね、仕事を離れているときにこれほど刺激的な経験ができるなんて、思ってもみなかったわ」

たしかに、今回の件は仕事絡みではない。しかし今回もまた、陰謀を見抜くことにかけては、レディ・モリーの素晴らしい洞察力は小悪党の敵ではないことが証明された。そして、この九月二十日に、私は人生で最も印象に残る十分間を体験したのだ。

クリスマスの惨劇

1

　本当に楽しいクリスマスパーティーだった。ただし、気難しい主人がお祭り気分にいくらか水をかけたかもしれない。が、想像してみて欲しい。レディ・モリーとマーガレット・シーリーのような美女が二人揃った上に、クリーヴル・ホールのきらびやかな舞踏室でクリスマス・イヴの舞踏会が開かれたのだ。つむじ曲がりで有名なシーリー少佐といえども、昔ながらの愉快なお祝いの楽しみを台なしにしてしまうことはできなかった。

　クリスマス・イヴのパーティーとはまるで関係がないようだが、今ここで連続家畜虐待事件についても触れておかなければならない。というのも、最終的に不幸な少佐の殺害事件とは関わりがないと判明したものの、犯人は虐待事件を利用してあの残忍な犯行を素早く自信たっぷりに――後にわかったことだが罪を逃れる可能性も非常に高かった――やりおおせたのだ。

　近所の人々は皆、罪のない家畜に対する卑劣な虐待行為に警戒怠りなかった。数シリングを手に入れるためならなんでもするという手のつけられない悪党の仕業かもしれないし、目的もなく残酷な行為にはしる異常者の仕業かもしれなかった。

何度か牧草地をうろつく怪しげな人物が目撃されていたし、真夜中に猛スピードで逃げ去る荷馬車の音が、一度ならず耳にされている。その後は必ず、新たな虐待事件が見つかった。しかし、これまでのところ、警察ばかりか、犯人に法の裁きを受けさせてやろうと自警団を結成した大勢の農場労働者達も裏をかかれていた。

クリーヴル・ホールの舞踏会の前の夕食で、私達はこぞってこの謎の事件を話題にした。しかし、その後若者達が集まり、『メリー・ウィドー』の最初の旋律が流れると、皆の頭はこの後の楽しみで一杯になり、不愉快な事件の話は完全に忘れ去られてしまった。

客達は早めに引き上げた。例によって、シーリー少佐は引き留めようともしなかった。真夜中頃には滞在客達も全員ベッドへ向かった。

レディ・モリーと私には、一つの寝室と次の間があてがわれた。窓は全て家の正面を向いていた。ご存じのとおり、クリーヴル・ホールはヨークからさほど遠くなく、反対側はビショップソープだ。このあたりでは群を抜く古いお屋敷で、唯一の欠点といえば裏に広大な庭があるのにもかかわらず、正面が道路と目と鼻の先だという点だった。

電気を消し、レディ・モリーに「お休みなさい」と声をかけてから二時間ほど経っただろうか。何かに寝入りばなを邪魔された。いきなり完全に目が覚めて、ベッドに起き直る。絶対に間違いない――まだかなり距離がありそうだが、道路を猛スピードで走ってくる荷馬車の音がする。

レディ・モリーも目を覚ましていたに違いない。ベッドから飛び下り、カーテンを開けて窓を覗き込んでいる。起きた瞬間、私達二人の頭には同じ考えが閃いた。家畜虐待と荷馬車。クリーヴル・ホールに着いてから聞かされた話が、同時に心によみがえった。

私も窓辺のレディ・モリーの隣に行った。どれくらいの時間眺めていたのかはわからない。せいぜい二分くらいだろう。やがて荷馬車は脇道に入り、音は遠ざかっていった。と、突然「人殺し、助けてくれ！　誰か！」という恐ろしい悲鳴が家の裏から聞こえ、私達は飛び上がった。後には不気味な沈黙が続いている。私は恐怖に震えながら窓辺に立ちすくんでいたが、早くもレディ・モリーは電気をつけ、大急ぎで服を引っかけていた。

もちろん、家中がその悲鳴でたたき起こされたのだが、階下に一番先に着いたのはレディ・モリーだった。あの恐ろしい悲鳴は間違いなく裏手の庭から聞こえた。レディ・モリーが庭の扉に駆けよる。

扉は大きく開いていた。二段ほどの階段があり、家の裏手を縁取るようなテラスの歩道へと通じている。この階段に横たわるように、シーリー少佐が倒れていた。うつぶせで手を投げ出すような格好だった。肩胛骨の間には凄まじい傷口が見えている。

すぐ近くに銃があった――少佐のものだ。少佐も荷馬車の音を聞きつけ、銃を手に飛び出していったに違いない。逃げていく悪党どもを捕まえる――少なくとも捕まえる手助けをする――つもりだったのだ。そこを誰かが待ち伏せしていた。その点ははっきりしている――誰かが何日間も、いや何週間もこの絶好の機会の訪れを待っていたのだ。この不幸な男の不意を襲うために。

レディ・モリーと執事がまず少佐の死体をテラスの階段から移動し、マーガレットが驚くほど冷たく落ち着き払って、大急ぎで駆けつけてきた地方警察の警部と医師に恐ろしい事件の顚末をできるだけ詳しく説明したのだが、その間の細かい出来事を逐一ここで書きとめたとしても時間の無駄だろう。

このような些細な出来事は、多少の差異はあっても犯罪が発生するたびに決まって起こるものだ。事件の不気味さを伝え、関心を大いに集めるのは主要な事実だけだ。

シーリー少佐は死んでいた。背中を驚くほど正確に、柄まで通れとばかりに刺されている。凶器は大型の折り畳みナイフのようなものに違いない。被害者の死体が二階の寝室に安置されている折しも、クリスマスのベルが静まり返った朝のさわやかな冷気に陽気な音色を響かせていた。

もちろん、他のお客と一緒に私達も屋敷を出た。ほんの数時間前は人生を心から楽しんでいた若く美しい娘に、皆が限りない同情を感じていた。今やマーガレットを中心にむごたらしい悲劇の影、恐ろしい疑い、深まり続ける謎が渦巻いている。しかし、そのような時には、他人も知り合いも、友人すらも家の中にいれば、ただでさえ耐え難い悲しみと苦難にさらに負担をかけるだけだ。

私達はヨークの〈ブラック・スワン〉に滞在することにした。レディ・モリーが事件当夜クリーヴル・ホールの客であったことを地方警察の警視が小耳に挟み、この近辺を離れないで欲しいと頼んできたのだ。

このまれにみる奇妙な事件の解明のため地方警察に協力することを、主任は簡単に許可した。当時、レディ・モリーの名声と素晴らしい才能の評判は最高潮に達していて、一見どうにもならない謎の事件に直面したとき、喜んでレディ・モリーの力を利用しないものなど、国内の警察には一人もいなかっただろう。

シーリー少佐殺人事件にも迷宮入りの恐れがあるのは、誰も否定できなかった。一切物取りの形跡がない殺人事件ともなれば、警察官も検死官もまずこの卑劣な犯行の裏にある動機をできるだけ洗い出す必要がある。もちろん動機のなかでも、強烈な憎悪、復讐、怨恨などが重要になる。しかし、ここで警察はすぐに大変な困難に直面した。シーリー少佐の敵が見つからなかったというのではない。むしろ、恨みを持ち、被害者を片付けるためなら絞首刑の危険も省みないほど憎んでいた人々が大勢いたのだ。

実際、不幸な少佐は誰に対してもどんなことに対しても絶えず憎しみを抱いて生きている惨めな人間の一人だった。昼夜の別なく不平を鳴らし、不平を並べていないときは娘か、召使い達か近所の人達のいずれかと喧嘩をしていた。

レディ・モリーは何年も前から少佐を知っており、その不愉快な変人ぶりを私はよく聞かされていた。レディ・モリーが他の地元の人達と同じように、表面上少佐との友好関係を保っていたのは、娘のためだった——マーガレットがいなければ誰も老人とつき合おうとはしなかっただろう。

マーガレットは素晴らしい美人だった。かつ、少佐は大変な資産家だと評判だった。おそらくこの二つの事実が相まって、癇癪持ちの老人は自分の望んでいたほど世間から隔絶した生活はできなかったのだろう。

年頃の青年の母親達は、競ってマーガレットをガーデン・パーティーやダンスやバザーに迎えたがった。実際問題、マーガレットは学校を卒業してからずっと求婚者に囲まれ続けていた。言うまでもなく、つむじ曲がりの少佐は娘の手を求めて集まってくる若者達を白い目で見たばかりでなく、時には頭ごなしにはねつけた。

このキャンドルにひらひら群がる蛾のような連中をものともせず、怖いもの知らずの青年達のなかでもとりわけ注目を集めたのは、ローレンス・スメジックというペイクソープ地区選出の下院議員の息子だった。マーガレットはひどい浮気者で大勢の求婚者のうち相当な数の男におおっぴらに気を持たせていたのだが、二人が密かに婚約したと言い切る人達もいた。

婚約の真偽はともかく、一つだけはっきりしていることがあった——シーリー少佐は他の連中同様、スメジック氏のことも認めていなかった。若者と未来の義理の父親の間には一度ならず喧嘩が起きていた。

クリーヴル・ホールでのあの忘れられないクリスマス・イヴの日、私達は一人残らずスメジック氏の姿が見えないことに気づいた。一方、マーガレットはと言えば、グリン大尉にさかんに愛嬌を振りまいていた。グリン大尉は、アレスソープ伯爵の唯一の子である従兄弟へズリントン子爵の死去（ご記憶かもしれないが、さる十月狩猟場で亡くなった）により、爵位と年四万ポンドを相続することになっていた。

舞踏会の夜のマーガレットについて、私は個人的に強い嫌悪を感じている。スメジック氏——いつもマーガレットの傍に控えており、二人が婚約したという噂ももっともと思わせる人——に対する振る舞いは、薄情どころではすまされなかった。

あの十二月二十四日——つまり、クリスマス・イヴ——の朝、スメジック氏はクリーヴル・ホールにやってきていた。私もちょうど階下の私室に通されるところを見ている。直後に、その部屋から聞き違いようのない怒声がはっきり聞こえてきた。聞かないようにはしたが、シーリー少佐が客に向かって不作法で荒々しい言葉を投げつけているのは嫌でもわかった。スメジック氏はマーガレットに面会を申し込んだだけのようだが、あてが外れて癇癪持ちで気難しい少佐と出くわしたらしい。もちろん、青年も負けていなかった。最終的に二人の男達はホールで激しい諍いをして、少佐はスメジック氏に二度とこの家に出入りするなときっぱり命じた。

その夜、シーリー少佐は殺害された。

2

もちろん、最初はこの恐ろしい偶然の一致を重要視するものなど誰もいなかった。スメジック氏のような、ハンサムで明るいヨークシャー人を殺人と結びつけるなど、馬鹿馬鹿しくてお話にならない。実際に二人の喧嘩を見聞きした私達は皆、宣誓のもとで強制されない限り、検死審問では何一つ話さないことを暗黙のうちに決意した。

断っておくが、少佐のひどく怒りっぽい気性のことを考えれば、その喧嘩は他の事件とは違って格別な意味などなかったのだ。検死官の質問を巧みにかわし、私達は満足だった。

検死審問での評決は、一人もしくは複数の未知の人物を犯人とするものだった。私個人としては、スメジック青年の名がこの陰湿な犯罪と結びつけられずにすんで、とても嬉しかった。

二日後、ビショップソープの警視がレディ・モリー宛に緊急の電話をかけてきた。すぐに警察署まで来て欲しいと言うのだ。私達は〈ブラック・スワン〉に滞在している間、ずっと車を利用していた。十分も経たないうちに、大急ぎでビショップソープへと向かう。

到着するなり、オフィスの奥にあるエティ警視の部屋へ通された。警視はダンヴァーズ——先日ロンドンから派遣された——と話し込んでいた。部屋の隅には背もたれの高い椅子があり、そこに使用人階級の若い女が背筋を伸ばして座っていた。私達二人が部屋に入ると、どことなく疑り深い目で素早くこちらを盗み見る。

上着と着古した黒いスカートという格好で、顔立ちはまあきれいなのかもしれない——大きな黒い目をしていた——が、全体的に不愉快な印象は否めない。ひどくだらしない感じだった。靴やストッキングには穴が開いているし、上着の袖は糸がほつれかけている。スカートのひもは輪になって腰の周りにぶら下がっていた。ひどく荒れた真っ赤な手をしており、目にはっきり浮かぶ小ずるい表情は、口を開いたときには挑戦的な光に変わった。

レディ・モリーが部屋に入ると、エティ警視が大急ぎで近づいてきた。どうやら困り果てていたらしく、レディ・モリーを見て肩の荷を下ろしたような顔になる。

「クリーヴル・ホールの作男の奥さんです」警視は若い女の方に顎をしゃくり、早口で説明した。「妙な話を持ち込んできたものですから、お耳に入れておいた方がいいのではないかと思いまして」

「殺人事件について、何か知っているのですか?」レディ・モリーが警視に尋ねる。

「知らないよ! そんなことは言ってないじゃないの!」ここで女が乱暴に遮った。「ちょっと、嘘を言わないでよ、警察の旦那。少佐が殺された夜、あたしの亭主が見たことを聞きたいんじゃないかと思ったんだよ、それだけさ。で、話に来たんだよ」

「どうしてご主人本人が来ないの?」レディ・モリーが訊く。

「ああ、ハゲットは調子が悪くて——その——」なげやりに肩をすくめ、女は説明しかけた。

「だからさ——」

「つまり、こういうことです」エティが口を出した。「この人の旦那は少し頭に問題があるんです。体は丈夫で畑起こしなどを手伝えるので、庭仕事だけをしていたようです。宣誓証言にもあまり意味がないものですから、この件をどう扱ったらよいか相談したいと思ったんですよ」

「そう、証言の内容は?」

「さっきの話をこちらの女性に聞かせてくれないか、ハゲットさん?」エティがぶっきらぼうに促す。

再び、先程の素早い疑わしげな色が一瞬瞳をよぎる。レディ・モリーはダンヴァーズが持ってきた椅子に腰を下ろし、向かいのミセス・ハゲットを穏やかな目でじっと見つめた。

「あまり話すことなんてないのさ」女はふてくされたように切りだした。「たしかに時々ハゲットはちょっとおかしくなることがあって——そういうときには夜、外をうろつくんだよ」

「それで?」レディ・モリーが促す。ミセス・ハゲットはなかなか口を開かず、先を続けたくないような様子だった。

「だからね！」急に踏ん切りがついたらしい。「クリスマス・イヴにもちょっと発作を起こして、夜中をかなり過ぎるまで戻ってこなかったんだよ。庭のテラスのあたりを若い男がうろついてるのを見たって言ってた。その後すぐ『人殺し』とか『助けてくれ』とかいう大声がしたんだって。それで怯えちまって、家に飛んで帰ってきたよ」

「家に？」レディ・モリーは静かに尋ねた。「家って、どこの？」

「あたし達が住んでる小屋のことだよ。家庭菜園のすぐ裏にあるんだ」

「どうして今までこのことを警視に話さなかったの？」

「ハゲットがしゃべったのが昨日の晩だったんだよ。少しは落ち着いたときにね。発作が起きると、一言もしゃべらないんだから」

「見かけた男の人は、誰だかわかっているの？」

「いいえ、奥様――わからないと思うよ――どっちみち、何も言おうとしないけど――だけど――」

「だけど？　なんなの？」

「昨日、庭でこんなものを見つけてきたんだ」女はくしゃくしゃの紙を差し出した。「今までしっかり握りしめていたらしい。「それで、クリスマス・イヴだの殺人事件だのを思い出したんだと思うけど」

レディ・モリーは汚れた紙切れを受け取り、華奢な指で広げた。その後すぐ、中身をエティ警視に見せる。見事な指輪で、光り輝くダイヤが素晴らしいカットのムーンストーンを囲んでいる。今は台座にも石にも粘土質の泥がこびりついていて、見る影もない。地面に落ちているところを、おそらく何日か踏みつけられていたのだろう。ざっと洗っただけのようだ。

「いずれにしろ、指輪の持ち主を捜し出すことはできるわね」無言のまま答えやいかにと待ちかまえているエティに、レディ・モリーは告げた。「調べてみても悪くないでしょう」

そして、レディ・モリーは再度女に向き直った。

「よければ、あなたの家までご一緒させてもらうわ」レディ・モリーはきっぱりと言った。「ご主人と話がしたいの。家にいるかしら?」

この申し出を聞き、ミセス・ハゲットはあからさまに嫌な顔をした。この身なりからすれば、家は淑女の訪問に適した状態とはとても思えない。しかしながら、異議を唱える余地はなかった。いやいやながら承知した旨を唸るようにつぶやき、椅子から立ち上がると、大股にドアへ向かう。来るなら来いと言わんばかりの態度だ。

しかしながら、部屋を出ていく前に女は振り返り、怒ったような視線をエティに向けた。

「指輪は返して下さいよ、警察の旦那」相変わらず愛想のないふてくされた口調だ。「見つけたものは、こっちのものだからね」

「そうではないさ」警視はそっけなく答えた。「しかし、父親を殺した犯人に結びつく情報には、ミス・シーリーから懸賞がかけられている。それが手に入るだろう。百ポンドだ」

「ああ、知ってるよ!」女は無愛想にそれだけ言い、ようやく部屋を出ていった。

3

ハゲットとの話し合いを終えて戻ってきたレディ・モリーは、ひどくがっかりしていた。どうやら、ハゲットはまったくお話にならなかったらしい――実際、幼児程度の知能しかないようだ。今日も含め、時々筋道の通った話ができることもあるようだが、もちろん証拠能力は無に等しい。

妻が既に話した内容を繰り返すばかりで、新しい事実は何一つ出てこなかった。殺人の発生した夜、テラスの歩道をうろついている若者を見た。誰だったかはわからない。家に帰る途中で「人殺し」という叫び声を聞いた。怖くなって走って帰った。テラスの下に常設してある花壇で、昨日指輪を拾った。妻に渡した。

この魯鈍《ろどん》な男の簡単な証言のうち、二つはすぐに裏付けが取れ、レディ・モリーは戻る前に確認をすませていた。クリーヴル・ホールの庭師の下働きが、事件の発生したクリスマスの未明にハゲットが自宅に走っていくところを目撃していた。男自身は当夜家畜の見張りをしており、そのちょっとした出来事をはっきり覚えていた。ハゲットはすっかり取り乱していたらしい。

そして、屋敷に雇われているもう一人の作男ニュービーも、ハゲットが花壇から指輪を拾い上げるところを見ており、警察へ持っていくよう注意したと言う。

どういうわけか、あの恐ろしいクリスマスの惨劇に重大な関心を持っている私達は、この話を聞き、一様に胸が騒ぐのを感じた。まだ口に出しては言わないものの、レディ・モリーと目を見交わしたとき、エティやダンヴァーズと事件について話し合うときにはいつでも、皆の心にはある一人の男の名前が浮かんできた。

むろん、二人の男達は感傷にとらわれたりはしなかった。ハゲットの話を単なる証拠として採用し、入念に裏をとった。その結果、二十四時間後にはエティが〈ブラック・スワン〉の私達の部屋を訪ね、殺人罪でローレンス・スメジックの逮捕状を取り、今から逮捕に向かうところだと静かに告げた。

「スメジックさんは、シーリー少佐を殺していません」知らせを聞いて、レディ・モリーは一言だけきっぱり答えた。

「まあ、ご意見を尊重したいのは山々ですが」警察関係者の敬意を集めているレディ・モリーへ配慮する一方、エティは反論した。「少なくとも逮捕には十分な証拠が集まったんです。私個人の意見としては、どんなやつでも絞首刑にできるくらいですよ。スメジックは一週間ほど前にコニー・ストリートのニコルソンの店で、ムーンストーンとダイヤの指輪を購入しています。クリスマス・イヴの夜、ダンスが終わって客が引き上げる頃にクリーヴル・ホールの門のあたりをうろついているところを、複数の人間に目撃されています。『人殺し』という悲鳴が最初に聞こえた直後にも、です。やつの召使いも主人が二時をたっぷり過ぎるまで帰宅しなかったと認めています。さらに、スメジックとシーリー少佐の間に激しい諍いがあったことは、ミス・グラナードさえ否定していません。その後二十四時間と経たないうちに、事件は発生したんですよ」

エティが情け容赦なく列挙した事実に、レディ・モリーは一言も発しなかった。しかし、私は思わず叫んでしまった。

「スメジックさんは無実です、間違いありません」

「やつのためにも、そう思いたいのですが」エティは重々しい口調で続けた。「残念ながら、真夜中からクリスマスの早朝二時までの間何をしていたか、本人にも説明できないのですよ」

「そんな！」私は叫んだ。「なんと言っているんです？」

「なんにも」警視の答えは冷たかった。「まさにそこが問題なんです」

さて、新聞の購読者なら当然覚えておいでだろう。ヨークシャーのペイクソープ・ホール在住の下院議員スメジック大佐の息子、ローレンス・スメジック氏は、十二月二十四日から二十五日未明にかけてシーリー少佐を殺害したかどで逮捕された。規定どおり判事の審問があり、スメジック氏は正式に次回ヨークで行われる巡回裁判にかけられることになった。

私ははっきり覚えている。予備審問の間中、スメジック青年は自分に降りかかった恐ろしい嫌疑を晴らす望みはないものとあきらめきっているように見えた。警察が連れてきた膨大な証人を見れば、その態度にも無理からぬものがある。

もちろん、ハゲットは呼ばれていなかった。しかし、クリスマス・イヴに客が引き上げた後で、ローレンス・スメジックがクリーヴル・ホールの門のあたりをうろついていたと証言する人間には事欠かなかった。番小屋に住んでいる庭師頭は実際に声をかけていたし、グリン大尉が四輪馬車から身を乗り出してスメジックに大声で呼びかけた言葉が聞かれている。

「やあ、スメジック。こんな時間にここで何をしているんだい?」

他にも証人はいる。

グリン大尉の名誉のために、ここでお断りしておこう。大尉は暗がりで不幸な友人を見かけたことを極力否定しようとした。治安判事に追及された大尉は、頑固にこう言い張った。

「そのときは番小屋の門の近くに立っていた人物をスメジックさんだと思ったのです。しかし、よく考えてみましたら、私の方の勘違いだったに違いありません」

これに対して、スメジック青年に決定的に不利な点としては、第一に指輪の問題があった。次に、クリーヴル・ホールの近くにいるところを真夜中頃と午前二時頃の二度にわたって目撃されている点だ。ペイクソープの方角へ足早に去るスメジック氏を、家畜を襲う犯罪者を警戒していた人達が何人も見ている。

いかにも怪しげで納得できない点は、スメジック氏がクリスマス・イヴの肝心の時間の行動に関して頑として口を割ろうとしないことだ。真夜中頃クリーヴル・ホールの門のあたりにいたという目撃証言も、帰宅時間に関する召使いの証言も否定しない。クリーヴル・ホールから客達が帰っていった時刻から、自分が実際にペイクソープへ戻ったときまでの行動について、スメジック氏は一切答えられないの一点張りだった。自分の危うい立場はわかっているようだ。自分の生死がかかっている事柄について頑なに沈黙を守っている理由は、容易に想像できかねる。

指輪の所有権についても火を見るより明らかで、スメジック氏も否定しようとはしなかった。

クリーヴル・ホールで紛失したと言う。ただし、コニー・ストリートの宝石商が、指輪をスメジック氏に売ったのは十二月十八日だと証言している。事件に先だって青年がクリーヴル・ホールを訪問したと確認された日付は、二週間以上も前だ。このことは誰もが知っている。

これらの証拠により、ローレンス・スメジックは裁判にかけられることが決まった。不幸な少佐を刺殺した凶器は見つからず、所有者も突き止められないままだったが、青年に不利な状況証拠は山のようにあり、保釈の申請は却下された。

スメジック氏はグレイソン弁護士――ヨークでも指折りの弁護士――の助言に従って、答弁を留保した。年の瀬の悲しい午後、私達は青年の行く末を案じながら、ひどく重い気分で混み合った法廷を後にした。

4

レディ・モリーと私は、一言も口を利かずにホテルへ戻った。私達の心は鉛のように重かった。あの若くハンサムなヨークシャーの青年が気の毒でならない。スメジック氏は無実に違いないのだ。と同時に、青年はひどくもつれた状況証拠の網にからめ取られ、抜け出すことなど到底不可能に見える。

私達は公道上で事件について話すのは好ましくないと感じていた。やがて、にぎやかなコニー・ストリートの一画で、洒落た二輪馬車を御すマーガレット・シーリーを見かけたときも何も言わなかった。マーガレットの横に座って熱っぽく耳打ちをしているのは、グリン大尉だった。マーガレットは喪服姿だった。たくさんの荷物で、買い物帰りだと一目でわかる。だから、マーガレットを責めるのは酷なのかもしれない。しかし、親密な関係をたびたび噂された男性の命と名誉が危殆《きたい》に瀕しているこの時、堂々と別の男性と馬車に同乗するなど、あまりにも心ない仕打ちではないかと私は思った。しかも、相手は思いがけない財産に恵まれてからというもの、恋敵と公認されている男性なのだ。

〈ブラック・スワン〉に帰り着くと、思いがけないことを知らされた。グレイソン弁護士がレディ・モリーを訪ねてきて、二階で待っているというのだ。

レディ・モリーは急いで部屋に行き、親しみを込めて挨拶した。弁護士は年輩で取っつきにくい感じだったが、胸を痛めているのは明らかで、ここへ足を運んだ用件を切りだせるようになるまで多少時間を要した。弁護士は椅子でそわそわしながら、天候について話し出した。

「厳密に言えば、私は公的な立場でここにいるわけではないのです」やがてレディ・モリーは優しい微笑みとともに口を開いた。弁護士の気まずい立場に助け船を出してやるつもりなのだろう。「警察内ではどうも私の能力が過大評価されているようです。地元警察から非公式な依頼がありまして、ここに留まって必要になった場合は助言することになったのです。上司は非常に寛大な人で、滞在許可を与えてくれました。ですから、もし何かできることがあるのでしたら――」

「ええ、ええ、そのとおりです!」グレイソン弁護士は急に勢いづいて声を高くした。「お聞きしたところによれば、イギリス国内にあなたをおいてあの無実の青年を絞首台から救える人はいないのです」

レディ・モリーは小さく、会心の吐息をついた。最初からこのヨークシャーの事件にはもっと積極的に関わりたいと考えていたのだ。

「スメジックさんのことですね？」レディ・モリーは聞き返した。

「ええ。私の気の毒な依頼人です」弁護士は答えた。「もし、よろしければ」頭を整理していたらしく、弁護士はちょっと間をおいてから先を続けた。「できるだけ簡単に十二月二十四日の夜半からクリスマスの未明にかけての出来事を説明したいと思います。そうすれば、私の依頼人が陥っている大変苦しい立場が、事件発生当夜の行動についてどうしても説明できないわけが、おわかりいただけると思います。また、私があなたのお力添えとご助言をお願いしに参ったわけも納得していただけるでしょう。スメジック氏は、ミス・シーリーと結婚の約束を交わしたものと考えていました。シーリー少佐の反対が予想されましたので、正式に発表することはありませんでしたが、二人の仲はきわめて親密で何度となく手紙をやりとりしていました。二十四日の朝、スメジック氏はクリーヴル・ホールを訪問しました。フィアンセに例の指輪を贈ろうと考えただけなのです。不幸な結果《コントラタン》はご存じでしょう。気の毒な依頼人はシーリー少佐に理不尽な喧嘩をふっかけられ、あの癇癪持ちの老人に家への出入りを禁じられてしまいました。

ご想像のとおり、スメジック氏はかんかんに怒ってクリーヴル・ホールを引き上げました。帰り際、戸口でミス・シーリーに出くわし、簡単に事情を説明したのです。最初ミス・シーリーは軽く受け流していましたが、最終的にはいくらか深刻に考えたようです。そんな事情ではダンスパーティーに来られないだろうから、その後十二時過ぎに庭まで会いに来て欲しいと言われ、短い話は終わりました。ミス・シーリーはその際指輪を受け取ろうとせず、クリスマスについてロマンチックなご託を並べ、夜中に自分の書いた手紙と一緒に持ってきてくれるように頼んだのです。それで——後は察しがつくでしょう」

レディ・モリーは思いやりを込めて頷いた。

「ミス・シーリーは二心を抱いていたのです」グレイソン弁護士は強調した。「スメジック氏との関係を全て終わらせることに決めたのです。最近爵位と年に四万ポンドの財産を受け継ぐことに決まった、グリン大尉に心を移したのです。センチメンタルな嘘八百を並べて、気の毒なスメジック氏を真夜中クリーヴル・ホールの庭へ呼び出し、新しい恋人の目に触れては困る手紙を取りあげたのです。午前二時頃、シーリー少佐は数多い敵の一人に殺害されました。犯人の正体については、私も、スメジック氏もまったく見当がつきません。最初に『人殺し』という叫び声が上がってクリーヴル・ホールの人々の眠りが破られたとき、スメジック氏はミス・シーリーと別れたばかりでした。ミス・シーリーさえその気になれば、お互いの姿が見えていたこと、自分は門の内側にいてスメジック氏が道路を歩き出したばかりだったことを証明することができたのです。マーガレット・シーリーが家へ駆け戻るところを、スメジック氏は見ています。スメジック氏はその場を立ち去りかね、しばらくどうしたらよいかと迷っていたそうです。やがて、自分がこの場にいては、色々あったにせよ未だに恋い慕っている女性に気まずい思いを、いえ、恥をかかせる結果になるのではないかと思い至りました。屋敷の内外には大勢の男達がいて、必要であれば手を貸してくれることはわかっています。結局、スメジック氏はきびすを返し、傷心のまま家へ帰ったのです。ミス・シーリーから別れを告げられ、手紙は取り上げられました。ミス・シーリーのために買った指輪は、一顧もされずに泥の中へ投げ捨てられたのです」

弁護士は言葉を切った。額を拭きながら、考え込んだレディ・モリーの美しい顔を全身に期待をみなぎらせて見つめる。

「その後、スメジックさんはマーガレットさんと話したんですか?」

「いいえ。ただし、私は話しました」弁護士が答える。

「どんな感じでした?」

「おたかくとまって、まったくつれない様子でしたね　私の不幸な依頼人の話を徹頭徹尾否定しました。シーリー少佐と依頼人の見苦しい喧嘩を聞きつけ、クリーヴル・ホールの戸口で『さようなら』と告げて以来、一度も会っていないと言うのです。いえ、それだけではありません。卑劣な犯罪を隠すために、かよわい娘の名誉に泥を塗るというさらに卑劣な行為を働いている。全て臆病者の悪あがきだと言い捨てられてしまいました」

しんと静まり返る。頭の中では考えが渦巻いていたが、誰一人言葉にしようともしなかった。窮境《インバース》ここに極まったことは、明らかだ。

実際、哀れな青年に不利な証拠は、無慈悲な運命の容赦のない手により山と積み上げられてしまった。

助けられるのは、マーガレット・シーリー一人だけだった。しかし、マーガレットは玉の輿に乗るチャンスをふいにするより、無実の人間の命と名誉を犠牲にする方を選び、冷酷に知らん顔を決め込んでいる。世の中にはそんな女達もいるのだ。あの女以外にそういう人種にお目にかかったことのない私は、なんと幸運なのだろう！

マーガレットが先に説明しない限り、あくまで究極の騎士道精神を貫く不幸な青年はクリスマスの未明に何があったかを語ろうとしない。いや、その若者を救えるのはマーガレットだけだと言っては、間違いになる。〈ブラック・スワン〉のみすぼらしい小さな部屋に今一人いるではないか。奇跡の力を与えられていない人間に、このせっぱ詰まった状況で偶然の一致の恐ろしいもつれを解きほぐすことができるのなら、この人以外には考えられない。

その女性が今、優しく口を開いた。

「この事件に関して私に何をお望みなのですか、グレイソンさん？　どうして警察ではなく、私のところへ？」

「こんな話を警察に持ち込むなんてできませんよ」弁護士は途方に暮れた様子で叫んだ。「警察もまた、女性の名誉に泥を塗る卑劣な行為だと考えるのではないですか？　いいですか、何も証拠はないのです。ミス・シーリーは完全に否定しています。いや、信じろと言う方が無理です！」弁護士は懸命に訴えた。「私がこちらに伺ったのは、あなたの素晴らしい才能、ずば抜けた洞察力の評判を耳にしたからです。誰かがシーリー少佐を殺害したのです！　犯人は私の古い友人、スメジック大佐の息子ではありません。真犯人を見つけなくてはならないのです！　お願いします、どうか犯人を探り出して下さい！」

心痛のあまり、弁護士は椅子の背に倒れかかった。言葉では表現できないほどの思いやりを込めてレディ・モリーは弁護士に近づき、その肩に白く美しい手を載せた。

「できるだけのことはいたします、グレイソンさん」レディ・モリーはそれだけ言った。

5

二人きりになった私達は、一晩中妙に黙りこくっていた。切れの鋭い頭脳がさかんに活動していることが、レディ・モリーの目のきらめきでわかる。こんな風に完全に黙り込んでいると、繊細な神経の震えが伝わってくるようだ。

弁護士の話がレディ・モリーの異才を突き動かした。お断りしておくが、レディ・モリーは内心スメジック青年の無罪を信じ続けていたのだ。しかし、プロとしてのレディ・モリーはいつでも感傷主義者の自分に反撃することを忘れない。今回の事件では、圧倒的な状況証拠があったし、青年が犯人だと上司は確信している。そのため、レディ・モリーは自分の理解を超えたものとして青年の有罪を受け入れざるを得なかった。

口を閉ざしていることで、青年は暗に自白したような格好だ。事件発生前と直後には現場で目撃されている。青年の持ち物だと確認された品が、殺人犯が立っていたとみられる位置から三ヤードと離れていない場所で見つかった。さらに、被害者とはひどい喧嘩をしているし、犯行時刻の行動については一切説明できない。こんな状況では、その人物の無実を安易に信じ続けているのも無茶な話だ。

しかし、事件は今、まったく違った様相を帯びてきた。スメジック氏の弁護士の話は、どう考えても本当としか思えない。マーガレット・シーリーの性格、以前の婚約者が被告席に立たされた当日の薄情な態度。より富裕な男性へさっさと心変わりしたこと。それら全てが、グレイソン弁護士の話したクリスマスの早朝の経緯こそ真実だと語っている。

レディ・モリーがすっかり考え込んでしまったのも、無理はない。

「最初からやり直さなければならないわ、メアリー」翌日の朝食後、レディ・モリーは上着とスカート、帽子と手袋を身につけ、すっかり外出の用意を整えて現れた。「そうよ、色々考えあわせてみたけれど、まずハゲットのところへ行こうと思うの」

「ご一緒しても構わないでしょうか?」私はおずおずと尋ねた。

「ええ、いいわよ」おざなりな答えが返ってきた。

今のおざなりな調子は見せかけだけに過ぎないと、私の勘がささやいた。レディ・モリーが――優しくたおやかで、いかにも女らしい女性が――この興味深い事件をいい加減に考えるとは思えない。

私達は車でビショップソープへ向かった。ひどく寒い日で、冷たい霧が立ちこめていた。運転手は魯鈍な作男と妻の〝家〟である小屋を見つけるのに多少手間取ってしまった。

たしかにその小屋はあまり〝家〟らしい感じはしなかった。さんざんノックした後、ようやくミセス・ハゲットがドアを開けた。目の前にあるのは、今までに見たこともないようなわびしげで小汚い部屋だった。

どことなく冷ややかなレディ・モリーの問いに対し、ミセス・ハゲットは夫が〝発作〟を起こして寝ていると告げた。

「それは大変ね」レディ・モリーの口調はむしろ冷淡だった。「すぐに話をさせてもらわなきゃならないのよ」

「なんの話?」女は不機嫌そうに聞き返した。「伝言なら伝えるけど」

「あいにくだけど」レディ・モリーが答える。「直接会うように言われているのよ」

「誰に言われたのか、教えてもらいたいもんだわ」女は無礼に近い返事をする。

「強いて言えば、あなたによ。さあ、こんな話は貴重な時間の無駄だわ。ご主人の着替えを手伝ってきたらどう? 私達二人は居間で待たせていただきますから」

いくらかためらった後、女はいかにもふてくされた態度でようやく言われたとおりにした。

私達は貧困を絵に描いたような、小さな寒々しい部屋へ入った。しかし、単に貧しげなだけではなく、不潔でだらしない様子が至るところで目につく。一番きれいに見える椅子を選んで腰を下ろし、待った。頭上の部屋では押し殺したような会話が続いている。

会話は、片方が慌てた様子で何事かささやき、もう片方は泣きながらぼやいているようだった。やがて、大きな物音が何度かしたかと思うと、足を引きずるような音が近づいてきた。その後、ろくな世話もされていないらしく、いかにも汚らしい格好のハゲットが妻に続いて居間へ入ってきた。

いい加減に靴を引っかけた足を引きずり、ハゲットは落ち着かない様子で前髪を引っ張りながら近よってきた。

「ああ」レディ・モリーは優しく声をかけた。「来てくれて嬉しいわ、ハゲット。ただね、あまりよい知らせじゃないのよ」

「はい、奥様」男はつぶやいたが、何を言われているかまったく理解していないようだった。

「救貧院の代理で来たの」レディ・モリーは続けた。「あなたと奥さんを今夜にも救貧院へ収容できると思うわ」

「救貧院?」妻の方が鋭く口を挟んだ。「なんのこと？　私達は救貧院なんてご免よ」

「そうでしょうね。でも、もうここにはいられないし」レディ・モリーは穏やかに諭した。「ご主人の今の精神状態では、他の仕事を見つけるなんて無理でしょう」

「ミス・シーリーは私達を追い出したりしないわよ」女が食ってかかる。

「きっと、亡きお父様の意志を尊重したいと思ったんでしょう」一見さりげない口調で、レディ・モリーは告げた。

「少佐は血も涙もない、ひどいやつよ」女は思わず声を荒らげた。「ハゲットは十二年間も一生懸命働いてきたんだ、それなのに――」

女は急に言葉を切り、例の疑り深そうな視線を素早くレディ・モリーに投げた。

女の沈黙は、突然爆発した怒りと同じくらい意味深長だった。レディ・モリーがミセス・ハゲットの代わりに先を続けた。

「それなのに、シーリー少佐は予告もなしにハゲットを首にした」レディ・モリーの口調は穏やかだった。

「誰から聞いたの？」女が突っ込む。

「あなたとハゲットが、首にされて少佐を恨んでいると教えてくれた人達よ」

「そんなの嘘よ」ミセス・ハゲットが言い張る。「私達、スメジックさんがシーリー少佐を殺したという情報を教えたでしょ。だって——」

「ああ、あのこと」レディ・モリーが素早く遮る。「でもね、スメジックさんはシーリー少佐を殺さなかったのよ。だから、あなた達の情報は役に立たないわ」

「じゃ、誰が少佐を殺したって言うのさ？　聞かせてもらおうじゃないの」

女の態度は下品な上に喧嘩腰で、非常に不愉快だった。どうしてレディ・モリーは平気でいられるのかと不思議でならない。あの回転の速い頭の中では、一体何が進行中なのだろう。救貧院とハゲットの解雇を持ち出した意図は、いったいどこにあるのだろうか。レディ・モリーはあくまで上品に微笑みを浮かべている。

「そう、それがわからないのよ」レディ・モリーは軽く受け流す。「ご主人だって言う人もいるわ」

「真っ赤な嘘よ」女はすぐに言い返した。ハゲットの方は会話の流れがまったくつかめない様子で、ひたすら乱れた赤毛をなでつけ、途方に暮れた顔で周囲を見回している。

「うちの人は『人殺し』って叫び声がする前に、家へ帰ってきていたんだから」

「どうしてわかるの?」すかさずレディ・モリーが追及する。

「どうしてわかる?」

「そうよ。この家まで悲鳴が聞こるはずはないわ――クリーヴル・ホールから半マイル以上離れているじゃないの!」

「ハゲットは帰ってきてたって言ったでしょ」女は意地になって言い張る。

「あなたがご主人を外に出したの?」

「うちの人はやってないって――」

「そんな話、誰も信じないわ。そうよ、ナイフが発見されればね」

「ナイフって何?」

「ハゲットの折り畳みナイフよ、シーリー少佐を殺したナイフ」レディ・モリーは静かにつけ加えた。「ほら、手に持っているわ」

レディ・モリーは意表を突き、この激しいやりとりの間部屋をぼんやりうろついていたハゲットをいきなり指さす。

今までのやりとりの内容が、なんらかのかたちでハゲットの乱れた意識にも届いていたに違いない。ハゲットはふらふらと引き出しのついた平型調理台へ近づいていった。上には朝食の残りと、瀬戸物や台所用品がほったらかしになっている。

わけはわかっていないのだろう、ぼんやりした顔のままで、一本のナイフを取り上げる。そして今度はありありと恐怖の色を浮かべ、ハゲットはナイフを妻に突きだした。

「できないよ、アニー、できない——お前がやった方がいい」ハゲットは言った。

小さな部屋はしんと静まり返った。ミセス・ハゲットが石のように立ちすくむ。無知で迷信的なこの女は、この事態にすくみ上がっていた。情け容赦のない運命の手が、まさに今自分を指さしているように感じたのだろう。

ハゲットが足を引きずりながら、前へ進む。一歩一歩妻に近づいていく。ナイフを突きだしたまま、途切れ途切れにつぶやく。

「できないよ。お前がやった方がいい、アニー——お前がやった方が——」

ハゲットが妻の目の前に来た。突然、厚顔無恥な女の張りつめていた神経の糸が切れた。荒々しい叫び声と共にナイフを奪い取り、哀れな夫に切りかかろうとする。

レディ・モリーも私も若く、元気で素早い。レディ・モリーはいざと言うときになんの役にも立たない貴婦人《グラン・ダーム》などではないのだ。それでも、アニー・ハゲットを惨めな夫から引き離すのには多少手間がかかった。怒りで我を失ったミセス・ハゲットは、自分を裏切った男を殺すつもりだった。やっとのことで、ナイフをもぎ取る。

むろん、この二人と一緒の部屋で再び静かに腰を下ろすのには、ある程度勇気が必要だった。犯してしまった罪に良心を苛まれている女、哀れを誘う口調でつぶやき続ける気味の悪いハゲット。

「お前がやった方がいいよ、アニー——」

皆さんは既にこの事件の記事を読み、結末はご存じだろう。レディ・モリーはこの女から完全な告白を引き出すまで、部屋から動こうとしなかった。自分の身を守るためにしたことといえば、私に警察用のホイッスルを手渡し、窓を開けて吹くように言いつけたことだけだった。幸い、警察署は遠くないし、警笛の音はひんやりした外気に響き渡った。

あらかじめエティかダンヴァーズを呼んでおかなかったのは失策だったかもしれない、と後になってレディ・モリーは認めた。しかし、何があってもあの女に最初から警戒心を抱かせてはならなかった。ハゲットが解雇されていたと見当をつけ、救貧院を持ち出すという遠回しな脅しも、絶対に疑われてはならなかった。

レディ・モリーは持ち前の鋭い洞察力で、かねてからあの女が一枚嚙んでいるに違いないと考えていた。しかし、目撃者はいないし、状況証拠は全てスメジック青年に不利だ。真相を明らかにするチャンスは一つだけ、殺人犯本人の自白しかない。

あの事件解決の鍵となった朝にハゲット夫妻と交わした言葉を思い返せば、レディ・モリーがどれほど鮮やかな手並みで恐ろしい結末を導き出したかが、おわかりいただけると思う。レディ・モリーはハゲットのいない場で女と話し合うのを拒んだ。突然殺人の話を持ち出せば、ハゲットが真実を暴くようなことをするか、言うかするに違いないと見抜いていたのだ。

シーリー少佐の名前が出ると、ハゲットは衝動的にナイフを取り上げた。全てがハゲットの不安定な心の中によみがえった。最近少佐が問答無用でハゲットを首にしたというのは、レディ・モリーお得意の大胆な推測の一つだった。

そそのかされただけの夫がいざとなったとき怖じ気づいても、妻は驚かなかった。私も意外とは思わない。一方、あの単純で荒っぽい性格を考えれば、結局怒りに燃えるミセス・ハゲット自ら不幸な少佐に復讐したとしても、なんの不思議もないと思う。

あまりの急展開とダンヴァーズとエティの到着に怯え、アニー・ハゲットはついに全てを自白した。

夫が少佐から無慈悲な言葉を投げつけられ、突然お払い箱にされたと知り、ミセス・ハゲットは怒り狂った。夫を意のままにできるミセス・ハゲットは、憎しみと恨みを晴らす方法を教え込んだ。最初、ハゲットは妻の言いつけに従うつもりでいたようだ。ハゲットは毎晩テラスで見張りをし、家畜を襲った犯人が再び現れたという知らせに少佐が一人で現れるのを待つことになった。

クリスマスの早朝、絶好の機会が訪れた。しかし、意気地なしのハゲットは以前から怯えた素振りを示していて、凶行をやり遂げずに逃げ出しそうだった。が、いざと言うとき夫が怖じ気づくのではないかとにらんでいたミセス・ハゲットもまた、毎晩見張りをしていた。殺人を犯すつもりで見張りをしていた男は、同時に見張られてもいたのだ！

ハゲットは妻のところへ戻り、自分でやれと言い張った。

さらにミセス・ハゲットは、露見の恐怖と懸賞金欲しさから、別の犯罪にも手を出した。ハゲットが指輪を見つけたことがきっかけで、あの残虐な計略が頭に浮かんだのだ。レディ・モリーの素晴らしい力がなければ、勇敢な若者が一人絞首台に送られていたことだろう。

ああ、マーガレット・シーリーが結婚したかどうかをお知りになりたい？　答えはノーだ。グリン大尉は身を引いてしまったのだ。どんな迷いが生じたのか、私にはわからない。しかし、大尉がマーガレットに結婚を申し込むことはなかった。マーガレット・シーリーは今オーストラリアにいて――伯母と一緒だったと思う――クリーヴル・ホールは売却された。

砂　囊

1

その日の朝、顔を見ただけでもちろん私にはピンときた。レディ・モリーは何か重要な事件を手がけているのだ。

小汚い上着とスカート、安物の更紗《さらさ》のバラで縁取られたいかにもみすぼらしい帽子を抱えている。

「すぐにこの服に着替えてちょうだい、メアリー」レディ・モリーは前置きもなしに切りだした。「『真面目で立派な料理人』として雇われる予定だから、それらしく見せるようにね」

「でも、一体どこの――」私は呆気にとられた。

「イートン・テラスのニコラス・ジョーンズさんのお宅」レディ・モリーがあっさり遮る。「最近まで、ジョーンズさんのお姉さんの故ミセス・ダンスタンが住んでいた家だけど、奥さんが料理人募集の広告を出したのよ。なんとしてでも採用してもらわなければならないわ」

私が一も二もなく従ったことは、きっとおわかりだろう。レディ・モリーがミセス・ダンスタンの事件に華奢な手を貸すよう求められたとしても、なんの不思議もない。ヤードの面々は、異例の完全なお手上げ状態に追い込まれていた。

皆さんは事件の顚末を覚えておいでだろうか。ことあるごとに様々な矛盾点が持ち上がり、ヤードでも指折りの敏腕刑事達があの奇妙な謎の解明も間近だと感じた瞬間、袋小路へと追い込まれてしまうのだ。

ミセス・ダンスタン自身はごく平凡な人物だった。独善的で自意識が強く太っており、富裕な中流女性の典型だ。地方銀行の預金残高は常に近所の人達よりも多い。姪にあたるヴァイオレット・フロストウィックと一緒に暮らしていた。ヴァイオレットは賢く可愛らしい娘で、金のかかる優雅な服や贅沢品にことのほか目がなかった。ヴァイオレット自身はまったくの無一文で、老婦人の猫の目のような気まぐれをほとんど天使のような忍耐強さで辛抱していた。きっとミセス・ダンスタンの遺言の意向がものを言ったのだろう。姪の利益になるようにすると、ミセス・ダンスタンは始終口にしていた。

この二人の女性に加えて、家には三人の召使いとミス・クルックシャンクがいた。ミス・クルックシャンクは物静かで控えめな娘で、建前上はミセス・ダンスタンの秘書兼家政監督だが、実際は都合のよい小間使いに他ならない。朝早くから家政婦と女中頭の仕事をこなし、商人とかけ合い、召使い達の監督をし、さらにミス・ヴァイオレットのブラウスにアイロンをかけ手入れをする。そう、まさにシンデレラのようだ。

そのほかの召使いは料理人一人とメイド二人で、三人とも長いことミセス・ダンスタンに仕えていた。さらに、早朝に来て火を焚いたり、ブーツを磨いたり、玄関前の階段を清掃する掃除婦が雇われていた。

一九〇七年の十一月二十二日——この奇妙なドラマのそもそもの始まりはその年までさかのぼる——の朝、ミセス・ダンスタンのイートン・テラスの自宅で何年も雇われていた掃除婦が、もう仕事を続けられなくなったと伝言を寄越した。夫が仕事場の近所に引っ越さなくてはならなくなり、通う距離が延びてミセス・ダンスタンの指定する早朝には来られなくなった、と言う。

掃除婦はこういった事情を丁寧に説明した手紙を書き、一人の女性に言づてを頼んだ。その女性は掃除婦の友人で、ミセス・ダンスタンの早朝の仕事を引き継げるなら喜んで「お役に立ちたい」と申し出た、しっかりした人物だということも手紙には書かれていた。

手紙を持った女性がイートン・テラスに到着したのは午前六時頃で、階下にいたのはダンスタン家のシンデレラ、ミス・クルックシャンクだけだったことをつけ加えておく。

女の見た目は悪くなく、ミス・クルックシャンクはミセス・ダンスタンの了解を得ることを条件にその場で雇い入れた。

女性はミセス・トーマスと名乗り、無口なしっかり者に見えた。近くのセント・ピーターズ・ミューズに住んでおり、ミセス・ダンスタンの希望する早朝に来ることができるという説明だった。実際、その日以来掃除婦は毎朝五時半に現れ、七時にはちゃんと仕事を終えて帰宅していた。

これらの内幕にもう一つつけ加えておこう。当時ミス・ヴァイオレット・フロストウィックは、伯母の大反対をよそに、スコットランド人のデイヴィッド・アソール青年と婚約していた。これで直接間接問わずドラマの関係者全てを紹介したことになる。そのドラマの最後のシーンは、警察にも人々にもまだ知られていない。

2

その年の大晦日、ミセス・ダンスタンは例年の習慣に従って既婚の弟の家を訪れ、夕食を共にして新年の到来を祝うことになっていた。ミセス・ダンスタンが家を空けている間、イートン・テラスではいつもどおりのことが起こっていた。ミス・ヴァイオレット・フロストウィックはデイヴィッド・アソール氏を招いて水入らずの夕べを過ごすチャンスと考えたのだ。

ミセス・ダンスタンの召使い達は皆、この若い二人の婚約を承知していた。使用人階級特有の感傷主義で、この秘密の逢い引きに見て見ぬふりを決め込み、わからずやの老婦人をごまかす手助けをしていたのだ。

アソール氏はハンサムな青年だった。主な欠点はまったく財産がないこと、いや財産を作る見込みがないことだった。さらに、青年は俳優を目指しており、清教徒的な老婦人の目には恐ろしい罪作りと映った。

アソール氏とミセス・ダンスタンは、これまでに何度も激しい言い争いをしていた。ミセス・ダンスタンは、仮にヴァイオレットがこのペテン師との交際を選ぶなら、今後はびた一文与えないと宣言していた。

青年は滅多にイートン・テラスへ顔を出さなかった。しかしおめでたい大晦日には、ミセス・ダンスタンは真夜中過ぎまで帰らないはずだった。恋に目がくらんでいる青年にとって、見逃すには惜しい機会に見えた。

運悪く、ミセス・ダンスタンは夕食をたっぷり食べた後気分が悪くなり、十時過ぎには弟のニコラス・ジョーンズ氏につき添われて帰宅した。

玄関を開けて女主人を見たとき、メイドのジェーンは本人の表現を借りれば「どさりと倒れて」しまうところだった。アソール氏がまだミス・ヴァイオレットと一緒に食堂にいることはよくわかっている。ミス・クルックシャンクはちょうどアソール氏のためのウイスキー・ソーダを用意しており、手がふさがっていた。

いずれにせよ、ホールの上着と帽子で、青年が家の中にいるのは一目でわかる。

一瞬、ミセス・ダンスタンの動きが止まった。ジェーンが恐怖に震えながら立ちすくむ。やがて老婦人は、まだ玄関の階段に立っていたニコラス・ジョーンズ氏を振り返り、静かに告げた。

「明日の朝一番にブレンキンソープ先生に電話をして下さいな、ニック。私が十時までに伺いますからと」

ブレンキンソープ氏はミセス・ダンスタンの弁護士だ。後程ジェーンは料理人に事情を説明する際、ミセス・ダンスタンが弁護士を訪問するのは申し訳に一シリングだけ与えてヴァイオレットの名を遺言状から外す決意をしたとしか思えない、と話した。

その後、ミセス・ダンスタンは弟に別れの挨拶をして、真っ直ぐ食堂へ向かった。

奥様が「すごい剣幕で怒鳴った」ことを、後になって三人の召使い達は異口同音に証言した。締め切った扉の向こうの会話ははっきり聞き取れなかったが、どうやらミセス・ダンスタンは怒り心頭に発しているらしく、部屋に入るなり声を張り上げた。程なくミス・ヴァイオレットが泣きながら食堂を飛び出し、二階に駆け上がっていった。

そのとき、一瞬ドアが開閉し、老婦人が怒りのにじむ口調で宣言しているのが聞こえた。

「そう、あなたのせいですよ。この家から出て行きなさい。あの女に関してはね、びた一文やりませんから。飢え死にしようがどうしようが、知ったことじゃありません」

その後もうしばらく言い争いは続いたようだ。先程の無慈悲な言葉を耳にした召使い達は震え上がり、その後の会話に聞き耳をたてるどころではなくなっていた。

ミセス・ダンスタンはアソール氏と二人きりで閉じこもっていたが、怒りは一向におさまらなかったようだ。一時間後に二階の寝室へ引き上げるときには、こう言ったのを聞かれている。

「この家から追い出します、明日の朝一番にね。あなたのようなペテン師と関わる気はありません」

ミス・クルックシャンクはすっかり慌てふためいていた。

「ヴァイオレット様には大変な痛手ね」と料理人に言う。「でも、朝になれば奥様ももっと落ち着かれるでしょう。今、シャンパンを一杯持っていってみるわ。お気に入りの飲み物だし、お休みになるのにいいかもしれないから」

ミス・クルックシャンクはシャンパンを運んでいき、アソール氏を送り出すよう料理人に言いつけた。しかし、恋人を案じて思い悩んでいる青年はなかなか腰を上げず、しばらく食堂で煙草を吸っていた。やがて若い召使い二人はベッドへ向かい、アソール氏は料理人にもう一度ミス・ヴァイオレットの顔を見るまでここにいさせて欲しいと頼みこんだ。必ずもう一度来てくれる――ミス・クルックシャンクに伝言を頼んであるのだ。

料理人のミセス・ケネットは優しいおばあさんだった。若い恋人同士には特に親身になって世話を焼いてきたし、真実の愛の道がなかなか険しいことに憤慨していた。そこで、料理人はアソール氏に食堂でくつろいでいるようにと言い、自分はアソール氏が帰るときまで書斎の暖炉の傍で起きていると告げた。

人の好い料理人は書斎で火をおこし、椅子を引きよせ――そのままぐっすり眠り込んでしまった。料理人の眠りは突然何かに破られた。いかにも熟睡しているところを突然起こされた人らしく、座り直してあたりをぼんやり見回す。

時計を見た。三時を過ぎている。目が覚めたのはアソール氏が自分を呼んでいたからに違いない。料理人はホールに出ていった。まだガスランプは消されていなかった。ちょうど、きちんと服を着て帽子とコートを身につけたミス・ヴァイオレットが、玄関を出て行こうとしているところだった。

料理人によれば、質問するどころか声をかける暇もないうちに、ミス・ヴァイオレットは掛け金しかかかっていなかった扉を開け、勢いよく閉めた。ヴァイオレットの姿は通りの暗闇に紛れてしまった。

ミセス・ケネットはドアに駆けより、年老いた足にむち打ちながら通りを追いかけていった。しかし、その夜はとりわけ霧が深かった。ヴァイオレットは急ぎ足で去ってしまったに違いない。ミセス・ケネットが何度も呼びかけても、答えはなかった。

途方に暮れた善良な料理人はおろおろしながら家へ引き返した。アソール氏はもう帰った後だったらしい。食堂にも他の部屋にも姿はない。そのため、ミセス・ケネットは二階に上がり、ミセス・ダンスタンの寝室のドアをノックした。部屋の中ではまだガスランプがついていた。鍵穴から細い光が漏れている。最初のノックで、すぐさま苛立ったような応答があった。

「なんの用?」

「ヴァイオレット様です、奥様」料理人は心配のあまり、ちゃんと筋道を立てて話すことができなかった。「出ていってしまわれて――」

「あの娘にはそれが一番いいのよ」ドアの向こうからすぐに答えが返ってきた。「お休みなさい、ケネットさん。心配しなくていいわ」

部屋の中のガスランプが突然消えた。ミセス・ケネットはなおもおそるおそるいさめようとしたが、中から返ってきたのはまたしても苛立たしげな一言だけだった。

「休みなさい」

それで、料理人は言われたとおりにした。しかし、ベッドに向かう前に家を一回りして、ガスランプを全て消し、最後には玄関のドアに鍵をかけた。

3

三時間ほどが過ぎ、召使い達はいつものようにミス・クルックシャンクに起こされた。その後、ミス・クルックシャンクは階下へ向かい、掃除婦のミセス・トーマスのために勝手口のドアを開けた。

六時半、メイドのメアリーが燭台を手に階下に行こうとした。と、掃除婦も今まさに階下に向かおうとするように、階段を二、三段下りかけているではないか。メアリーは少なからず驚いた。掃除婦の仕事は全て階下だし、二階に来るとは思ってもみなかったのだ。

掃除婦は階段を急いで下りようとしているが、何やら重いものまで抱えているらしい。

「どうかしたの、トーマスさん?」メアリーが小声で呼びかけた。

掃除婦はガスランプの真下で一瞬足を止め、顔を上げた。ランプの横から漏れる弱々しい光が掃除婦と持っている袋にあたる。袋の中身は砂だと、メアリーは気づいた。冷え込みが厳しい朝には、玄関の階段に砂をまかなければならない。

結局、たしかに意外に思いはしたものの、そのときのメアリーはさほど気に留めなかった。いつもどおりに家事室へ行き、風呂のお湯を用意し、ミス・クルックシャンクの部屋へ持っていく。ブラインドをあげ、部屋を簡単に整えた。ミス・クルックシャンクは朝、いつも化粧着のまま急いで階下に向かい、後で身支度を整えるために部屋へ戻ってくるのだ。

普通なら三人の召使いが階下に来るのは七時近くで、たいていミセス・トーマスはもう帰ってしまっている。しかし、この日はメアリーの方が早かったわけだ。ミス・クルックシャンクは台所でミセス・ダンスタンのお茶の用意に忙しい。砂嚢《さのう》を抱えたミセス・トーマスを階段で見かけたとメアリーが話すと、ミス・クルックシャンクもかなり驚いていた。

ミセス・ケネットはまだ下りてこない。掃除婦はもう帰ってしまったようだ。仕事はいつもどおり片付けてあるし、冷たい霧でつるつるになってしまう玄関前の石段には砂がまかれていた。

七時十五分、ミス・クルックシャンクはミセス・ダンスタンのお茶を運んでいった。二分も経たないうちに、家中に凄まじい悲鳴が響き渡り、陶器の割れる音が続いた。

すぐに二人のメイドが二階の女主人の部屋に駆けつけた。ドアは大きく開いていた。

メアリーとジェーンがまず気づいたのは、恐ろしいガスの臭気だった。ミス・クルックシャンクは恐怖に目を見開き、目の前のベッドを見つめている。そこに、ミセス・ダンスタンが横たわっていた。ゴムホースの端はまだ口の中に入ったままだが、息はなく顎ががっくりと落ちている。ホースの反対側は近くの壁にあるランプ受けにつながっていた。

窓は全て閉め切られ、カーテンも閉まっていた。部屋中にガスの臭いが充満している。

ミセス・ダンスタンはガス中毒死していた。

4

あの謎めいた悲劇の発生から一年が過ぎた。我々ヤードの面々が今までに手がけたなかでも最高の難事件の一つだった。何しろ至る所矛盾だらけなのだ。

まず第一に、ミス・ヴァイオレットの失踪だ。

ダンスタン家の召使い一同は、発見したばかりの恐ろしい出来事にすくみ上がって完全に眠気を吹き飛ばされるやいなや、もう一つの恐ろしい——もちろん、この悲劇と関わりがあると見なした場合だが——事実を突きつけられた。

ミス・ヴァイオレット・フロストウィックの姿が見えない。部屋はもぬけの殻で、ベッドに寝た形跡もなかった。真夜中に家を抜け出したところは、料理人のミセス・ケネットが目撃している。

あの可愛らしくか弱い娘が多少なりとも、残虐非道の忌まわしい犯罪に関わっているはずがない。母親代わりであったミセス・ダンスタンを故意に殺害するなど、とても考えられないことだ。今や悲劇の現場である不気味なイートン・テラスの家に残された四人の女性達は、ミス・ヴァイオレット・フロストウィックの名前を警察にも医師にも持ち出さないことに決めた。

もちろん、その両名がすぐに呼ばれた。ミス・クルックシャンクはメアリーをまず警察署へ、その後イートン・スクエアのフォルウェル医師の家に走らせた。一方ジェーンは辻馬車でニコラス・ジョーンズ氏を呼びに行った。幸い、ジョーンズ氏はまだ事務所を離れていなかった。

この恐ろしい悲劇の現場《ミザンセン》を目のあたりにした医師と警部は、最初は自殺だと考えた。歯の間にホースを突っ込んで固定するなど、健康な大の大人がされるがままになるはずがないし、抵抗もせずに確実に死をもたらすとわかっているガスを吸入し続けるなど問題外ではないか。それでもなお、死体には傷一つ見あたらない。犯人が被害者を完全な人事不省に陥いらせ、この恐ろしい犯行を成し遂げたとしても、方法が皆目わからない。

しかし、フォルウェル医師の自殺説は、現場の状態をざっと確認しただけですぐに否定されてしまった。

引き出しは閉まっていたが、誰かが金目のものや書類、金庫の鍵などを物色したようで、すっかり荒らされている。

調べたところ金庫は開いており、鍵は近くの床に落ちていた。ちょっと改めただけで、複数のブリキの箱の中身が奪われていることが判明した。現金も重要な書類も消え、同時にネックレスやブレスレット、ティアラの台座から宝石——ニコラス・ジョーンズ氏が後で証言したところによると、きわめて高価なもの——が幾分手際は悪いものの、注意深く外されていた。素人の仕業なのは一目瞭然だ。

つまり現場全体の状況から判断すると、周到に考え抜かれた、しかも時間を要する強盗殺人と思われる。自殺説とは完全に矛盾する。

そんなとき、突然ミス・フロストウィックの名前が浮上した。誰が最初に口に出したのかはわからない。しかし、娘がアソール氏と婚約していたこと、伯母の希望に逆らったこと、前夜の喧嘩のこと、最終的に若い二人が夜更けに家から出ていったこと、これらの事情全てが、すぐさま有能な警部の手によって四人の重い口から引き出された。

いや、それだけではなかった。ちょっとした怪しげな出来事がメイドの一人によって詳しく語られ、ミス・クルックシャンクも裏付けた。

ミス・クルックシャンクがシャンパンを持っていったとき、老婦人はミス・ヴァイオレットを部屋へ呼ぶように命じた。白いシフォンのイブニングドレスを着たままの娘が、まだ泣きはらした顔で伯母の部屋をノックしているところを、メイドのメアリーが階段から見ている。

警部はメモを取るのに忙しかった。心の中ではきわめて衝撃的にせよ、単純なヴァイオレット・フロストウィック犯人説がすっかりできあがっていた。そのとき、ミセス・ケネットが一瞬で警部の推理を根底からひっくり返してしまったのだ。

ミス・ヴァイオレットが伯母殺しに関与したはずがない。娘が家を出ていったのを見てミセス・ケネットが主人の寝室をノックしたとき、ミセス・ダンスタンは生きていたし、実際に話もしている。

次に問題になったのは、アソール氏だった。しかし、ご記憶かもしれないが、そもそもこの青年には疑いをかけることすらまったく無理な話だった。アソール氏自身の証言によれば、料理人を起こすのをすっかり忘れ、十二時頃に家を出ていったそうだ。裏付けも各方面から得られた。

十一時五十分にイートン・テラスの角でアソール氏を乗せた辻馬車の御者が、まず第一の有利な証人だった。ジャーミン・ストリートの下宿ではおかみが鍵を忘れたアソール氏を迎え入れているし、翌朝七時にはお茶を運んでいる。これが第二の証人。一方、ミス・ヴァイオレットが伯母の部屋に入るのをメアリーが見たのは、イートン・スクエアのセント・ピーターズの鐘がちょうど十二時を打っているときだった。

さて、なぜもっと早く掃除婦のミセス・トーマスについて説明しないのかとお思いだろう。ミセス・トーマスはこの驚くべき事件で、究極の矛盾を作り出した人物だった。

ミセス・トーマスは事件の朝六時半に用のない二階から下りていくところを、メイドのメアリーに見られている。そのとき、滑りやすい玄関前の階段にまくための砂の入った袋を持っていた。もちろん、砂嚢はいつも勝手口に置いてある。

砂嚢の話が出た途端、フォルウェル医師は奇妙な声を出した。この時ようやく、謎の一端が解明された。被害者はベッドに横になっているとき砂嚢で頭を殴られ、意識を失ったのだ。その間に冷酷な犯人が金品を強奪し、最後にガスで中毒死させた。

朝六時半に音もなく死をもたらす凶器を持っているのを見られた女は、どこにいるのだろう？ミセス・トーマスは消えてしまった。最後に目撃されたのは、階段の下でいかにも重そうに袋を抱えてほの暗いランプの下を通ったときだった。

以来、警察はミセス・トーマスの発見に全力をあげてきた。セント・ピーターズ・ミューズの住所はでたらめだとわかった。ミセス・トーマスの名前や人相に該当する人物がそこで見かけられたこともない。

ミセス・ダンスタンに推薦状を送ったはずの女性は、女のことをまったく知らなかった。元掃除婦は、ミセス・ダンスタン宛の手紙を誰にも言づてたことはないと宣誓した。掃除婦は早朝の仕事がつらくなり、ある日辞める決意をした。しかし、それっきり元の雇い主からの連絡は一切なかったという。

妙な話ではないだろうか？　よりによって、事件当日に二人の女性がイートン・テラスから消えたのだ。

皆さんはもちろん事件後二十四時間近く経ってから起こった、一大センセーションを覚えているだろう。あの波乱に満ちた朝、一人の若い女性がウォータールー橋から身投げした。捜索の結果引き上げられた死体は、テムズ警察署へ搬送され、イートン・テラスの自宅で殺害された女性の姪、ミス・ヴァイオレット・フロストウィックと確認された。

金もダイヤもミス・ヴァイオレットの死体からは発見されなかった。つまり、少なくとも強盗やミセス・ダンスタン殺害事件に関与していないことだけは、はっきり示されたことになる。

人々は不思議に思った。伯母の怒りを買って相続から除外されそうになったことを、なぜそこまで思い詰めたのだろうか。そして、かけがえのない人を失い、大きな悲しみを味わったデイヴィッド・アソール氏には同情が集まった。

しかし、掃除婦のミセス・トーマスは見つからずじまいだった。

5

『デイリー・テレグラフ』紙の広告に応じて、イートン・テラスの家の前に現れた私は、非の打ち所のないほど立派で善良な料理人に見えただろうと思う。

外見が申し分ないだけではなく、給料もごくわずかしか要求しなかったし、玄関前の階段や石畳を磨くこと以外ならなんでもやるつもりだと言った。その場でミセス・ジョーンズに雇われることが決まり、翌日にはミセス・カーウェンという偽名で正式に働き始めた。

あの二重の悲劇が発覚してからもう一年以上経つが、この家では特に何も起こらなかったし、事件にまつわる謎に光明を投げかけられる人は一人もいなかった。

検死審問の評決は、通称ミセス・トーマスによる謀殺だった。証拠の重みのみならず、失踪も決定的に不利に働いた。今は逮捕状が出ている。

ミセス・ダンスタンは遺言を残さずに亡くなった。内輪の事情を知っている人は皆驚いたのだが、ミセス・ダンスタンはブレンキンソープ・アンド・ブレンキンソープ弁護士事務所が用意した遺書に一度もサインしていなかった。内容は以下のとおりで、二万ポンドとイートン・テラスの家の賃借権が故人の愛した姪、ヴァイオレット・フロストウィックに、千ポンドがミス・クルックシャンクに、そのほか少額の遺産が友人や召使い達に贈られることになっていた。

遺言が完成していなかったため、故人の唯一の弟であるニコラス・ジョーンズ氏が全財産を相続することになった。

ジョーンズ氏自身大変な金持ちだったし、なんの罪もないのに遺産を受け取り損ねた気の毒なミス・クルックシャンクには千ポンド贈られるべきだと多くの人が考えた。

最終的にジョーンズ氏がどういう心づもりでいたのかは、わからない。今のところ、ジョーンズ氏は家族と一緒にイートン・テラスに引っ越して落ち着いていた。妻は大変体の弱い人だったため、ジョーンズ氏はミス・クルックシャンクに引き続き屋敷にとどまって家政を監督する手助けをして欲しいと頼んだ。

ミセス・ダンスタンの金庫から盗まれたダイヤと金の行方は、皆目わからなかった。亡くなる一日か二日前、ミセス・ダンスタンはテディントンの近くに所有していた家を売ったらしい。習慣に従い、代金はブレンキンソープ氏の事務所において金貨で支払われた。愚かなミセス・ダンスタンは金をすぐに銀行へ預けなかった。その金貨とダイヤが強盗犯の主な戦利品だ。以来、警察はミセス・トーマスの発見に全力を注いできたが、ようとして行方は知れなかった。

イートン・テラスに来て三日ほど経ち、早起きと重労働にいい加減うんざりしていた頃、間の悪いことに掃除婦が病気になっていつもどおり来られなくなった。

もちろん、私はさんざん文句を並べた。次の日の朝は四つん這いになって、石段のこすり磨きをしなければならなかったのだ。レディ・モリーのためなら水火も辞さない私だが、そのときばかりはいささか話が別だった。

突然、すぐ後ろで重い足音が聞こえた。振り返ると下品でみすぼらしい服装の女が一人、階段の下に立っている。

「なんの用?」機嫌の悪い私はつっけんどんに訊いた。

「階段を磨いてるのが見えたんで」女はしわがれ声で答えた。「うちの人は仕事を首になるし、今朝は子供達の食べ物もないんですよ。ちょっと恵んでくれれば、私が階段を磨きますけど」

どう見てもあまり感じのいい女ではない。つばの広いぼろぼろの帽子で顔の上半分が隠れていた。猫背で、破れて泥のついたスカートをだらしなくピンで留めている。

しかしながら、嫌でたまらないこの力仕事をちょっと頼むくらいなら、別段不都合はないだろう。私は六ペンス払う約束をし、膝をつくための敷物とブラシを渡して家へ入った。ただし、玄関のドアは開けておいた。

ホールで、いつも誰よりも早く下りてくるミス・クルックシャンクと出くわした。

「何事なの、カーウェン?」開いたドアの向こうの階段でひざまずいている女を目に留め、ミス・クルックシャンクが尋ねる。

「女の人ですよ、クルックシャンクさん」私はいくらかぶっきらぼうに答えた。「階段を掃除してくれると言うんです。キャラハンさんが来ていないんですから、奥様も気になさらないだろうと思いまして」

一瞬ためらった後、ミス・クルックシャンクは玄関へ出ていった。

ちょうどそのとき女は顔を上げて立ち上がり、図々しくミス・クルックシャンクへ近よって声をかけた。

「私のこと、覚えてるでしょう?」耳障りな声だった。「前はダンスタン様のために働いてたんですよ。トーマスです」

恐怖に駆られたミス・クルックシャンクが、反射的に低い叫び声をあげたのも無理はない。気を失うのではないかと、私は急いで駆けよった。しかし、ミス・クルックシャンクは手を振って私を脇へやり、静かにこう言った。

「可哀相に、この人は頭がおかしいのよ。トーマスだなんて馬鹿馬鹿しい。警察に連絡した方がよさそうね」

「ああ、その方がいいかもしれないですねえ」女はため息をついた。「最近、良心が咎《とが》めて」

「いいこと」ミス・クルックシャンクはなだめるように言い聞かせた。無実の人物が自分を未解決の事件の犯人だと思い込む、特異な精神疾患の一例だと考えたに違いない。私も同意見だった。「あなたはトーマスなんかじゃないのよ。私はトーマスをよく知っているの――それに――」

「もちろん私のことは知ってるでしょうよ」女は答えた。「最後に話したのは、あの日、ダンスタン様が殺された朝の台所でしたね。こう言ったじゃないですか――」

「警察を呼んできなさい、カーウェン」ミス・クルックシャンクはきっぱり命じた。

途端に、女は気味の悪い高笑いをした。

実を言うと、私は少なからず混乱していた。レディ・モリーはこの展開を予測していたに違いない。私をわざわざこの家に送り込んだのは、この場に立ち会わせるためだったのだ。間違いない。しかし――私はここでジレンマに陥った。すぐさま警察に駆け込むべきだろうか、それとも？

まずはレディ・モリーと連絡を取り、その指示を待とう。それが最善の策だと私は決断した。二階へ駆け上がってメモを走り書きし、それからミス・クルックシャンクの言いつけどおりに勝手口から飛び出す。ミス・クルックシャンクはまだ玄関で女と押し問答をしている。

私は辻馬車にメイダ・ヴェイルへの言づてを頼み、イートン・テラスへ引き返した。玄関でミス・クルックシャンクが待っていた。私が戻るまで女を引き留めておこうと思ったのだが、妄想に悩まされている女が気の毒になり、そのまま帰したと言う。

一時間ほど後には、レディ・モリーからの簡単なメモが届いた。自分の特別な指示がない限り何もしてはいけない、とあった。

その日、ミス・クルックシャンクは警察に行って、警部に相談してきたと話した。イートン・テラスでその自称ミセス・トーマスを雇い入れても、目を離さないでいるのなら特に差し支えないだろうと言われたそうだ。

結果として、ニコラス・ジョーンズ氏の規律正しい家庭生活は、奇妙な転機を迎えた。これまで朝六時に起こされていた私達三人の召使いは、七時まで寝ていてよいことになった。遅く下りていっても、叱られない。逆に、全て仕事は片付いていた。

正体不明の掃除婦は、大変な働き者に違いない。七時には必ずいなくなっているのだが、その仕事ぶりはとても一人でやったとは思えないほどだ。

この願ってもない状況が続くことを、二人のメイドは単純に大歓迎した。しかし、私は好奇心ではち切れそうになった。

ある朝、私は六時過ぎにそっと下へ行き、台所に忍び込んだ。自称ミセス・トーマスは豪華な朝食の真っ最中ではないか。最初イートン・テラス一八〇番地の玄関に現れたときとは、服装がまるで変わって——みすぼらしくて汚いのは相変わらずだが——いる。皿の近くには三、四枚のソヴリン金貨（旧一ポンド金貨）があり、女は汚い手を載せていた。

一方、ミス・クルックシャンクは四つん這いになって床を磨いていた。私を見て飛び上がり、明らかに慌てふためいた様子で「怠けているのが嫌いだから」などと口の中で言い訳する。

同じ日、ミス・クルックシャンクは私に、ミセス・ジョーンズとあわないようなので今月一杯で辞めて欲しいと告げた。その日の午後、私は翌朝六時に階下に来るようにとのメモをレディ・モリーから受け取った。

むろん、私は指示に従い、六時きっかりに台所へ行った。掃除婦がテーブルにつき、目の前の金貨の山を不潔きわまりない手で数えている。女は私に背を向けており、中に入ったときにはこう言っていた。

「もう五十ポンドくれたら、勘弁してあげるよ。ダイヤと金の残りをまだ持ってるんでしょ」

女が話しかけた相手は、ミス・クルックシャンクだった。こちらを向いていたミス・クルックシャンクは、私を見て幽霊のように青ざめる。しかし、すぐに気を取り直し、私と女の間に立つと食ってかかった。

「こんな風に私のことを詮索して、一体どういうつもり？　さっさと荷物をまとめて、今すぐこの家から出て行きなさい」

私が答える前に、女が口を出した。

「かりかりすることないよ」垢じみた手をミス・クルックシャンクの肩に置く。「あそこの隅にある袋は砂嚢でしょ。ダンスタンさんと同じように殴り倒せば――ね？」

「黙りなさい、この嘘つき！」ミス・クルックシャンクは怒りで半狂乱の有様だ。

「もう五十ポンドくれたら、黙るよ」女はふてぶてしく言い返した。

「この女は頭がどうかしてるのよ」ミス・クルックシャンクはなんとか立ち直ろうと必死だ。

「自分がトーマスだと思っているだけじゃなくて、奥様を殺したと――」

「違う――違う！」女が遮った。「私はあの日の朝、あんたが砂嚢を二階に忘れてきたのを思い出して、戻ってきただけだよ。あんたが奥様をまんまと片付けて、金や宝石を全部奪い取った後にね。そう、ケネットさんがドア越しに声をかけたときには、あんたもさぞびっくりしただろうけど、頭のいいあんたは奥様の声を真似してごまかした」

「でたらめよ！　あなたはトーマスなんかじゃないわ。この家の二人のメイドはね、事件の時も雇われていたの。あなたが嘘をついていると証明できるわ」

「じゃあ、服を取り替えましょうか、クルックシャンクさん」聞き覚えがあるにもかかわらず、その声を耳にした私はぎょっとした。どこから聞こえてくるのか見極められなかったのだ。「掃除婦の服を着れば、二人のメイドはあなただと見抜けないんじゃないかしら」

「メアリー」同じ懐かしい声が続けた。「この不潔な服を脱ぐのを手伝ってちょうだい。きっとミス・クルックシャンクはもう一度掃除婦のミセス・トーマスになりたいんじゃないかしら」

「でたらめ言わないで――あんた達は嘘つきよ！」ミス・クルックシャンクは、瞬く間に自制心を失っていく。「警察を呼ぶわ」

「その必要はないわ」レディ・モリーが冷ややかに応じる。「ダンヴァーズ警部があのドアの外にいるから」

ミス・クルックシャンクは別のドアめがけて走り出す。しかし、私の方が早かった。ミス・クルックシャンクを引き戻す。レディ・モリーの短く鋭い呼びかけに、ダンヴァーズが踏み込んできた。ミス・クルックシャンクの戦いぶりは見事だったと認めざるを得ない。しかし、ダンヴァーズは警官を二人連れてきていたし、ミス・クルックシャンクを自称ミセス・トーマスとして逮捕した。

あれほど謎めいた失踪を遂げた掃除婦の服を、レディ・モリーはこの家の地下の石炭庫の奥から見つけだしたそうだ。今身につけているのは、その服だった。

私が見抜けなかったのも無理はない。優美なレディ・モリーは、ミセス・ダンスタンを殺害した犯人を脅迫する小汚い女になりきっていた。そもそもこの恐ろしい事件の真相――つまり、ミス・クルックシャンクがミセス・ダンスタンを殺害する計画のもとにしばらく掃除婦に変装し、警察の目をごまかした――に気づいた最初のきっかけは、ミス・ヴァイオレットが夜中に出ていったと知らされたとき、ミセス・ダンスタンの部屋から返ってきたというあの冷酷な言葉だったと言う。

「ミセス・ダンスタンはヴァイオレットの不品行に腹を立てたかもしれないわ」レディ・モリーが謎解きをした。「でもね、飢え死にさせたりするはずがないでしょう。それとこれとは、話が別よ。だから、あの老婦人があれほど怒ったのにはもっと大きな理由があると思ったの。大晦日の夜、姪が泣きながら部屋を飛び出したときの言葉を思い出して、ミセス・ダンスタンの怒りは姪に向けられたのではなく、別の女性に向けられたのだという結論に達したわ。それと、ヴァイオレット・フロストウィックを捨ててミス・クルックシャンクに心変わりをした男にね。あの男は密かに二人の女を手玉にとってミセス・ダンスタンを怒らせただけでなく、忠実なフィアンセの心も引き裂いた。

ミス・クルックシャンクは千ポンドもらえるはずの遺書にサインがされていないとは知らなかったのね。あの女とアソールが共謀して残虐な殺害計画を立てたに違いないわ。掃除婦が持っていた砂嚢は、文字どおり警察の目に砂をかけて目くらましをしたわね」

「でも」私は異を唱えた。「ミス・クルックシャンクのように血も涙もない人が、どうして脅迫に怯えて応じたりしたんでしょう？　現れた女がトーマスでないことはよくわかっていたはずですよね、存在しないんですから」

「それはそうよ。でもね、時には良心という名のちょっとした心の動きをいくらか考慮に入れなければならないわ。私がトーマスとして登場して、ミス・クルックシャンクはなんとなく不安を覚えた。私が何者で何を知っているのかと気になった。三日後、石炭庫で見つけたみすぼらしい服を着ていくと、すっかり参ってしまったのよ。私にお金をくれたわ。それで、もうおしまいよ。自白は時間の問題だったわ」

そのとおり、ミス・クルックシャンクは何もかも告白した。女性であることを理由に寛大な処置を乞うよう勧められたが、デイヴィッド・アソール氏を事件に巻き込まないだけの強さはあった。

その後、アソール氏はカナダ西部へと渡った。

インバネスの男

1

多くの人々がこう語るのを聞いてきた――毎日新聞に目を通す人達も含めて――イギリス国内で誰かが〝消え失せる〟ことなど絶対に不可能だ。と同時に、その賢明な人々は完全無欠の持論に対し、一つの大きな例外の存在を認めなければならなかった。ご存じのとおり、レナード・マーヴェル氏の事件だ。ある日の午後、マーヴェル氏はロンドンのクロムウェル・ロードにあるスコシア・ホテルから徒歩で出かけ、それ以来ぷっつりと消息を絶っている。

最初に警察に連絡したのは、マーヴェル氏の姉オリーヴだった。いわゆる典型的なスコットランド人女性だ。背が高く骨張っていて、髪は砂色。青みがかった灰色の目はどことなく悲しげだった。

ミス・マーヴェルの話によれば、弟のレナードはもやのかかった日の午後に外出したそうだ。私の記憶では、ちょうど一年ほど前の二月三日の出来事だった。シティ（ロンドンの旧市部。金融、商業の中心地）の弁護士――住所は友人から聞いたばかりだった――を個人的な用件で訪ねるつもりだったらしい。サウス・ケンジントン駅から地下鉄でムーアゲート・ストリート駅へ向かい、そこから歩いてフィンズベリー・スクエアへ出る、と姉には説明した。夕食までには戻ってくる予定だった。

しかしながら、マーヴェル氏は予定をしょっちゅう変えることがあったし、レストランやミュージック・ホールで夜を過ごすのも好きだった。そのため、弟が約束の時間に戻らなかったときも、姉はまったく心配しなかった。ミス・マーヴェルは夕食を食堂でとり、十時を過ぎるとすぐ就寝した。

マーヴェル姉弟が滞在していたのは小さな個人ホテルの三階で、居間が一つ寝室が二つという部屋だった。さらに体の弱いミス・マーヴェルには、いつもメイドがつき添っていた。メイドはロージー・キャンベルという名のきれいなスコットランド人の娘で、寝室は最上階だった。

翌朝レナードが食事に顔を出さなかったとき、ミス・マーヴェルは初めて不安を感じた。何かあったのではないかとロージーに様子を見に行かせたところ、メイドは目を見開きひどくびっくりした顔で戻ってきて、マーヴェル氏が部屋にいないこと、ベッドには休んだ形跡がないことを知らせた。

スコットランド人特有の遠慮から、この時ミス・マーヴェルは誰にも事情を話さなかった。自力で弟の行方を探そうと手を尽くしたが全て徒労に終わり、ようやく警察に相談したのは二日後になってからだった。

ミス・マーヴェルは、失踪当日にレナードが訪問する予定だった弁護士に会って話を聞いた。しかし、問題の弁護士ステーサム氏は行方不明の男の顔すら見ていなかった。

機転の利くメイドのロージーはサウス・ケンジントンとムーアゲート・ストリート駅に出向い

て情報を集めた。サウス・ケンジントン駅ではマーヴェル氏と顔見知りの駅員が、午後早い時間にシティ方面行きの一等車の切符を売ったことをはっきり覚えていた。しかし、人の出入りの激しいムーアゲート・ストリート駅では、インバネスを着た長身で赤毛のスコットランド人――行方不明の男性の特徴――を覚えている人はいなかった。そのころシティでは霧がかなり濃くなっていた。交通が乱れ、誰もが不機嫌で苛立ち、自分の都合しか頭になかった。

以上が、弟の謎の失踪に関してミス・マーヴェルが警察に提供した情報だ。

最初、ミス・マーヴェルにさほど不安を抱いている様子はなかった。マーヴェル氏が自分の面倒くらいちゃんと見られると信じて疑わないらしい。その上、外出した午後には貴重品も金も身につけていなかったと断言した。

しかし、何日経ってもマーヴェル氏の発見につながる手がかりは出てこない。事態は深刻になってきた。ヤードの捜索もより大がかりになった。

レナード・マーヴェル氏の人相書きがロンドンの主要紙と地方の日刊紙に掲載された。あいにくマーヴェル氏のちゃんとした写真はなく、どちらかと言えば決め手に欠ける内容だった。失踪騒ぎで有名になったレナード・マーヴェル氏だが、そのほかのことはほとんどわからなかった。一ヶ月ほど前、姉と一緒にスコシア・ホテルに投宿し、その後メイドのキャンベルが雇われていた。

スコットランド人は他人行儀で、見ず知らずの人に自分達のことや内輪の話をべらべらしゃべったりはしないものだ。姉弟はホテルでほとんど誰とも口を利かなかった。メイドは従業員達と食事をしていたが、自分達はそのメイドの給仕で部屋で食事をとっていた。しかし、この耐え難い不幸に直面したミス・マーヴェルは、警部の前では遠慮を捨て、弟について知る限り全ての情報を提供した。

「弟は私にとって息子のようなものなんです」ミス・マーヴェルは涙をこらえきれない。「早くに両親を亡くしたもので、生活していくのがそれはそれは大変でした。親戚もほとんど構ってくれませんでしたし。レナードは私よりもずっと年下で——ちょっとやんちゃで遊び好きかもしれませんが、立派な弟なんです。新聞社関係の仕事をして、私達二人の生活を何年も支えてくれました。今回『デイリー・ポスト』の局員にと、とてもいいお話をいただいたそうで、一ヶ月ほど前にスコットランドのグラスゴーから出てきたところなんです」

もちろん、すぐに全ての裏付けが取れた。ただし、細かい調査はグラスゴーから進められたのだが、レナード・マーヴェル氏の情報はほとんど得られなかったようだ。『クーリエ』でいくつか記事を書いていたことは間違いないらしい。最近、求人広告に応募して『デイリー・ポスト』の正社員として雇われることになったのだった。

『デイリー・ポスト』は半ペニーの進取的な新聞だった。今回も腹が大きいところを見せ、レナード・マーヴェル氏の発見に結びつく情報を提供した購読者には、誰にでも五十ポンドの賞金を与えると申し出た。

しかし、賞金は獲得されないまま時間だけが経過した。

2

いつもならレディ・モリーはこの種の事件に興味を示すのだが、今回は例外らしい。妙にいい加減な——まったくレディ・モリーらしくない——態度で、ロンドン市内のスコットランド人記者の一人や二人、大した問題ではないと言った。

そのため、レナード・マーヴェル氏が謎の失踪を遂げてから三週間ほど経ったある朝、メイドのジェーンが手紙と一緒に一枚の名刺を持ってきたとき、これは見物だと私は思った。

名刺には「ミス・オリーヴ・マーヴェル」とあった。手紙は主任からで、問題の女性と話し合い、後でその件について相談に来て欲しいというお決まりの内容だった。

レディ・モリーはあくびを噛み殺しながら、ジェーンにミス・マーヴェルを通すよう言いつけた。

「お二人いらっしゃるのですが」出ていきかけたジェーンが付け加えた。

「二人ですって?」レディ・モリーが笑いながら聞き返す。

「女の人が二人です」ジェーンが説明した。

「そう! 二人とも客間へお通しして」レディ・モリーはじれったそうに言った。

ジェーンが言いつけどおりに出ていったとき、とてもおかしなことが起こった。おかしな、と表現したのには理由がある。これまでレディ・モリーと親しくつき合ってきたのだが、いかにもおもしろそうな事件を目の前にしてこうまで無関心な様子を見せるのは初めてだった。レディ・

モリーは私を振り返った。

「二人の女性がどなたかわからないけれど、あなたが会った方がいいわ、メアリー。私はきっと死ぬほど退屈してしまうと思うの。その人達の話を書きとめて、後で教えてちょうだい。ほら、問答無用よ」レディ・モリーは笑い、口から出かかった私の抗議を有無を言わさず抑え込んでしまった。「さあ、ミス・マーヴェルとお連れの話を聞いてきて」

言うまでもなく、私はすぐに命じられたとおりにした。数秒後には小さな客間に腰を下ろし、向かいに座っている二人の女性に丁寧な挨拶をしていた。

どちらがミス・マーヴェルか、尋ねるまでもなかった。背が高く、みすぼらしい真っ黒の服を着て厚手のクレープ地のベールを下ろし、黒い綿の手袋をはめている。堅実なスコットランド人女性を絵に描いたような人だった。その陰気な姿とは妙に対照的な女性が隣に座っている。ごてごてした帽子とドレスで着飾り、髪を漂白した若い女だ。厚化粧の可愛らしい顔一杯に、職業を書きたてているような女性だった。

有り難いことに、ミス・マーヴェルがここへ来た用件を切りだすまで、さほどの時間は要しなかった。

「スコットランド・ヤードの方に会いに行ってきました」手短に前口上を述べ、ミス・マーヴェルは切りだした。「こちらのミス——えー——ルル・フェイが今朝ホテルを訪ねてきまして、ある話を持ち込んだのです。弟の失踪が発表されたとき、すぐに警察に知らせるべきだったと私は思いましたがね。そう、三週間もたった今ではなく」

最後の部分を強調した上に、隣の金髪女性を厳しい顔でにらみつける。弟がこの女性とどのような関係であったにせよ、この生真面目なスコットランド人の女性の意に染まないことは態度に現れていた。名前を口にするのも抵抗があるらしい。

ミス——えー——ルル・フェイは頬紅を塗った顔をさらに赤らめた。澄んだ大きな両目で、訴えるように私を見つめる。

「そう——そうでしょうか。怖かったものですから」と口ごもる。

「もう、怖がる理由なんてありません」ミス・マーヴェルがやりこめる。「できるだけ早く全てを正直に話せば、それだけ私達全員のためになるというものですよ」

いかめしいミス・マーヴェルは唇をぴったり閉じ、わざとミス・フェイに背を向けた。そして、たまたま手近のテーブルに載っていた雑誌をめくり始める。

可愛らしい女優は今にも泣き出しそうな顔になり、私は小声で励ましの言葉をかけてやった。できるだけ優しい口調で、もし実際にマーヴェル氏の所在を突き止める役に立つ話なら、包み隠さず話すのが義務だと言い聞かせる。

女優はしばらく「でも」だの「はあ」だのと言っていた。そのふやけた笑い方が嫌になり始めたとき、ミス・フェイは突然堰を切ったようにしゃべりだした。

「私はグランド劇場で主役の男役を演じる女優なんです」とぺらぺら説明する。「レナード・マーヴェルさんのことはよく知っていて——実は——その——私のことをとても気に入っていて——」

「そう——それで——?」明らかに言葉に詰まっている様子なので、私は問いただした。

ちょっとした間があった。ミス・フェイは泣き出した。

「それで、弟は二月三日の夜、この若い——え——お嬢さんを夕食に誘ったらしいのです。それっきり、弟の消息は途絶えてしまったんです」ここでミス・マーヴェルが穏やかに口を挟んだ。

「そうなんですか?」私は念を押した。

ミス・フェイは頷いた。おびただしい涙が握りしめた両手の上にしたたり落ちる。

「それなら、どうして三週間前に警察へ話さなかったの?」私は声を張り上げ、できるだけ厳しい口調で訊いた。

「私——私、怖くて」ミス・フェイが口ごもる。

「怖い? 何が?」

「私はマウントニュート卿と婚約していて——」

「で、レナード・マーヴェルさんの好意を受け入れていることを知られたくなかった——そういうことね? それなら」私はついにしびれを切らした。「マーヴェルさんと夕食をとった後、何があったんです?」

「ああ! 私——私、何も起こらなかったのならいいいなと」さらに涙を流しながら、ミス・フェイが答える。「私達、トロカデロ・レストランで夕食をとりました。そして私が四輪馬車に乗り込むのをマーヴェルさんが見送ってくれました。いざ出発というとき、人混みに混じってマウントニュート卿がすぐ近くに立っているのが見えたんです」

「二人の男性は知り合いなの?」私は尋ねた。

「いいえ」ミス・フェイが答える。「少なくとも、私はそう思っていませんでした。でも、馬車の窓から振り返ったとき、あの人達は道路の縁石の上でちょっと立ち話をして、一緒にピカデリー・サーカスの方向へ歩き出しました。私があの二人を見たのはそれで最後なんです」女優は再度滝のように涙を流す。「あれ以来、マウントニュート卿は口を利いてくれませんし、マーヴェルさんは私のお金とダイヤを持って姿を消してしまったんです」

「あなたのお金とダイヤですって?」私は呆気にとられた。

「そうなんです。マーヴェルさんは宝石商で、私のダイヤははめ直す必要があると言ったんです。ロンドンの宝石商なんて不器用な泥棒みたいなものだから、自分に任せておきなさいと言って、あの晩ダイヤを持っていきました。新しい台に金やプラチナを買う必要があるからと言われて、二百ポンドのお金も渡したんです。そして、マーヴェルさんは消えてしまったんです――私のダイヤも――私のお金も。ああ、なんて――なんて馬鹿だったのかしら――それに――」

ミス・フェイは泣き崩れてしまった。女性の度を超した虚栄心を利用するすべを心得た頭のいい詐欺師達と、なんでも鵜呑みにしてお金や宝石を渡してしまう愚かな娘達。よくある話だ。つまり、ミス――えー――ルル・フェイが今打ち明けた話には格別型破りな点はなかった。ただしミス・マーヴェルが女優の話の後の短い沈黙を破り、スコットランド人らしい発音で静かに話し出した瞬間、状況は変わってしまった。

「スコットランド・ヤードでもお話ししましたが」穏やかな口調だった。「この若い――えー――お嬢さんの話は、一部しか事実ではありません。たしかにこの方は二月三日の夜レナード・マーヴェルと一緒に夕食をとったかもしれませんし、弟はある程度関心を示していたかもしれません。ですが、宝石商だと嘘を言ったり、ダイヤやお金をだまし取るはずがありません。弟は誠実で名誉を重んじる人間です。ミス――えー――ルル・フェイは正直に話すつもりがないようですが、仮になんらかの理由であの二月三日に弟が宝石やお金を持っていたのなら、行方知れずになったのはそのせいです。強盗に襲われ、おそらく殺されたのでしょう」

生粋のスコットランド人らしく、ミス・マーヴェルは泣き出したりはしなかった。しかし、マーヴェル氏の誠実さを誓ったときや、弟の運命を思いやって心痛の色を見せたときには、低い声が微かに震えていた。

私のつらい立場を察してもらいたい！　お互い憎しみも露わに相手のことを「真っ赤な嘘つき」と決めつけようと躍起になっている二人の女性達を仲裁する――こんな厄介な立場に私を置き去りにしたレディ・モリーが恨めしいくらいだった。

私は思い切ってベルを鳴らして忠実なジェーンを呼び、レディ・モリーに伝言を頼んだ。どうかこの場に来て、もつれにもつれた糸を見事な手さばきでほどいて欲しいと、泣きついたのだ。しかし、ジェーンが持ってきた短いメモには、そんな馬鹿げた事件など気にせずに、さっさとその二人を追い払って散歩に行こうと書いてあった。

私はできるだけもったいぶった態度を取り、ぼろがでないように努力した。もちろん、会見は大幅に長引き、短い物語ではとても言い尽くせないほどのたくさんの話が出た。しかし、肝心な点は今述べたとおりだ。ミス・ルル・フェイは何から何まで最初にミス・マーヴェルに話したとおりだと言い張った。その話をスコットランド・ヤードでもう一度説明させようと、スコットランド人のいかめしい女性がすぐさま娘を引っ張っていったのだ。主任が即座にこの二人をレディ・モリーのもとへ寄越したわけがわかるような気がした。

いずれにしろ、私は聞き取った相反する話を速記できちんと書きとめた。二人の女性がようやく玄関を出ていくのを見送り、私は心底ほっとした。

3

お断りしておくが、ミス——えー——ルル・フェイは最初私に聞かせた話を一言一句撤回しようとしなかった。レナード・マーヴェル氏と夕食に出かけ、石をはめ直すと言われてダイヤと二百ポンドを預け、最後にマーヴェル氏が婚約者と熱心に話し合っているのを見た。一方、ミス・マーヴェルは、弟がミス・フェイを裏切るような真似をしたなど、頑として認めない。もし、弟が失踪時に宝石と金を所持していたのなら、ホテルに戻る途中で強盗にあったに違いない。殺されたかもしれない。もし、マウントニュート卿が事件当夜に弟と最後に話した人物なら、きっとなんらかのかたちでこの謎を解く鍵を与えてくれるはずだ。

ヤードは滅多にないほどの熱の入れようだった。頑健なうえに完全にしらふの男が、ロンドンのピカデリー・サーカスとクロムウェル・ロードの間で、所持していたと言われる貴重品もろともなんの痕跡も残さずに消え失せるなど、およそ不可能ではないか。

もちろん、マウントニュート卿も念入りに調べられた。ごく平凡な若い近衛兵である卿は、なんの足しにもならないおしゃべりをたっぷりしてソーンダーズ警部を大いに苛々させた後、こんな話をした。

「たしかに、ミス・ルル・フェイとは面識があります。問題の夜、私がトロカデロ・レストランの外に立っていたところ、その女性が自分の馬車の窓越しにインバネスを着た背の高い男性と話していることに気づきました。同じ日、私はミス・フェイに夕食の誘いを断られていました。体調がすぐれないので、舞台がはねたら真っ直ぐ家に帰るつもりだ、と言っていたのです。当然おもしろくはありませんでしたね。クラブに行くつもりでタクシーを呼ぼうとしたところ、そのインバネスの男が近づいてきて、クロムウェル・ロードへ帰るのにはどうしたら一番いいかと訊いたのです。非常に驚きました」

「で、どうしたんです？」ソーンダーズが尋ねる。

「少しばかり一緒に歩いて、道を教えてやりました」マウントニュート卿の答えは落ち着いていた。

ソーンダーズ自身の意味深長な言葉を借りると、その話は「臭い」感じがした。そこまで偶然の一致が続くとはとても思えない。恋敵と思われる男が二人がいて、そのうちの一人が明らかに嫉妬の炎を燃やしているまさにそのとき、お互い単なる地形学的会話をするために出くわしたなど信じられない。と同時に、ローム侯爵の長子で相続人にあたるマウントニュート卿が、ロンドンの公道上で自分を出し抜いた恋敵を殺害し、金品を奪ったとも考えにくい。

さらに、いつまでも答えの出ない疑問がいくつもある。もしマウントニュート卿がレナード・マーヴェルを殺したのなら、どこでどのように犯行に及んだのだろう？　死体はどうやって始末したのだろう？

ここまで読んできた皆さんは、どうしてメイドのロージー・キャンベルに触れないのだろうかと思っていることだろう。

そう、多くの賢明な人々（つまり、新聞に投書したり、あらゆる公的機関に助言を与えたりするような人々）は、そのきれいなスコットランド人の娘を警察は厳重に見張るべきだという意見だった。大部分の男性の趣味からすれば背が高すぎるのかもしれないが、ロージー・キャンベルはとても可愛らしく、人を強く惹きつける古風な慎み深さを備えていた。もちろん、ソーンダーズもダンヴァーズも目を離さず——その点は間違いない——さらにホテルの人々から情報をたっぷり仕入れた。残念ながら、その情報の大半は事件と無関係だった。ロージーは、体が弱くてほとんど外出しないミス・マーヴェルのつき添いメイドをしていた。部屋で主人や女主人の世話をして、食事を運び、寝室の片付けをする。それ以外の時間はほとんど自由で、下の階にいてホテルの従業員達とよくおしゃべりをしていた。

肝心の二月三日の動向についてソーンダーズは徹底的に調査したが、ほとんど役に立つ情報は得られなかった。あの手のホテルには、一日平均三十人から四十人の客が宿泊している。ある特定の日に一人の人物が何をして何をしていなかったかをはっきりさせるのは、きわめて難しい。

ミス・マーヴェルが二月三日の夜には食堂で夕食をとったことを、スコシア・ホテルの多くの人々が記憶していた。二週間に一度、こういうことがある。メイドは休みで夕方から〃外出〃していたのだ。

その夜の夕食時にミス・ロージー・キャンベルが従業員用の部屋にいなかったことも、ホテルの従業員達ははっきり覚えていた。しかし、いつ戻ってきたかについては、誰も正確に記憶していなかった。

ロージーと隣り合わせの部屋にいる客室係の一人が、真夜中過ぎにロージーが動き回る音を聞いたと言う。夜の戸締まりをしに来たホール係は、十二時半前に戻ってきたロージーを見ている。しかし、一階を担当しているボーイの一人は、帽子とコートを身につけたミス・マーヴェルのメイドが二月四日の朝戻ってきたのを目撃している。正面のドアを開けた直後、つまり七時頃に、こそこそと入ってきて急ぎ足で二階へ上がっていったと言う。

ここで、またしても意見が真っ向から対立する。かたや客室係とホール係、もう一方はボーイだ。ミス・マーヴェルによれば、毎朝ロージーはどんなに遅くとも七時前には部屋へ来てお茶を淹れることになっているらしい。二月四日も同じだったそうだ。

ヤードの面々も、至るところで出くわすこの矛盾の迷宮に大いに頭を悩まし、髪を引っこ抜いてしまいそうだった。

全体としては、ごく単純な話だった。言ってみれば〃大したことはない〃事件だし、犯罪絡みという可能性もごくわずかだ。それでもなお、レナード・マーヴェル氏は姿を消し、消息は不明のままだった。

今や、もっぱら殺されたとの噂だ。ロンドンは大都市だし、よそ者――ロンドンに来て間もないレナード・マーヴェル氏はよそ者のようなものだ――が霧の夜に人気《ひとけ》のない場所に誘い出され、金品を奪われた上に殺されたのは、今回が初めてではなかっただろう。死体は人目につかない地下室に隠され、何ヶ月も経たなければ見つからないのかもしれない。

しかし、新聞の購読者はきわめて移り気だ。事件を担当していた主任を始めとする一握りの警察官を除けば、レナード・マーヴェル氏のことはすぐに忘れ去られてしまった。

私はある日ダンヴァーズからロージー・キャンベルの話を聞いた。ロージーはミス・マーヴェルのメイドを辞めて、ウォラム・グリーンに近いフィンドラター・テラスに部屋を借りて住んでいるそうだ。

そのとき、レディ・モリーは古くからの友人であるローム侯爵の未亡人のお宅で週末を過ごすため不在で、メイダ・ヴェイルのフラットにいたのは私一人だった。戻ってきたときも、ロージー・キャンベルの動きにこれまで以上の興味を持った様子はなかった。

さらに、一ヶ月が過ぎた。このにぎやかなロンドンのど真ん中で煙のごとく謎の失踪を遂げたインバネスの男のことは、私の頭からすっかり消えていた。そんなある日の朝早く、レディ・モリーが私の部屋に現れた。どう見てもいかがわしい賭博場のおかみとしか思えないような格好だ。

「いったい、なんの――」私は質問しようとした。

「そうよ、うまく化けたでしょう?」鏡に映ったとんでもない姿を、レディ・モリーはさも満足そうに見つめている。

レディ・モリーは、紫色のラシャの上着とけばけばしい色で妙な格好のスカートを着ていた。優雅な姿は見る影もない。柔らかな茶色の髪は、一目で粗悪な染料を使ったとわかる赤とも黄色ともつかない色のかつらにすっかり隠れてしまっている。

おまけに帽子ときたら！　詳しく説明するのは控えよう。顔の上にも横にも大きく広がっている。レンガ色を始めとする粉おしろいで厚化粧して、頬は深い藤色に見える。

実際、レディ・モリーは下品を絵に描いたような姿だった。

「その美しいお召し物でどこへ行くつもりですか？」私は呆然として尋ねた。

「フィンドラター・テラスに部屋を借りたの」レディ・モリーはあっさり答えた。「ウォラム・グリーンの空気が私達二人にいいと思ったのよ。だらしないところはあるかもしれないけれど、愛想のいいおかみさんがお昼を待っているわ。そこで暮らしている間、あなたは絶対に表に出てきてはだめよ、メアリー。病気の姪を連れてくると説明してあるし、前もって厚いベールも何枚かしっかり重ねておいたほうがいいわね。退屈しないことは約束できるわ」

たしかに、ウォラム・グリーンのフィンドラター・テラス、三十四号棟での短い滞在の間、私達は退屈しなかった。異様な服装を隙のないように整えた私達は、今にも壊れそうな四輪馬車の上に二つのみすぼらしい箱を積み、滞りなく到着した。

おかみは歯のない老婆で、水仕事という作業はまったく不必要だと考えていることが明らかだった。この点に関しては近所の人々もまったく同意見らしい。要するに、フィンドラター・テラスは信じられないほど不潔なところだった。薄汚れた子供達が排水溝の中に集まっていて、私達の馬車が現れると耳障りな奇声をあげた。

厚いベール越しに、体に合わない乗馬ズボンとゲートルをはいた競馬好きらしい男がちょっと離れた道路の下手に見えた。どことなくダンヴァーズに似ている。

到着から三十分も経たないうちに、私達は清潔とは思えないテーブルクロスの上で硬いステーキを食べていた。この特別な家に空室がでるまでまるまる一ヶ月以上待ったことを、レディ・モリーはその席で教えてくれた。幸い、フィンドラター・テラスはいつも人の入れ替わりが激しいため、レディ・モリーは上階にはミス・ロージー・キャンベルが住む三十四号棟から目を離さなかった。やがて一階の間借り人達は出ていき、私達が移り住めるようになった。

このお上品な場所に住んでいる間、レディ・モリーは例の服装にふさわしい態度や生活ぶりに徹した。神経に障るレディ・モリーのかん高い作り声が、屋根裏から地下室まで響き渡る。

ある日、レディ・モリーがおかみのミセス・トレッドウェンにこんな話をしているのを小耳に挟んだ。夫のマーカス・スタイン氏はフィッツロイ・スクエアの近くで「夜には若い紳士方が来てカード遊びをなさる」小さな宿屋を営んでいたのだが、その件で警察とちょっと揉め事を起こした。その立派なスタイン氏が目下一時的に女王陛下のお恵みである種の幽閉生活をしていること、ミセス・スタインは上流社会の友人達と離れて少しばかり人目を忍ぶ生活を送らなければならなくなったことを、おかみは了解したようだ。

自称ミセス・スタインの不幸な身の上を知っても、おかみの愛想のよさに一向に変わりはなかった。フィンドラター・テラスの住人達は間借り人の身元についてとやかく言ったりしない。一週間分の部屋代を前もって支払い、つべこべ言わずに〝追加料金〟さえ払ってくれれば文句はないのだ。

レディ・モリーは裕福な元上流婦人独特の金離れのよさを見せた。私達が毎週消費したというジャムやマーマレードはまもなく膨大な量に達したが、嫌な顔一つしない。ミセス・トレッドウェンの猫も大目に見て、この汚い家の下女アーミントルードにはふんだんにチップをやる。上階に住むミス・ロージー・キャンベルのアルコールランプやヘアーアイロンが故障したときには、代わりを貸してやった。

アイロンなどの品を借したりしているうちに、ある程度の親しみが生まれた。控えめでおとなしいミス・キャンベルは、警察と良好な関係にないミセス・スタインに心から同情した。私は顔を出さなかった。二人は部屋を行き来したりはしなかったが、階段の踊り場で長々と内緒話に耽っている。やがて自称ミセス・スタインは、もしフィンドラター・テラスの三十四号棟に警察の張り込みがついたら、狙いは不幸なスタイン氏の忠実な妻に違いない、とロージー・キャンベルにうまく信じ込ませたらしい。

私はレディ・モリーの意図を計りかねた。この家にきて三週間以上になるが、特に何も起こらない。一度、レナード・マーヴェル氏が突然姿を現すのを待っているのかと、遠慮がちに切りだしたことがある。

「もし、それだけの話なら」私は主張した。「ヤードの警官がこの家を見張れるじゃありませんか。べつに私達がこんな風に変装して苦労しなくても」

この熱弁にも、レディ・モリーは一切お言葉を返して下さらなかった。

今回、レディ・モリーと新しい友人が大いに興味を持っていたのは〝ウェスト・エンドの連続盗難事件〟だ。そんなに前の話ではないので、きっと皆さんも覚えているだろう。大型衣料品店や百貨店で人が押しよせる特売時、女の人達がレティキュールや財布、貴重品などを盗まれた。ずるがしこい犯人はまったく手がかりを残していない。

衣料品店側は商品の事故を防ぐため、特売時には必ず私服の刑事を頼んでいたが、今回狙われたのは客ばかりだ。〝万引き〟には細心の注意を払っていた刑事達も、より悪質な泥棒には目が行き届かなかった。

自称ミセス・スタインがこの事件を話題にすると、決まってミス・ロージー・キャンベルが興味津々で身を乗り出してくることに、私はもう気づいていた。そのため、ある日午後のお茶の時間に、いつもの散歩から帰ってきたレディ・モリーがホールから金切り声で叫んだときも、私は少しも驚かなかった。

「メアリー！　メアリー！　あの連続泥棒の犯人がしっぽをつかまれたんだってさ。今回は間抜けな警察をうまくまいたらしいけど、正体がばれちまったみたいだよ。きっともうすぐ捕まるだろうね。知り合いじゃあなかったよ」ミセス・スタインとなってから取り入れた、耳障りで品のない笑い声をあげる。

私はレディ・モリーの呼びかけに部屋を出て、居間のドアのすぐ外に立った。例によって小汚くてだらしない格好のミセス・トレッドウェンも、勝手口に忍びよってきた。すぐ後ろにはアーミントルードの姿も見える。

しかし、すぐ上の階段中程の踊り場には、ロージー・キャンベルが震えながら立っていた。怯えた真っ青な顔で目を見開き、今にも倒れてしまいそうだ。

さかんにぺらぺらまくし立てながら、レディ・モリーはロージーに駆けよっていく。しかし、ロージーの方もこちらへ下りてきた。自称ミセス・スタインはロージーの手首をしっかりつかみ、自分の居間へと引きずり込んだ。

「さあさあ、しっかりしなさい」がさつで親切そうな口調だ。「フクロウみたいなトレッドウェンが聞いてるよ。余計なことまで知らせることはないさ。メアリー、ドアを閉めておくれ。ほら、私はもっともっとひどい目に遭ってきたんだよ。さ、少しそのソファで横になるんだね。姪っ子にお茶を淹れさせるから。私は夕刊を買ってどんな具合か見てこよう。どうやらあんたは連続泥棒の犯人にずいぶん興味があるみたいだねえ。でなきゃあんなに取り乱すはずがないよ」

ロージーに反論する隙も与えず、レディ・モリーは飛び出していってしまった。

二人きりでいたその後の十分間、ロージーはほとんど口を利かなかった。まだ恐怖がさめやらぬ様子で、ソファに横になったまま、目を大きく開けて天井を見つめている。

お茶を淹れ終わったとき、レディ・モリーが戻ってきた。手には夕刊を握っていたが、入ってくるなりテーブルの上へ放り出す。

「早版しか手に入らなかったよ」と息を弾ませる。「この紙屑に、事件のことはちっとも載っちゃいない」

レディ・モリーはソファへ近づいてロージーの上へ屈み、金切り声を低くして早口でささやいた。

「向こうのかどに男が一人うろついていたよ。違う違う、警察じゃない」ロージーが驚いて身を固くしたのに気づき、慌ててつけ加える。「いいかい、お巡りなら見ればわかるよ。半マイル離れてたって、嗅ぎつけられるさ。違うよ。私のにらんだところじゃ、あんたのいい人じゃないのかい。困ってるんだろう」

「そんな！　あの人はここへ来ちゃだめなのよ」すっかり怯えてロージーが叫ぶ。「私が巻き添えを食うし、あの人のためにもならない。なんて馬鹿なの！」いつものおとなしい取り澄ました様子とは打って変わり、すごい剣幕だ。「そんなどじを踏むなんて。ずらからなくちゃ——間に合えばの話だけど」

「何か手伝えることはないかい？」自称ミセス・スタインが口を挟む。「スタインが追われたとき、私だって同じような羽目を切り抜けてきたんだからさ。私がだめなら、メアリーが手を貸せる」

「そうねえ」間をおいてから、ロージーが答えた。必死で頭を絞っていたらしい。「メモを書くから、よければ友達に届けてもらえないかしら——クロムウェル・ロードにいる女の人。でもね、もしこの通りのかどにまだ男がうろついていたら、すれ違いざまに『キャンベル』と声をかけて。『ロージー』と答えが返ってきたら、その人にメモを渡すの。手伝ってくれる？」

「もちろんやるよ。任せておいて」

自称ミセス・スタインはインクと紙をテーブルの上に用意した。ロージー・キャンベルは短い手紙を書き、渡す前に封蠟で封をした。手紙の宛名は、クロムウェル・ロード、スコシア・ホテルのミス・マーヴェルだ。

「わかったわね?」ロージーが念を押す。「『キャンベル』と声をかけて『ロージー』と答えない限り、男に手紙を渡しちゃだめよ」

「わかってる、わかってるって」レディ・モリーは手紙をレティキュールへ滑り込ませる。「部屋に戻んなさい、キャンベルさん。あのトレッドウェンばあさんにあれこれ噂話の種をやったって、なんの足しにもならないよ」

ロージー・キャンベルは二階へ引き上げ、私達二人は急ぎ足で薄暗い照明の通りへ出た。

「男はどこです?」三十四号棟に声が届かなくなるが早いか、私は夢中でささやいた。

「男なんていないわ」すぐに答えが返ってきた。

「でも、ウェスト・エンドの連続窃盗犯は?」私は尋ねた。

「まだ捕まっていないわ。これからも捕まらないでしょうね。あんなに頭のいい犯罪者がありふれた罠に引っかかるとは思えないもの」

それ以上質問する時間はなかった。レポートン・スクエアまで来ると、レディ・モリーは私にロージーの手紙を預け、こう言った。

「このままスコシア・ホテルのミス・マーヴェルのところへ行ってちょうだい。手紙を渡すの。ただし、顔を見られちゃだめよ。見破られるかもしれないから。私はまず主任に会いに行かなきゃならないけれど、大急ぎで引き返してくるわ。手紙を渡したら、できるだけ長い間近くをうろついていて。頭を使うのよ。私が戻るまで、あの人をホテルの外に出さないで」

この立派な町の一画には、二頭立て馬車など通らない。私はレディ・モリーと別れ、最寄りの地下鉄の駅へ行き、サウス・ケンジントンへ向かった。

こうしてスコシア・ホテルへ到着したとき、時刻は七時近かった。ミス・マーヴェルに用があると伝えると、病気で休んでいて誰にも会えないとの話だった。私は手紙を持ってきただけなので返事を待つ、と答えた。

レディ・モリーに指示されたとおり、私はできるだけのろのろと動いた。見つけるのに手間取ったふりをしてから、手紙をボーイに手渡す。ボーイは二階へ向かった。

やがてボーイが戻り、こう言った。「ミス・マーヴェルは、返事はないと言っています」

そのため、私は事務所でペンと紙を借り、レディ・モリーの言いつけどおり頭を使って、独断で次のような短い手紙をしたためた。

「お願いです。奥様」私は書いた。「一言ミス・キャンベルにお返事を書いていただけませんか。悪い知らせを聞いたようで、とても怯えているのです」

再度ボーイが上へ走っていく。そして封をした手紙を持って帰ってきた。私は手紙をレティキュールにしまった。

時の歩みがひどく遅くなったような気がした。この寒空のなか、いつまで待っていなければならないのだろうか。と、困ったことに、スコットランド訛りの目立つ声がこう告げるのが聞こえた。

「外出してきます、ボーイさん。夕食には戻らないでしょう。冷たい夜食を少々、部屋に用意しておいて下さい」

次の瞬間、コートと帽子とベールを身につけたミス・マーヴェルが階段を下りてきた。

さあ、大変なことになった。ミス・マーヴェルの前に出ていくのはどう考えてもまずい。きっと私の顔を思い出すに違いない。とはいえ、レディ・モリーが戻ってくるまで、ホテルから出すなとも命じられている。

ミス・マーヴェルに急いでいる様子はない。ホールまで下りてから手袋をはめ、ボーイに再度指示を出している。その間、私は暗い物陰で、襲いかかったらよいだろうか、火事だと叫んだらよいだろうかと思い悩んでいた。

ボーイがミス・マーヴェルのご機嫌を取るように、ホテルの玄関ドアを押さえて待っている。と、いきなりミス・マーヴェルが身を固くして、何かに突かれでもしたかのように一歩後ろへ下がった。そして同じようにいきなり、玄関を駆け抜けようとする。そこには人がいた。レディ・モリー、ソーンダーズ、後ろは暗くてよく見えないがもう二、三人いる。この集団が不意に姿を現したのだ。

ミス・マーヴェルはやむなくホールへと下がった。ソーンダーズが静かな早口でこう言った。

「ここで騒ぐな。さあ、ひとつ穏やかにやろうじゃないか」

私のよく知っているダンヴァーズとコットンが、既にミス・マーヴェルの両脇を固めている。

突然ファニーの姿に気づいた。ダンヴァーズの妻で、ヤードの女性捜査課の一員だ。

「部屋へ行こうか？」ソーンダーズが促した。

「その必要はないわ」レディ・モリーが口を挟む。「レナード・マーヴェルさんはこの期に及んでじたばたしたりしないでしょう。きっとおとなしくついてくるわよ」

しかしながら、マーヴェルは自由を求めて一か八かで飛び出した。しかし、レディ・モリーが前に言ったとおり、頭が切れてたやすく捕まるような男ではなかった。しかし、レディ・モリーの方がさらに上手だった。後になって教えてくれたのだが、スコシア・ホテルに滞在しているのは三人でなく、二人――レナード・マーヴェルとその妻――ではないかと最初から疑っていたそうだ。妻はほとんどずっとメイドに化けていた。しかし、この悪賢い二人は三人の人物をうまく演じてきた。もちろん、ミス・マーヴェルなど存在しない。レナードが数多くの犯行の都合に応じて、男と女の服装を使いわけていたのだ。

「ミス・マーヴェルがずば抜けて背が高くてごついと聞いたとき」レディ・モリーは述懐した。「単に変装した男だという可能性もあると思ったの。マーヴェル姉弟を同時に見たり、三人揃ったところを見たものは誰もいなかった。警察も世間もあまり深く考えなかったみたいだけど、こういうれっきとした事実があったのよ。

事件のあった二月三日、レナード・マーヴェルは外出した。どこかの駅の女性用待合室で着替えたに違いないわ。その後女の格好でミス・マーヴェルとしてホテルに戻り、食堂で夕食をとる。これでもっともらしいアリバイができた。でも、結局その晩ホテルにいたのは、自称ロージー・キャンベルの妻の方だった。レナード・マーヴェルは夕食をすませた後、メイドに変装してホテルを出る。それから人気《ひとけ》のない駅の待合室で男の格好に戻り、ミス・ルル・フェイと夜食をとった上で、またメイドの格好をしてホテルに戻ってきたのよ。

クロスワード・パズルを知ってるでしょう？　こんな風に役を演じわけたのは、全てを混乱させるためだったのよ。悪賢い犯罪者達が変装することは珍しくないし、なかには異性のふりをする人もいるわ。でも、二人の人間が三人を演じたというのは初耳よ。外出したメイドのキャンベルがホテルに戻ってきた時間について、証言がまるで食い違ったのはそのせいね。ホール係が目撃したのは妻で、後の一人はメイドの格好をしたレナード・マーヴェルだったのよ」

この筋金入りの悪党は、公道上で堂々とマウントニュート卿に話しかけ、この奇妙な事件をさらに複雑なものにした。

ミス・フェイのダイヤをうまく巻き上げた後、レナード・マーヴェルと妻はしばらく別々に暮らすことにした。折を見てイギリス海峡を渡り、戦利品を現金に換えるつもりだったのだ。その間、ロージー・キャンベルことミセス・マーヴェルはフィンドラター・テラスで潜伏生活を送ったが、レナードはウェスト・エンドの連続盗難事件を起こした。

そして、レディ・モリーが参戦した。いつものように大胆不敵な計略だった。自分の洞察力を信じ、それに従って行動したのだ。

連続窃盗犯が警察に追いつめられたというでまかせとともにレディ・モリーが帰宅したとき、ロージー・キャンベルは恐怖を隠しきれなかった。それで確証が得られた。ロージーがいわゆるミス・マーヴェルに宛てて書いた手紙には、有罪の証拠になる言葉は一つも書かれていなかったが、レディ・モリーの推測が例によってことごとくあたっているという裏付けとなった。

さて、今回レナード・マーヴェル氏は納税者の金で二年ほど監禁生活をすることになるだろう。マーヴェル氏は一時的に一般社会から〝消え失せた〟。

ロージー・キャンベルことミセス・マーヴェルは、グラスゴーへ行ってしまった。二年後にはこの食えない夫婦が世間を騒がせたというニュースを再び耳にするだろうと、私は確信している。

大きな帽子の女

1

レディ・モリーはいつもこう考えていた。あの日の午後、もし運命の指が私達に、午後のお茶を楽しむのに最適な場所としてリージェント・ストリートのライアンズ（十九世紀末から二十世紀前半まで人気のあったティーショップ。『隅の老人』に登場したABCショップとよく似たタイプの大衆向けの店）ではなく、マティスを指し示していたのなら、カレドン氏は現在もまだ生きていただろう。

レディ・モリーは心から信じていた——言うまでもなく、私も同じように信じている——自分は殺人犯の意図を見抜けたはずだし、これまでにロンドンの繁華街で発生した犯罪史上指折りの凶悪事件を防げたに違いない。

レディ・モリーと私は『トリルビー』（『レベッカ』の作者ダフネの祖父、ジョージ・デュ・モーリエの作品）の昼興行《マチネー》を見に行き、リージェント・ストリートのマティス・ウィンナ・カフェの真向かいにあるライアンズでお茶を飲んでいた。私達の席からは通りと、かきいれ時でごった返しているカフェの様子が眺められた。

私達はこんがり焼けたマフィンを食べながら、六時過ぎまで腰を上げなかった。と、通りの向こうにある照明の輝く店の中と外の両方で時ならぬ騒ぎが起き、私達の注意を引いた。

入口から二人の男が飛び出していき、数分後には警官を連れて引き返してきた。こんなことがロンドンで起きれば、当然結果はおわかりだろう。三分も経たないうちにマティスの周りには人だかりができていた。二、三人の巡査も駆けつけ、出入口から野次馬を追い払おうと苦労している。しかし、ポインター犬のように嗅覚にすぐれたレディ・モリーは早くも勘定をすませ、私がついてきているかどうかなどお構いなしで通りを渡り、次の瞬間その美しい姿は人混みの中に紛れてしまった。

好奇心に駆り立てられ、私は後を追った。ほどなく、ヤードの仲間と話し込んでいるレディ・モリーが見つかった。いつも思うのだが、レディ・モリーは頭の後ろにも目があるに違いない。そうでなければ、どうやって私が後ろに立ったことがわかったのだろう？　いずれにしろ、レディ・モリーは私を手招き、一緒に店内に入った。そんな特別扱いに恵まれない野次馬は大いに驚き、憤慨した。

普段ならこぢんまりした明るい店内は、文字どおり悲惨な変化を遂げていた。片隅では、きれいなキャップとエプロンをつけたウェイトレス達が額を集め、熱心に話し込みながら、正面のしゃれたアルコーブ（壁を一部凹ませてつくった小部屋）の一つに集まった人々を盗み見ている。ご存じだろうが、マティスの大きなティールームの周囲にはいくつものアルコーブが並んでいる。

そこでは二人の警官がノートに忙しく鉛筆を走らせていた。一方、金髪のウェイトレスが一人泣きじゃくりながら、必死でわけのわからない説明をしている。

どうやら、既にソーンダーズ主任警部が呼びにやられたらしい。この異常な悲劇に遭遇した巡査達は若いウェイトレスに型どおりの尋問をしながら、正面入口に待ち遠しそうな視線を投げている。

アルコーブの内側はティールームの床より高く、カーペット敷きの階段が二段ついていた。そこに、この騒ぎ、不安、涙全ての原因がうずくまるように椅子に座っていた。ごく普通のお茶のセットがまだ雑然と並んでいる大理石のテーブルに、一人の男が両手を真っ直ぐ投げ出していた。手足や上半身はぐんなりしている。傾《かし》いだ体は壁と投げ出した腕に半分ずつ支えられているような格好だ。その様子が不気味な死をはっきりと物語っていた。

レディ・モリーや私が質問をする暇もないうちに、ソーンダーズがタクシーに乗って到着した。一緒に来た警察医のタウンソン医師は、すぐに死んだ男にかかりきりになる。ソーンダーズの方は、足早にレディ・モリーに近づいてきた。

「主任はあなたを呼んだらどうだと言っていました」ソーンダーズは早速こう切りだした。「向こうを出るとき、あなたに電話をしていましたよ。この事件には女が一人絡んでいるんです。大いに頼りにしていますよ」

「何が起こったの?」事件性があると知っただけで、レディ・モリーは美しい目を輝かせる。

「私は役に立ちそうもない話を少々聞いただけでして」ソーンダーズが答える。「ですが、主な証人はあそこの金髪の娘のようです。タウンソン先生の所見を聞いたらすぐ、事情聴取をしましょう」

死亡した男性の傍らに膝をついていた警察医が立ち上がり、ソーンダーズに向き直る。厳粛な顔つきだった。

「医学的に見た限り、単純そのものですな」医師は言った。「この男性はモルヒネの過剰投与により殺害されたのです――チョコレートのカップに仕込んであったに違いありません」その濃厚な飲み物の冷たいおりが残ったカップを指さす。

「しかし、いつこんなことになったんだ？」ソーンダーズがウェイトレスを振り返った。「わかりません」怯えきった娘が答える。「そちらの方は女性と一緒にかなり早めに来たんです。だいたい四時頃でした。二人とも真っ直ぐこのアルコーブに入りました。店内は混み始めたところで、音楽がかかっていました」

「で、女性は今どこに？」

「ちょっとしたら、出ていったんです。自分にお茶を、男性にはチョコレートを頼み、マフィンとケーキも注文されました。その後五分位して、私がテーブルの横を通りかかったら、こんなことを言っているのが聞こえました。『悪いけど行かなくちゃ、ジェイの店が閉まってしまうわ。でも、三十分もしないで戻りますから。待っていてくれるでしょう？』」

「そのとき、この男はなんともなかったのか？」

「ええ、そうです」ウェイトレスは答えた。「ちょうどチョコレートを飲み始めたところで『じゃあ、あとで』と答えただけでした。女の方は手袋とマフ（毛皮などを円筒状にし、両側から手を入れて暖めるもの）を取り上げて、店から出ていきました」

「それっきり、戻ってきていないんだな？」

「はい」

「この男性の異常に、最初に気づいたのはいつ?」レディ・モリーが尋ねた。

「そうですね」ウェイトレスは少しためらった。「通りかかったとき、一、二度気になっていました。突っ伏しているように見えましたから。もちろん、眠ってしまったんだと思って、店長に話しました。ですが、少しそのままにしておくように言われたんです。後は目が回るほど忙しくて、それ以上気にも留めませんでした。六時頃、午後のお茶を飲むお客様はあらかた帰りまして、私達はディナーのためにテーブルの準備を始めました。そのときおかしいと気づいたのです。店長に知らせて、警察を呼びました」

「最初に一緒だった女性はどんな感じだった? もう一度見たらわかるかね?」ソーンダーズが訊く。

「どうでしょうか」ウェイトレスは言った。「午後はとてもたくさんのお客様の応対をしなければなりませんから、いちいち覚えていないんです。それにすごく大きなキノコ型の帽子《マッシュルーム・ハット》をかぶっていました。顔が見えないんです——顎だけしか——そう、帽子の下を覗き込んだりしない限り」

「もう一度見たら、帽子はわかる?」レディ・モリーが訊いた。

「ええ——たぶんわかると思います」ウェイトレスは答えた。「黒いベルベットで、羽根飾りが一杯ついていました。何しろ、大きな帽子で」ウェイトレスはその立派な帽子につくづく感心したらしく、羨ましそうなため息をつく。

ウェイトレスが事情を話している間、巡査の一人が死んだ男のポケットを探っていた。色々な品に混じって、マーク・カレドン氏宛の手紙が何通か出てきた。一通の住所はシティのロンバード・ストリートだが、残りはハムステッド（多くの文人、芸術家が住んだ高級住宅地）のフィッツジョンズ・アベニューだった。M.C.のイニシャルが、不運な男の所持品である帽子の内側とレター・ケースの銀の飾り金具についていた。身元は確定した。

フィッツジョンズ・アベニューに家があるということは、独身ではなさそうだ。ソーンダーズや警官達が被害者の所持品に目を通しているとき、レディ・モリーは早くも被害者の家族のことを思いやっていた――子供、そして妻もいるだろう。母親も――どれほど多くの人が悲しむことか。父親、夫、あるいは息子の無事な帰宅を今この瞬間も信じて疑わずに待っている幸せな家族にとって、なんという恐ろしい知らせだろう。待ち人は陰謀、もしくは女の恨みの犠牲となって、喫茶店で殺されてしまったのだ。

世慣れたパリの友人達ならこう言うだろう。事件の影に女の姿がはっきり見えている――その日の午後、気の毒な被害者と一緒だった相手の正体が問題になったとき、明らかに身元を隠すために巨大な帽子をかぶった女が浮かび上がる。これらの事実が全て、夫の帰りを待つ妻や息子思いの母親に突きつけられるのだ！

もうご想像されていると思うが、心優しいレディ・モリーは自らそのつらい仕事を双肩に担った。私達は車でフィッツジョンズ・アベニューのローバリー・ハウスへ向かった。ドアを開けた召使いに女主人は在宅かと尋ねる。レディ・アイリーン・カレドンは居間にいるとのことだった。

この話は感傷を主題にしたものではない。だから、記憶にある限り最もつらい経験の一つであった報告の模様を、くだくだしく説明することは避けようと思う。

レディ・アイリーンは若かった——二十五は出ていないだろう——小柄《プティ》でか弱い感じだが、威厳を感じさせるしとやかな物腰はさすがだった。アイルランド人で、ご存じのとおりアサイヴィル伯爵の息女だ。伯爵家は貴族の一員らしく一文無しだった。逆にカレドン氏は将来有望な素晴らしい実業家だったが、家柄もなければ上流社会とのつながりもない。ともあれ、レディ・アイリーンは家族の猛反対を押し切り、マーク・カレドン氏と結婚したらしい。気の毒に、六ヶ月前に結婚したばかりで、夫を心から尊敬していたともっぱらの噂だ。

レディ・モリーは限りない気遣いを示したが、やはり恐れたとおりになった。新妻——今や未亡人だ——にとっては、耐え難い打撃だった。無理もないではないか。こんな状況で赤の他人がかけてやれる言葉はほとんどない。レディ・モリーの優しい声、懇切な説明も、これほど大きな衝撃の前ではいかにも空々しく月並みに聞こえた。

2

当然、検死審問で被害者の私生活の一部が暴かれるだろうと誰もが期待していた。実際問題、野次馬根性むき出しの世間は、マーク・カレドンの秘密の果樹園をかいま見ることができると思っていた。そこに並はずれて大きなベルベットの帽子をかぶった女が、被害者の命を奪わねばならないほど憎しみを募らせた女が足を踏み入れたのだ。

これもまた当然のことだが、検死審問では既に公になっている以上の新しい事実は出てこなかった。うら若き未亡人は死んだ夫の生活に関してほとんど口を開こうとしなかったし、召使い達も全て、若夫婦が新婚旅行から戻ってローバリー・ハウスで新生活を始める際に雇われたばかりだった。

故人にはミセス・スタインバーグという年老いた伯母がいた。カレドン夫婦と同居していたが、現在は重病を患っている。家の中の誰か――おそらく若い召使いの一人――が、浅はかにもこの悲惨な事件の一部始終を話して聞かせたらしい。病人は実に驚くべき力を見せて宣誓供述書を作成すると言い張り、検死審問の陪審員に提出して欲しいと強く希望した。謎めいた大きな帽子の女の存在が悪く取られてスキャンダルになるようならば、亡き甥マーク・カレドンの品行方正ぶりを正式に立証したいと望んだのだ。

「マーク・カレドンは私の愛した一人きりの甥なのです」力強い訴えだった。「その証として、私は主人から相続した財産をマークに遺贈することにしたのです。マークは名誉を重んじる立派な人物でした。そうでなければ他の甥や姪のように遺言状から外したことでしょう。私はスコットランド人の家庭で育てられたものですから、最近の粋なお遊びなど認められませんし、不品行としか思えません」

老婦人の証言にはそれなりに重みはあったが、マーク・カレドン氏の死を取り巻く謎の解明にはつながらなかったことは言うまでもない。しかし、ミセス・スタインバーグが〝他の甥達〟の名を遺言から除き、結果として殺された男の利益になるように取りはからったという証言を受け、警察はそちらの方面についても色々あたってみた。

たしかに、マーク・カレドンには兄妹があり、いとこもいた。それぞれ色々な機会に——ちょっとした過ちや何かで——堅物の伯母の怒りを買ったようだ。しかし、そのために親戚内でわだかまりがあったわけではないらしい。財産はミセス・スタインバーグ一人のものだった。全財産をお気に入りの甥一人に譲ることも勝手なら、病院か何かへ全て《イン・トト》寄付してしまう可能性もあった。金が身内以外の手に渡るよりはましだと、親戚一同はだいたい納得していた。

大きな帽子の女を取り巻く謎は、日を追うにつれ深まる一方だった。当然ながら、事件発生から犯人特定までに時間がかかればかかるほど、犯人が逃げおおせる確率もまた高くなる。懸命の捜査が行われ、マティスの従業員は一人残らず徹底的に追及されたのだが、事件発生当時被害者と一緒にお茶を飲んでいた女性の人相を、誰も正確に説明することはできなかった。

事件発生から三週間後、この怪事件に初めて微かな光明を投げかけたのは、カレドン夫妻が新婚旅行から戻ったときローバリー・ハウスで小間使いをしていた、キャサリン・ハリスという若い娘だった。

ここでお断りしておかなくてはならないが、ミセス・スタインバーグは検死審問の数日後に亡くなった。あまりにも衝撃が大きすぎて、弱った心臓は耐えられなかった。亡くなる直前、ミセス・スタインバーグは二百五十ポンドを取引銀行に供託し、マーク・カレドン氏を殺した犯人の逮捕、有罪判決に結びつく情報を提供した人物に与えることにした。

この賞金に誰もが目の色を変えた。おそらく、キャサリン・ハリスがもっと早く話しておくべき事実を今になって思い出したのはそのためだろう。

主任のオフィスで話を聞いたレディ・モリーは、大変な苦労をして小間使いのこんがらがった話の糸を解きほぐした。ハリスの話の要点はこうだ。夫婦が新婚旅行から戻って一週間ほど過ぎた頃、外国人女性が一度ローバリー・ハウスを訪ねてきた。レディ・アイリーンは不在で、カレドン氏が喫煙室でその女と会った。

「ものすごくきれいな人でした」ハリスは説明した。「それに服装もしゃれてて」

「大きな帽子をかぶっていたのか?」主任が訊いた。

「それほど大きいとは、思いませんでしたけど」小間使いは答えた。

「でも、どんな人だったかは覚えているのね?」レディ・モリーが聞き直す。

「はい、よく覚えています。とっても背が高くて、本当にきれいな人でした」

「もう一度見たら、その人だとわかる?」レディ・モリーが念を押す。

「ええ、はい。わかると思います」キャサリン・ハリスは請け合った。

残念ながら、この点を除いてハリスは何一つはっきりした供述ができなかった。外国人の女性は一時間近くカレドン氏と閉じこもっており、そのうちにレディ・アイリーンが帰宅した。

その日の午後は執事が外出していたため、女主人を出迎えたのはハリスだった。レディ・アイリーンから何も訊かれなかったため、主人に客が来ていることを特に伝えたりはしなかった。いったん使用人部屋に戻ったが、五分後には喫煙室でベルが鳴り、再び急いで出ていかなければならなくなった。外国人の女はホールにいて、一人で見送りを待っているところだった。客を送り出した後、カレドン氏が部屋から出てきた。本人の生き生きとした表現を借りれば「ご主人はかんかんだった」そうだ。

「私の何がそんなにお気に障ったのかは、わかりません」小間使いは説明した。「ですが、とても怒っていらっしゃるようで、あんな風にすぐ客を家に入れていけないことも知らないなんて、私は小間使い失格だと言いました。まず、カレドン様がご在宅かどうか確かめてくる、と言うべきだったとおっしゃるのです。ええ、ひどく叱られました」キャサリン・ハリスはぺらぺらとまくし立てる。「きっと奥様にも苦情をおっしゃったのでしょう。翌日、解雇予告を受けました」

「それ以来、その外国人女性を見たことはないのね?」レディ・モリーが確認した。

「はい、私が勤めていた間は一度も来ていません」

「ところで、なぜ外国人だとわかったの? アクセントが外国風だったの?」

「いいえ、違います」娘は答えた。「ほとんど口を利きませんでした。カレドン様に会いたいとおっしゃっただけです。ただ、フランス人のように見えたんです」

キャサリン・ハリスの証言は、この反駁の余地のない論理で締めくくられた。もしその外国人女性が殺人罪で処刑されるようなことがあれば、二百五十ポンドが手に入るかどうかをしきりに気にしている。

レディ・モリーが太鼓判を押すと、ハリスはいかにも満足した様子で帰っていった。

3

「やれやれ、真相解明に一歩近づいたとは言えないようだな」キャサリン・ハリスの背後でドアが閉まるなり、主任は苛立ったようにため息をついた。

「そうでしょうか?」レディ・モリーは穏やかに切り返した。

「今の話で大きな帽子をかぶった女の正体がわかるとでも思っているのかね?」主任の口調はどこか挑戦的だった。

「そうではないでしょう」レディ・モリーはにこやかに答えた。「ですが、カレドン氏を殺害した犯人を発見する役には立つかもしれません」

この不可解な言い回しに主任は返す言葉を失い、結局レディ・モリーは忠実な私、メアリーを従えてオフィスを後にした。

キャサリン・ハリスの言葉に従い、カレドン氏殺害事件に関与したとして例の女の手配書が大々的に配布された。そして、その元小間使いとの面会の二日後、同じオフィスでもう一度非常に重要な面談が行われた。

レディ・モリーは主任と一緒に報告書を処理している最中で、私は脇机で速記のメモを取っていた。そこへ、刑事の一人が一枚の名刺を持ってきた。次の瞬間、それ以上の正式な案内も入室の許可もないまま、奥まった埃《ほこり》まみれのオフィスに文字どおり目を見張るような人物が颯爽と乗り込んできて、狭い室内をニオイスミレとロシア革の匂いで一杯にした。

これほどの美人を見るのは初めてだ。背が高くスタイル抜群で、身のこなしも非の打ちどころがない。昔のオーストリア女帝の肖像画をそこはかとなく連想させる。さらに服装も完璧で、羽根飾りがふんだんについた大きな帽子をかぶっていた。

主任は思わず立ち上がって出迎えていた。一方、レディ・モリーは平然と座ったまま、意味ありげな微笑みを浮かべてじっと見守っている。

「私が誰だかおわかりでしょう?」椅子へ優雅に腰を下ろすなり、客は言った。「私の名前はそちらの名刺にあります。この格好、マーク・カレドンを殺した女とぴったり一致すると思いますけど」

顔色も変えずにこう言い放つ。私はその自制心の強さに息をのんだ。主任も飛び上がったようだ。口ごもりながら答えようとしている。

「あら、いいんです」女は微笑み、主任を遮った。「大家さんも、召使いも、友人達も皆、カレドンさんを殺害した女の人相書きを見ています。この二十四時間というもの、警察が見張っていましたよね。ですから、逮捕だとアパートに乗り込まれる前に、自発的に出頭したのです。早すぎではないと思いますけど?」これまでと同じ、まるで人ごとのような口調だった。今の話題を考えれば、その冷静さには舌を巻くより他にない。

外国語のアクセントは、ほとんどわからない。しかし、キャサリン・ハリスが〝フランス人風〟と形容したときの気持ちがよくわかった。どう見てもイギリス人ではない。主任がレディ・モリーに渡した名刺をちらっと見て、ウィーン出身なのだと合点する。ミス・エリザベス・レーベンタールには真っ先にオーストリアを連想させるような、女らしさ、優雅さ、上品さ全てが備わっていた。

今朝、まさに謀殺容疑で逮捕状を請求しようとしているところだと、主任が直接口に出しかねるのも無理はない。

「わかってます――わかってますから」女は主任の思いを察したようだ。「ただし、今これだけは言わせて下さい。私はマーク・カレドンを殺していません。たしかにひどい仕打ちを受けて、仕返しにスキャンダルを起こしてやるつもりでいました。物堅いご立派な人になりましたからね。ですが、スキャンダルと殺人とでは、天と地ほどの違いがあるじゃありませんか。そう思いませんか、マダム？」ミス・レーベンタールはここで初めてレディ・モリーに目を向けた。

「そのとおりですね」レディ・モリーは先程と同じ妙な笑いを浮かべて答える。

「天と地ほどの違いについては、明日ミス・エリザベス・レーベンタールご自身が直接治安判事にご説明できるでしょう」主任が改まった口調で堅苦しい返事をする。

ここまではっきり言われ、女の自信はほんの一瞬揺らいだ。頬から血の気が失せ、きれいな目の間には二本の深いしわが刻まれる。しかし、怯えているのかどうか、女は素早く自制心を取り戻し、穏やかに切りだした。

「ねえ、お互い手の内を明かそうじゃありませんか。そのためにこそ、ここへ来たんです。私がスキャンダルを望まないのと同じように、警察だってこれ以上無能ぶりをさらすのは嫌でしょう？　刑事がフラットの周りをうろついて、近所の方や召使い達にあれこれ質問するのは迷惑なんです。もちろん、私がマーク・カレドンを殺したのではないことはすぐにはっきりするでしょう。そうは言っても、周囲に警察の臭いがぷんぷんしていて――私はニオイスミレの香りのほうが好きなんです」ミス・レーベンタールは上品な香りのするハンカチを鼻へ持っていった。

「それでは、供述をするためにここへ来たんですね？」主任が尋ねた。

「はい」と答えが返ってきた。「知っていることを全てお話しします。カレドンさんは私と結婚の約束をしていました。その後伯爵の娘と出会い、名もないミス・レーベンタールよりもそちらの方が妻としてふさわしいと考え直したのです。それ相応の結婚を条件に全財産を譲るとおっしゃっている俗物根性のご立派な伯母様は、私など認めないと思ったのでしょうね。私は歌手です。二年前、ロイヤル・アルバート・ホール（ヴィクトリア女王の夫君アルバート公を記念して建てられた多目的ホール）で聖譚曲《オラトリオ》を歌うことを目指して、英語を勉強するためにイギリスに来ました。カレーからドーバーに向かう船の上で、休暇を外国で過ごした帰りのマークと出会ったのです。マークは私に恋をして、やがて結婚を申し込みました。しばらく迷いましたが、私も承知して、婚約が成立したのです。が、秘密にしなくてはならないと言われました。マークには年老いた伯母がいて多額の財産を相続することになっているが、家柄のないプロの外国人歌手が相手では許しを得られないかもしれないという話でした。そのときからすっきりしないものを感じましたし、私に対する愛情が徐々に冷めてきたときもさほど驚きはしませんでした。その後すぐ、気が変わってイギリスの貴婦人と結婚するつもりだと、恥ずかしげもない態度で告げられたのです。それほど傷ついたわけではありませんが、スキャンダルを起こして懲らしめてやりたいと思いました。嫌がらせに自宅へ顔を出し、結局婚約不履行で訴えることに決めたのです。ええ、参ったでしょうね。伯母様が遺言を取り消すことは間違いありません。それで十分だったんです。殺すほど思い詰めてはいませんでした」

ミス・レーベンタールの説明には説得力があり、私達は大いに心を動かされた。一人主任だけが見るからに浮かない顔をしている。何を考えているのかはよくわかった。

「ミス・レーベンタール」と切りだす。「あなたのおっしゃるとおり、警察は数時間以内にそういった事情を全て洗い出したでしょう。あなたと被害者との関係がわかれば、お二人の過去の記録を調べ上げるのは簡単です。同時に」主任は回りくどい言い方でつけ加えた。「マティス・カフェで事件が発生した午後に関して、あなたがまったくの無実であることを完全に示す証拠もすぐ手に入れたことでしょう」

「どういう意味?」ミス・レーベンタールは落ち着いている。

「アリバイですよ」

「つまり、マークが喫茶店で殺されたとき、私がどこにいたかと訊いているの?」

「そのとおりです」主任が言う。

「散歩に出ていました」ミス・レーベンタールは静かに答えた。

「買い物か何かで?」

「いいえ」

「誰かそのときのことを覚えている人に会いませんでしたか——さもなければ召使いの人達が

帰宅時間を証言できませんか?」

「いいえ」再びそっけない答えが返ってきた。「誰にも会いませんでした。運動のためにプリムローズ・ヒルへ散歩に出たのです。二人の召使い達は、私が三時頃に出かけて五時過ぎに帰ってきたことしか知りません」
一、二分の間、小さなオフィスは静まり返っていた。主任が所在なげに吸い取り紙に幾何学模様を描き、そのペンの音が耳につく。
レディ・モリーはまったく動かなかった。大きな輝く目で、奇妙な話を終えたばかりの美しい女性を見つめている。わけのわからない結末の上に、今の最後の発言で混迷の度はますます深まってしまった。ミス・レーベンタールは、自分の危険な立場に気づいているに違いない。美しい顔はゆがみ、表情は消えて唇が震えている。それが有罪だからなのか、無実の罪を着せられることを恐れているのかは、心理学者ならぬ私には見極められなかった。

レディ・モリーが紙切れに数語書きつけ、主任に手渡す。ミス・レーベンタールは取り乱すまいと必死だ。

「お話ししなければならないのは、それで全部です」声がかさついている。「そろそろ家に帰ろうと思うんですが」

しかし、椅子からは立ち上がらない。帰宅を認められないのが怖くて、踏ん切りがつかないのだろう。

ミス・レーベンタールの予想は完全に外れた――つけ加えておかなければならないが、私も同じだった——主任がすぐに立ち上がり、丁重にこう言った。

「有益な情報を与えて下さったことを大変感謝しております。もちろん、これから数日間この町を出ないとお約束して下さいますね？」

ミス・レーベンタールは心からほっとしたらしい。すぐに先程までの魅力的な物腰と上品な態度を取り戻した。美しい顔が微笑みで輝く。

主任は外国風のお辞儀をしていた。見るからに安心した様子ながらも、ミス・レーベンタールは主任を穴の開くほど見つめている。と、レディ・モリーに近より、片手を差し出した。

一瞬もためらうことなく、レディ・モリーはその手を握りしめた。さっきの走り書きがミス・レーベンタールに対する主任の対応を決めたことを知っている私は、世界で一番敬愛するこの女性が殺人犯と握手をしているのだろうかと、思い迷っていた。

4

あのときの騒ぎは、きっと皆さんの記憶に残っていることだろう。リージェント・ストリートのマティス・カフェでチョコレートのカップにモルヒネを仕込み、マーク・カレドン氏を殺害したとして、ミス・レーベンタールが逮捕されたのだ。

ミス・レーベンタールの美貌、人を魅了する態度、これまでの一点の曇りもない経歴などの全てが、被告の肩を持つ持たないにかかわらず、世論の過熱ぶりに拍車をかけた。例の素人の意見、助言、非難、忠告などが、それこそ山のように主任のオフィスに舞い込んだ。

私個人としては、ミス・レーベンタールに心から同情していたと言わざるを得ない。前にも断ったとおり私は心理学者ではない。が、オフィスでの最初の弁明に立ち会ったときから、私はこの美しいウィーン出身の歌手が無実だという理屈抜きの確信を拭いきれずにいた。

ご想像のとおり、治安判事裁判所は審理初日からすし詰めだった。ミス・レーベンタールがふらふらと被告席に着いたとき、被告への同情が最高潮に達したのも無理はない。窮地に追い込まれ、不安や恐怖でやつれてはいるものの、やはり美しい。

治安判事は非常に親切だった。弁護士も申し分のない活躍ぶりだった。被告に不利な証拠を提出しなければならない私の同僚達でさえ、最低限の義務を果たしただけで、できるだけ控えめな証言をしていた。

ミス・レーベンタールは、自宅で二人の巡査を連れたダンヴァーズに逮捕された後、終始一貫して無実を主張し、今もまた「無罪です」とはっきりした口調で申し立てた。

逮捕に至った決め手は、まず第一に恋人に裏切られ、傷ついた被告が復讐を望んでいたという明確な動機があったこと。次に、アリバイを一切証明できないことだった。状況が状況だけに、たしかに疑わしい。

ただ、毒物の入手経路の解明は、なかなかの難問だった。そこで、マーク・カレドン氏が一流企業数社の重役であり、そのうちの一社が医薬品の卸売り販売をしていることが指摘された。

そして、被告人が前もって何かの口実を設け、カレドン氏本人から薬を手に入れたという主張がなされた。被告本人も、カレドン氏の結婚前と後の両方にシティのオフィスを訪ねたことを認めた。

ミス・レーベンタールは自分に不利な証拠全てに、強張った顔で耳を傾けていた。ローバリー・ハウスにカレドン氏を訪ねてきたことをキャサリン・ハリスが証言したときも、同じような態度だった。しかし、マティス・カフェの店員達が証人席に立つと、目に見えて顔色が明るくなった。

被告の大きな帽子が証人達に示された。警察は事件発生時にカフェにいた謎の女性がかぶっていた帽子だという理論を展開したが、ウェイトレス達ははっきりと否定的な証言をした。

一人のウェイトレスが問題の帽子だと認める。別のウェイトレスは記憶しているものよりずっと小さいと同じく積極的に証言する。帽子がミス・レーベンタールの頭にかぶせられたとき、四人中三人のウェイトレスが被告を謎の女性とは認められないとはっきり言い切った。大きな帽子をかぶった被告は問題の女性に似ていなくもないが何かが違う、と証言したウェイトレス達の方が多かったのだ。

結局、若いウェイトレス達はミス・レーベンタールを謎の女性と確認するかしないか曖昧な態度で答弁を拒否し、全ての質問をかわした。使用人階級独特の、例のきわめて煮え切らない態度だ。

「何か違うところがどこかにあるんです」ウェイトレスの一人は強く主張した。

「その違いはなんですか?」被告の弁護士が問いただす。

「うまく言えません」という答えが延々と繰り返され、らちが明かない。

もちろん、うら若き未亡人もこの事件に引きずり込まれた。この人に関する世間の見方は完全に一致していて、むろん皆が心から同情を惜しまなかった。

レディ・アイリーンは、むろん今回の悲劇で筆舌に尽くしがたいほど大きな傷を心に負った。さらに今まで、その傷口へ塩が塗られるような思いをしてきたに違いない。亡き夫にまつわる山のようなスキャンダルは、未亡人の悲嘆につらい恥を上塗りした。マーク・カレドンは一人の女性を冷酷に捨て去ったわけだが、同時に結婚が家柄と利益目あてだったと判明して、妻をも残酷に傷つける結果となった。

しかしながら、レディ・アイリーンは非常に穏やかな態度で証言をした。夫が過去にミス・レーベンタールと関わりを持っていたことは知っていた。しかし、過去を持ち出して責めるのは筋違いだと判断したらしい。ミス・レーベンタールが婚約不履行で訴えると夫を脅していたことは知らなかった。

証言中、レディ・アイリーンは終始しとやかな威厳を失わなかった。注文仕立《テーラー・メード》てのぴったりした黒いサージの服に身を包み、黒い小型《トーク》のつばなし帽をかぶった姿は、被告席に立つ一際あでやかな婦人とおかしなほど対照的だった。

被告に大いに有利な点が二つあった。犯人と断定するために呼び入れた証人達の曖昧な態度が一つ、もう一つが被害者に対する婚約不履行の訴訟手続きを実際に進めていた点だ。カレドン氏が送った手紙から判断して、ミス・レーベンタールは圧倒的に有利だっただろう。その事実は殺人の動機に関する理論に痛烈な打撃を与えた。

最終的に、治安判事は被告を裁判に付するだけの十分な証拠がないとの結論を下した。被告のミス・レーベンタールは釈放され、大きな歓声のなか自由の身となって法廷を出ていった。

さて、今回の逮捕は非道なばかりでなく不合理だったと、世間が声高に警察を非難したのも無理はないと思う。私もまったく同感だった。告発は、レディ・モリーの集めてきた証拠や的確な指摘を完全に無視して行われたのだ。そのため、困り果てた主任が再度この謎の事件の捜査をして欲しいと頼んできたとき、レディ・モリーはあまり乗り気ではなかった。むろんのこと、職務を投げ出すはずはない。しかし、きわめて当然のことながら、レディ・モリーは以前の強烈な興味を失ってしまっていた。

巨大な帽子をかぶった謎の女性は、身元を特定できない警察の無能ぶりと共に、今なお新聞の主要記事を飾っている。ありとあらゆるショーウィンドウには、風刺漫画や絵はがきが貼られた。全身を覆い隠すほど大きな帽子をかぶった女。見えるのは、巨大なつばから突きだす異常に長い顎と足だけだ。下にはこんな但し書きがついている。「彼女は誰だ？　警察に訊いてみなさい」

ある日――ミス・レーベンタールの釈放から二日後――レディ・モリーがにこやかに私の部屋へ入ってきた。笑顔を見るのは一週間ぶりだ。嬉しそうな理由は何か、私には早くも見当がついていた。

「いい知らせよ、メアリー」声が明るい。「ようやく主任に自由裁量権を認めさせたの。まったく、主任を官僚主義のもつれた網から助け出すまで、延々と押し問答が続いて大変だったわ」

「これからどうするんです?」私は尋ねた。

「誰がマーク・カレドンを殺したか、私の理論の正しさを証明するのよ」レディ・モリーは真剣だった。「まず手始めに、ローバリー・ハウスへ行って召使い達に少し質問しましょう」

午後三時だった。レディ・モリーの指示で、私は少し気取った格好をした。そして二人でタクシーに乗り、フィッツジョンズ・アベニューへ向かう。

レディ・モリーは至急レディ・アイリーンにお目にかかりたいと書きつけた名刺を用意していた。ローバリー・ハウスのドアを開けた男の召使いに手渡す。数分後、私達は居心地のよい部屋に腰を下ろしていた。目の前に座っているのは、ぴったりした黒のドレスをまとった威厳のある貴婦人だった。若い未亡人はきちんと白い両手を組み合わせ、念入りに結い上げられた小さな頭を傾けながらレディ・モリーの話を聞いている。

「レディ・アイリーン、ぜひご了解いただきたいのですが」レディ・モリーの声は優しさにあふれ、説得力十分だった。「未だにご主人の死を取り巻いている謎を解き明かしたいという思い――スコットランド・ヤードの上司達も同じだと思います――は、ますます強くなっているのです。なにとぞ寛大な目で見守って下さいませんでしょうか」

先を促されるのを待つかのように、レディ・モリーが言葉を切る。この話題は若い未亡人にとって、身を切られるほどつらいに違いない。しかしながら、きわめて穏当な答えが返ってきた。

「この事件に関して、警察が義務を全うしたいというお考えなのはわかります。私に関しましては、ご要望に添えることは全て行ったと考えております。私も鉄でできているわけではございませんし、治安判事裁判所でのあの日以来――」

これ以上感情的になれば沽券《こけん》に関わると考えたのだろうか、レディ・アイリーンは自制し、幾分口調を和らげて結論を告げた。

「これ以上ご協力はいたしかねます」

「お気持ちはお察しいたします」レディ・モリーは答えた。「ですが、正義を行うためなら、協力はして下さいますでしょうね？　間接的かつごく簡単なことです」

「何をさせたいのですか？」レディ・アイリーンが訊く。

「ベルを鳴らしてメイドを二人呼び、少し質問をさせていただきたいのです。奥様に一切ご心痛を与えるようなことはございません」

若い未亡人はためらっている様子だった。やがて、一言もいわずに立ち上がり、ベルを鳴らす。

「どの召使いに会いたいのですか？」ベルに応じて執事が現れるなり、レディ・アイリーンはレディ・モリーに顔を向けて尋ねた。

「さしつかえなければ、奥様づきのメイドと小間使いに」レディ・モリーが答えた。

レディ・アイリーンが必要な指示を与え、私達は一様に押し黙ったまま待っていた。数分後、二人のメイドが部屋に入ってきた。一人はキャップとエプロンをつけ、もう一人は優美なレースの襟のついた黒いドレスを着ている。後者がレディ・アイリーンのメイドに違いない。

「こちらの方が」レディ・アイリーンは二人に話しかけた。「お前達に少し質問をなさりたいそうなの。警察を代表して見えたのですから、ご満足いただけるようきちんとお答えしたら？」

「どうも」レディ・モリーは愛想よく応じた。未亡人の言葉に含まれた棘にも、そのせいですぐさま"警察の代表"たる自分と若い召使いの間に敵意の壁が築きあげられたことにも、あえて素知らぬふりをしている。「あなた方二人に頼みたいのは、それほど難しいことでも、不愉快なことでもないわ。今夜演じなければならない、ちょっとした喜劇に手を貸して欲しいの。この家に暗い影を落とした悲劇に関して、マティス・カフェのウェイトレスの一人がある証言をしたので、その信憑性を試すことになったのよ。それくらいなら、大丈夫よね？」レディ・モリーは直接二人のメイドに問いかけた。

レディ・モリーほど魅力的、かつ説得のうまい人はいない。陽光のようなレディ・モリーの笑顔に、メイド達の敵意もすぐに氷解した。

「私達にできることでしたら」メイドが答えた。

「立派な心がけね！」レディ・モリーが言った。「ご存じでしょうけど、今朝マティスで責任者をしているウェイトレスが、大きな帽子をかぶった例の女を確認したの。そう、亡くなったご主人を殺した犯人に違いないわ」驚きがさざ波のように部屋に広がる。「帽子も、その女の人本人についても、絶対に間違いないそうなの。でもね、あらゆる角度から信憑性を検証してからでなければ、人一人の命を奪うことはできないわ。この家の方ならどなたもよくわかっているでしょうけど、今回の悲しい事件にはできるだけ部外者を巻き込みたくないのよ。それでなくても、嫌と言うほど世間の噂になっていますからね」

いったん、言葉が途切れた。レディ・アイリーンもメイド達も何も言わない。レディ・モリーは先を続けた。

「スコットランド・ヤードの上層部は、犯人の特定に際してできるだけ証人を迷わせるような状況で検証しなければならないと考えているの。一定の人数の女性達に並はずれて大きな帽子をかぶらせ、ウェイトレスの前を歩かせたいのよ。むろん、事件発生時にマティスでマーク・カレドンさんとお茶を飲んでいた謎の人物と特定された女が、そのなかに混じっているわ。ウェイトレスの証言はたしかかどうか、つまり、一定の人数の女性達のなかから繰り返し同じ人物を指摘できるかどうか、それで最終的な判断がつくと考えているのよ」

「まさか」レディ・アイリーンがそっけなく遮る。「あなたやスコットランド・ヤードの上層部は、こんな馬鹿げたことに私の召使いが協力すると思っているわけではないでしょうね？」

「私どもはこのようなやり方を馬鹿げているとは考えておりません、レディ・アイリーン」レディ・モリーは穏やかに反論した。「被告人の利益のために、このような手段をとることはよくあるのです。この方達のご協力をぜひお願いします」

「この二人に何ができるのか、私にはわかりかねます」

しかし、メイド達に反対する様子はなかった。どうやら、そのアイディアが気に入ったらしい。どきどきするような話だし、単調な生活に変化を与えてくれることは間違いない。

「お二人とも、しゃれた大きな帽子を持っているでしょうね」レディ・モリーが励ますように微笑みかける。

「召使い達にそんな馬鹿げたものをかぶらせるわけには参りません」レディ・アイリーンがき

っぱりと言う。

「奥様がもうかぶらないと処分した帽子を持っています」小間使いの娘が口を挟んだ。「ごみためにに捨ててあったものを、元通りに直したんです」

ほんの一瞬、完全な沈黙が訪れた。人の生命の糸を紡ぐ運命の女神が糸巻きを取り落とし、拾い上げるためにちょっと屈んだような、厳かな瞬間の一つだ。

レディ・アイリーンは黒い縞模様のハンカチを口元へ持っていき、静かにこう言った。

「何を言ってるの、メアリー。私は一度も大きな帽子をかぶったことはないわよ」

「はい、奥様」ここでメイドが口を出した。「ですが、メアリーが言っているのはサンチアの店でお誂えになり、一度しかかぶらなかった帽子のことです――コンサートにお出かけになったときに」

「いつのこと？」レディ・モリーがさりげなく尋ねる。

「ああ！　あの日のことは忘れられません」、メイドは叫んだ。「奥様はコンサートからお帰りになって――私がお召し替えを手伝っているとき、もう二度と大きな帽子はかぶらないとおっしゃいました。重すぎるからと。あれはご主人様が殺されたその日だったんです」

「それこそ申し分のない品だわ」レディ・モリーは落ち着き払っていた。「メアリー、取ってきてくれるわね？　あなたも一緒に行って、かぶるのを手伝ってあげて」

二人の娘は一言も言わずに部屋を出ていった。残った私達三人は顔を見合わせた。半ばしか明らかになっていない恐ろしい秘密が、実体のない亡霊のように室内を漂っている。

「さあ、どうなさいます、レディ・アイリーン?」まさに自分の心臓の音が聞こえるほどの沈黙の後、レディ・モリーが切りだした。黒いクレープ地の喪服を着た未亡人の体が強張っている。引きつった顔は青白く、目はじっとレディ・モリーに向けられたままだ。

「証明できないでしょう!」レディ・アイリーンが挑みかかる。

「できると思います」レディ・モリーはあっさり答えた。「いずれにしろ、やってみるつもりです。外の馬車には、マティスのウェイトレスを二人待たせてあります。ポートランド・ロードの近くの裏通りにあって、人目につきにくいサンチアの店で、あなたの応対をした店員からも既に事情聴取ずみです。あなたが大変な手間をかけ、大きさを指定したのはもちろん、細々した指図をして帽子を誂えたことはわかっているのです。その帽子は、ご主人のオフィスで一度会ったとき、ミス・レーベンタールがかぶっていた品の模造品ですね。あなた方が顔を合わせたことも証明できます。その上、メイドさんの証言があります。その帽子を一度、たった一度しかかぶっていないそうではないですか。コンサートに行くと——その点を立証するのは難しいでしょう——称して出かけた日、そしてご主人が亡くなった事件当日の一度きり」

「くだらない! 世間の物笑いになるのがおちよ」レディ・アイリーンはまだ食い下がる。「そんな途方もない告発をするなんて、到底無理だわ!」

「私達の証明できる事実を正義が秤にかければ、途方もないとは言えないと思いますよ。こちらも綿密な調査をしたので、少しお話ししておきます。あなたはご主人とミス・エリザベス・レーベンタールの関係を知っていたのです。そして、ミセス・スタインバーグに知られまいと懸命の努力をした。スキャンダルが表沙汰になれば、お気に入りの甥——ひいてはあなたも——遺言の受益者から外されることは目に見えている。ミス・レーベンタールがご主人の部屋に入ったところに立ち会ったというだけで、あなたは小間使いを首にした。ミセス・スタインバーグは、仮に自分より先に甥が亡くなるようなことがあれば、あなたに全財産を遺贈すると公言していたという事実もあります。さらにミス・レーベンタールがご主人に対する婚約不履行の訴えを起こし、スキャンダルを老婦人の耳に入れないという最後の望みが完全に絶たれてしまった。財産があなたの手から滑り落ちていく。あなたはミセス・スタインバーグが遺言書を書き換えるのを恐れた。もし、適当な手段と勇気さえあれば、あなたはむしろ老婦人を殺したのではありませんか？　ただし、露見する確率は高い。もう一つの犯行計画の方が、より大胆で安全だった。その結果、あなたは首尾よく老婦人の巨額の財産を相続しました。ミセス・スタインバーグは甥の昔の過ちを、一切知らずじまいだったのですから。

今の話を全て申し立て、証明することができます。帽子が購入され、事件当日に一度しか使用されずに捨てられた経緯もです」

大きな笑い声が話を遮った——骨の髄まで凍るような笑い声だった。

「一つ忘れたことがあるわ、スコットランド・ヤードの婦人警官さん」黒いドレスの女が神経に障る鋭い口調でこう言った。濃さを増していく黄昏の闇が、こぢんまりした豪奢な部屋を覆っている。その薄暗がりに紛れていく黒いドレスの女の姿は、まるで幽霊のように見えた。

「犯人が法の力を借りずに自決したことも、忘れずに申し立てなさい」

止める間もなく、レディ・アイリーン・カレドンは何か——考えたくもない——を口に運んだ。

「メアリー、ダンヴァーズを呼んで！　早く！」レディ・モリーは冷静だった。「外にいるわ。それからお医者様を連れてきて」

こう言ったときにはもう、レディ・アイリーンは苦悶の声をあげ、レディ・モリーの腕のなかで意識を失っていた。

医者が駆けつけたときは、手遅れだった。この哀れな女は毒物に詳しかったに違いない。レディ・アイリーンはあらゆる場合に備えていた。犯行が露見したときには、自分で身の始末ができるように覚悟していたのだ。

大きな帽子をかぶった女について、真相が公表されることはないだろう。世間の関心もいつかは消える定めだ。しかし、レディ・モリーは終始一貫して正しかった。寸分の狂いもない的確さで、レディ・モリーは事件の真の動機と犯人を華奢な指で指し示した。金だけが目あてで結婚した打算的な女。その金を手に入れるためなら、このイギリスの一年間の犯罪史をさらに黒く塗り替えるような卑劣な殺人をも厭《いと》わなかった。

そもそも、なぜレディ・アイリーンが怪しいと思ったのか、私は理由を訊いてみた。捜査の段階では、誰一人疑いを抱いていなかった。

「大きな帽子よ」レディ・モリーはにこやかに答えた。「もしマティス・カフェに現れた女が大柄だったら、帽子のサイズがずば抜けて大きかったという印象をウェイトレス全員が持ったりはしなかったでしょう。その女は小柄でなければならないのよ。だから広いつばの下から顎しか見えなかったわけ。だから、すぐに背の低い女性を捜したの。みんなは思いつかなかったみたいね、男だから」

なんと単純明快な話だろう！

サー・ジェレマイアの遺言書

1

私は多くの人にこう訊かれてきた。レディ・モリーがスコットランド・ヤードの捜査課の一員になったのはいつ、どんな事情からだったのか。レディ・モリーとは一体誰か。普通上流社会とは相容れない職業に就きながら、社交界で不動の地位を維持している――たしかにそのとおりだ――のは、どういうわけか。

もちろん、私は最初から敬愛するレディ・モリーの素性などを色々知っていた――実際、親戚や貴族の友人達にも引けを取らないほどだ。しかし、レディ・モリーは許可を与えるまで私生活については一切公表しないと私に約束させていた。

さて、今回事情が変わった。私は知っていることを全てお話しすることができる。しかし、そのためにはまず数年間話をさかのぼらなくてはならない。当時バドック遺言書事件として知られた、異常な事件のことを思い出してもらう必要があるのだ。あの事件の結果、社交界でも抜群の人気を誇った一人の青年が懲役刑を科された――無期刑だ。お断りしておくが、マザリーン大尉は絞首刑にされるべきだと考える人も大勢いて、きわめて寛大な処置と見なされていた。

当時の大尉はりりしくてハンサムな若き将校だった。亡き女王陛下の葬儀の際の姿は、特に強く記憶に残っている。イギリス軍でも群を抜く長身の一人で、残念ながら最近の若者からは失われた、特別な魅力が備わっていた。この誰もが認める二つの美点に加えてもう一点、ヒューバート・ドゥ・マザリーン大尉がリヴァプールの船舶王、サー・ジェレマイア・バドックの愛孫だったことをつけ加えておこう。この若い近衛兵にとって、社交界の全女性、とりわけ年頃の娘を持つ母親の好意を勝ち得ることなど造作もなかったことがおわかりいただけると思う。

しかし、運命と愛には、いたずら癖があることはよく知られている。美しい妙齢の花嫁候補が選り取りみどりだったにもかかわらず、マザリーン大尉はこのイギリス国内でただ一人祖父が認めない女性、目の敵と言ってもいいほどの女性と恋に落ちてしまったのだ。

もう二十五年以上も前になるが、あの悲しい話はご記憶にあるだろう。サー・ジェレマイアは、三十歳以上も年下のフランス人女優アデル・デスティと不幸な再婚をした。式をあげたのは外国で、サー・ジェレマイアが夫人をイギリスに連れてくることはなかった。約三年間の悲惨な結婚生活の後、最終的に夫人はモンテ・カルロで出会ったフリントシャー伯爵と駆け落ちしてしまったのだ。

そう、ヒューバート・ドゥ・マザリーン大尉が熱烈に恋をした相手が、まさにそのフリントシャー伯爵の娘、レディ・モリー・ロバートスン＝カークだった。そのことを耳にしたときの、サー・ジェレマイアの気持ちを察して欲しい。

ご存じだろうが、マザリーン大尉は体調に最初の異変を感じ始めたサー・ジェレマイアの意向によって一九〇二年に軍隊を退き、その後はカンバーランドにある祖父の豪壮な邸宅、アップルドア城で同居していた。その立派な城と船舶王の巨万の富は、サー・ジェレマイアが最初の妻との間にもうけた一人娘の子供にあたる大尉がいずれ受け継ぐものと、誰もが当然のように考えていた。

フリントシャー伯爵の領地はアップルドアから目と鼻の先だった。しかし、むろんのことサー・ジェレマイアは昔自分を辱めた貴族を決して許しはしなかった。

二人目のレディ・バドック、後のフリントシャー伯爵夫人は二十年前に亡くなった。夫人が伯爵領や、より洗練されたロンドンの社交界で受け入れられることはなかった。しかし、その美貌全てを受け継ぎ、母の罪とはまるで無関係のモリーは、父親の秘蔵っ子であり、領地でもロンドン社交界でも花形であった。

おわかりだろう。未だに廃《すた》れない、いにしえのカペレッティ家とモンテッキ家の物語（『ロミオとジュリエット』の下敷きになった伝説）が再び繰り返されたのだ。やがてヒューバート・ドゥ・マザリーンが祖父の仇敵にあたる娘と結婚する意向を、サー・ジェレマイアに打ち明けなければならない日が来た。

その報告がどういう結果をもたらしたのか、誰にもわからない。意見の対立があったにせよ、サー・ジェレマイアもヒューバート・ドゥ・マザリーン大尉も一切召使い達の耳には入れなかった。ましてや、険悪な展開を匂わせるようなこともしなかった。

表面上はなんの変化もないまま、二週間ほどが過ぎた。その後、大尉はしばらくロンドンに滞在すると称して城を出た。しかし、カンバーランドの古い荘厳な城が目を覆いたくなるような悲劇の邪悪なベールに包まれ始めるまで、二度と大尉が戻ることはなかった。

一時期かなり回復したサー・ジェレマイアだったが、軽い発作を起こして麻痺が残り、健康体に戻る見込みはないことがはっきりした。アップルドアの郵便局長の話では、その後一目で大尉の筆跡とわかるロンドンの消印の手紙がサー・ジェレマイア宛に多数届いたそうだ。しかし、老人は孫を許す気にはなれなかったようで、マザリーン大尉が城を訪れることはなかった。

程なく、体の弱った老人はますます頑固で気難しくなっていった。広大な城の応接間を全て閉め切って鎧戸を下ろすように命じ、城の中で働いていた召使い達をほとんど解雇してしまった。残ったのはサー・ジェレマイアの従者と、昔から仕えていたブラッドリーという老夫婦だけで、その二人がかつてはイギリス国内屈指の豪邸だった城で必要な雑用をこなした。

目に入れても痛くないほど愛していた孫と、二十五年前に若妻を奪いさった男に対する激しい怒りが、サー・ジェレマイアと世間の接触を完全に断ってしまったようだ。

このような状態が一九〇三年の春まで続いた。そんなある日の朝、サー・ジェレマイアは三人の召使い達に、フィリップ・バドック氏が滞在するのですぐさま部屋を用意するようにと言いつけた。その日の夕方、フィリップ・バドック氏が到着した。ごく普通の若い男だった。背が低く色黒で、どこか垢抜けしない様子から田舎の牧師館で教育を受けたのではないかと思われた。

バドック氏の到着は近所の少なからぬ関心を呼んだ。フィリップ・バドック氏とは誰なのか？一体どこから来たのか？　これまでその男のことを聞いたものは誰もいない。そして城に来てまだ日も浅いのに、かつてマザリーン大尉が占めていた地位の後継者となりつつあるようだった。

バドック氏は城内の監督権を引き継ぎ、やがてサー・ジェレマイアの従者を首にして新しい男を雇い入れた。城の外の使用人達も取り締まることになり、庭師や廏番《うまやばん》の人数を減らした。馬や馬車はほとんど売り払い、車を買ってあたりを乗り回すようになった。

しかし、村の誰とも口を利かない。ほどなく、サー・ジェレマイアのわずかな親友や旧友が様子を尋ねると、病人は見舞いを遠慮しているという返事が決まってフィリップ・バドック氏から来るようになった。サー・ジェレマイアに面会できるのは、地元のソーン医師だけとなった。病人は一歩一歩墓へと近づいているらしい。しかし、異常なほど気難しいとはいえ、精神は明晰そのものだった。

ある日、フィリップ・バドック氏は腕のいい運転手を雇いたいと村に問い合わせをした。ジョージ・テイラーが自ら名乗りを上げたところ、大至急カーライルの弁護士事務所に行き、ステッドマン弁護士を城へ連れてくるよう言いつけられた。

アップルドアからカーライルまでは、五十マイル以上ある。ジョージ・テイラーがステッドマン弁護士と共に戻ってきたのは、午後七時だった。

城の入口で出迎えたのはブラッドリー老人だった。サー・ジェレマイアの部屋の前には新しく雇い入れられたフェルキンが立っており、弁護士を通した。面談に三十分ほど費やした後、弁護士はジョージ・テイラーの車でカーライルへ戻った。

同じ日の夜、フィリップ・バドック氏からロンドンのマザリーン大尉にごく短い電報が送られた。

「サー・ジェレマイア危篤。至急来られたし」

二十時間後、マザリーン大尉はアップルドア城へ到着した――しかし、祖父の死に目には間に合わなかった。

サー・ジェレマイアはかつてあれほど愛した孫が到着する一時間前に息を引き取っていた。和解の望みは、今や死によって無慈悲に断ち切られてしまった。

老人の死は、ソーン医師の予想よりもはるかに早く訪れた。その日の朝診察した医師は、数日は持つだろうと考えていたのだ。しかし、マザリーン大尉を呼びよせたと聞かされた途端、サー・ジェレマイアはひどく苦しみだし、惨めにすり減った神経も心もついに力尽きた。

2

一九〇四年の早春。あの忘れようにも忘れられない日々の出来事は、私の記憶に深く刻みつけられ、昨日のことのように思い出せる。

当時、私はレディ・モリー・ロバートスン＝カークのメイドだった。その頃から、レディ・モリーは私を友人として扱ってくれた。

マザリーン大尉と祖父の最初の仲違いの後すぐ、レディ・モリーと私はカンバーランドのカーク・ホールに引き移ってひっそりと暮らし始めた。ご存じのとおり、そこからアップルドアまでは目と鼻の先だ。

むろん、マザリーン大尉は何度か訪問してきた。レディ・モリーは無理をせず婚約状態のままで待つべきだと固く決意していたのだ。かつてはあれほど可愛がっていた孫のことだ、サー・ジェレマイアの態度も遅かれ早かれ軟化するのではないかと、はかない希望を抱いていた。いずれにしろ、正式に結婚式をあげてしまう前ならば、その可能性がある。

お断りしておくが、マザリーン大尉は決して生活に困っていたわけではない。父親からの二万五千ポンドの遺産があったし、レディ・モリーもいくらか自分の財産を持っていた。そのため、二人が式をあげずに待っていたり、大尉が祖父との和解を望んだのは、決して金目あてではなかったことを申し添えておく。

フィリップ・バドック氏の電報によりアップルドアへやってきた大尉は、駅でレディ・モリーと落ち合った。荷物をカーク・ホールへ送り、若い二人はフリントシャー伯爵領とアップルドアの境目にあるエルクホーンの林まで歩いていった。

そこで二人は弁護士のステッドマン氏と出会った。弁護士はサー・ジェレマイア・バドックから緊急の呼び出しを受けてカーライルから駆けつけたものの、車が二百ヤードほど手前で故障してしまったと言う。

春にしては穏やかな晴れた晩だったし、明るい満月がこの美しい林の中の細い道をほとんどくまなく照らし出している。運転手は弁護士に林を歩いていくことを勧めたそうだ。

レディ・モリーは林の入口で私と会う約束をしていて、そこで大尉と別れて帰宅することになっていた。マザリーン大尉はステッドマン氏と顔見知りだったようだ。二人が握手をして、短い立ち話の後林へ向かうのが見えた。私達は黙ったままカーク・ホールへ引き返した。

レディ・モリーはとても悲しげだった。大尉が祖父にどれほど深い愛情を抱いているか痛いほどわかっていたし、その二人が最終的に和解するという希望が完全に消えてしまうのがつらかったのだ。

私に夕食のための着替えを手伝わせ、レディ・モリーが階下へ向かったちょうどそのとき、マザリーン大尉がやってきた。

悲しみに肩を落とした大尉は、祖父の死を告げた。

もちろん、大尉はカーク・ホールに滞在した。アップルドア城はフィリップ・バドック氏の管理下にあるのがはっきりしていたし、大尉に相手の好意にすがるつもりはなかった。

ステッドマン弁護士はどうしたのかと、レディ・モリーが尋ねた。

「わからないんだ」大尉は答えた。「一緒に林に入ったんだが、歩くのがきつかったようでね。故障もすぐ直ったかもしれないから、車で行きたいと話していた。三十分以内には城に着くはずだと言っていた。だが、来なかったんだよ」

レディ・モリーはサー・ジェレマイアについても少しばかり質問をした。大尉は物憂げな様子で答えた。城の入口でフィリップ・バドック氏が出迎え、一足違いで祖父が息を引き取ったと告げたそうだ。

その夜、私達はなぜか一様に暗い気分でベッドに向かった。単に七十代の人物が天寿を全うして亡くなったという以上に悲劇的なものが、この草深いカンバーランドの村の空気に漂っているような感じだった。

翌朝、私達の奇妙な虫の知らせは現実のものとなった。フリントシャー伯爵、レディ・モリー、マザリーン大尉は朝食の最中だった。そこへ、カーライルのステッドマン弁護士の他殺死体が朝早くエルクホーンの林で発見されたという知らせが飛び込んできた。弁護士は気絶したところを、おもりのついた杖か何かで殴り殺されたのだ。発見されたときには、既に死後数時間が経過していた。すぐにこの悲惨な事件は地方警察に通報され、アップルドアの偏屈な富豪の死に負けない大騒ぎを引き起こした。

当然、カーク・ホールの人々は並々ならぬ興味を抱いた。マザリーン大尉は警察に情報を提供するために、すぐさまアップルドアへ向かった。

今、恐ろしい危難が持ち上がり身に迫りつつあるというのに、マザリーン大尉本人はまったくそのことに気づいていなかった。奇妙な話だが、本当のことである。

ステッドマン弁護士がエルクホーンの林で殺害されたと聞いた瞬間、愛する男性がこの悲劇に不幸なかたちで巻き込まれることを、レディ・モリーは見抜いていたに違いない。しかし、それは女の勘——恋する女の勘でしかなかった。

当の大尉はその日一日中、自分の足下にぱっくり口を開けている深淵に気づかないままだった。落ち着き払った顔で、地方警察が既に入手した重要な手がかりについて議論さえしていた。やがて、それらがあの恐ろしい状況証拠の一部を形成し、大尉を絞首台の前へ引きずり出すことになる。

その日早いうちに、大尉宛にフィリップ・バドック氏から形式張った簡単な手紙が届いていた。

今やアップルドア城の主はマザリーン大尉であり、自分（フィリップ・バドック）は必要以上に血縁者に甘えたくない。村の宿を手配したし、葬儀が終わり次第カンバーランドを出ていく。こういう内容だった。

マザリーン大尉は同じように簡単な返事を出した。城内の人々の処遇については、自分に権限などないと思う。城にとどまるにしろ、よそに行くにしろ、もちろんバドック氏自身の判断を尊重する。

当然ながら、老人の遺言がどのように扱われるのか、まだはっきりしなかった。サー・ジェレマイアは一九〇二年に、アップルドア城を含めた全財産を愛する孫ヒューバートへ遺すという遺言書を作成し、同時に唯一の遺言執行者に指名した。その遺書は、トラスコット弁護士が保管している。氏は事実上故人の顧問弁護士だったのだが、土壇場でカーライルに来たばかりの弁護士、ステッドマン氏が呼ばれたわけだ。

一九〇二年の遺言が無効になったかどうか、トラスコット弁護士には判断がつきかねた。しかし、その日の午後ドライブに出かけていたフリントシャー伯爵は、地方警察の警視からこんな話を聞き込んできた。ステッドマン氏の事務所の所長フュエリング氏の供述によれば、サー・ジェレマイアは亡くなる前日にステッドマン氏を呼び、新しい遺言書の作成を指示したそうだ。フリントシャー伯爵の娘、及び親戚の誰とも婚姻関係を結ばなかった場合のみ、アップルドア城を含めた全財産を孫のヒューバート・ドゥ・マザリーンへ遺す。もし大尉が今後遺志に反した場合には、全財産をアデル・デスティとの再婚で生まれた唯一の子、フィリップ・バドックへ譲る。こういう内容の遺書が、事件当夜サー・ジェレマイアのサインを待つばかりの状態でステッドマン弁護士のポケットに入っていたはずだ。フュエリング氏は最後にこうつけ加えた。

死体のポケットから書類は発見されなかった。ただし、コピーが事務所の金庫に残っていた。とはいえ、サー・ジェレマイアのサインがないため、一九〇二年の遺書が有効となる。ヒューバート・ドゥ・マザリーン大尉は、無条件で祖父の全財産を受け継ぐことになっているのだ。

3

その日は色々な出来事が立て続けに起きた――今までの人生のなかで、最もつらい一日だ。

レディ・モリーは一人自室で早めにお茶をすませた後、大尉と話がしたいと私を使いに出した。大尉はすぐにやってきた。私は隣の部屋――レディ・モリーの寝室――で夕食のドレスの準備をしていた。

もちろん、私は遠慮して、二つの部屋の間のドアを閉めておいた。しかし、五分後にはレディ・モリーがわざと開けた。何を話しているのか、私にも知っておいてもらいたいのだろう。

四時を少し過ぎたところだった。マザリーン大尉の低く優しい声が聞こえる。大尉はレディ・モリーを心から愛していた。しかし、感情をほとんど表に出さない性格のため、どれほど濃《こま》やかな愛情を抱いているのかは、二人が一緒にいるときの情熱のこもった態度によほど注意を払わない限りわからない。大尉は整った顔を下に傾け、自分を見上げているレディ・モリーの瞳を覗き込んでいる。レディ・モリーを抱いている腕は、ようやく手に入れた愛する人を世界を敵に回しても放さないとの決意を表しているかのようだった。しかし、レディ・モリーの目には、涙が浮かんでいた。

「ヒューバート」ややあって、レディ・モリーが口を開いた。「私、結婚したいの。して下さる?」

「して下さる、だって?」大尉はささやいた。結婚をどれほど望んでいるかを切実に物語ると同時に、言いしれぬ悲しみのこもった口調だった。私はその場に座り込んでもらい泣きするところだった。

「ただし」レディ・モリーは懸命に訴えた。「すぐに結婚したいの。明日、特別許可証で結婚予告は省略して式をあげましょう。今夜ハーフォードさんに電報を打てば、明日の朝一番で手配して下さるわ。ね、夜行列車でロンドンへ行きましょう。父とメアリーが一緒に来てくれるの。父にはもう約束してもらったし、明日には結婚できるわ……そう、それが一番簡単だと思うの」

少々間があった。マザリーン大尉がどんなに驚き面食らっているか、私にはよくわかった。場合が場合だし、女性から申し出るのも異例と言えるだろう。大尉の目はレディ・モリーの考えを読みとろうとしているかのようだった。しかし、見返すレディ・モリーの視線は真剣そのものだった。この奇妙な訴えの裏にどれほど切ない思いが込められているのか、大尉はまったく気づかなかったに違いない。

「ここじゃなく、ロンドンで結婚する方がいいんだね?」余計なことは言わずに、大尉は訊いた。

「ええ」レディ・モリーが答える。「明日ロンドンで結婚したいわ」

数分後、レディ・モリーはそっと扉を閉め直した。それ以上私は何も聞いていないし、何も見ていない。しかし、三十分後にはレディ・モリーが私を呼んだ。部屋にはレディ・モリー一人きりだった。涙の下から気丈にも微笑みを浮かべようとしている。階下のホールからはまだ、マザリーン大尉の足音が聞こえている。

レディ・モリーはその足音の最後の響きが遠くに消えるまで、耳を澄ませていた。そして、私の肩に美しい顔を埋めてむせび泣く。

「できるだけ早く準備をしてちょうだい、メアリー」ある程度落ち着きを取り戻したとき、レディ・モリーはこう言った。「九時十分の列車でロンドンへ行くわ」

「伯爵もご一緒ですか、お嬢様?」私は尋ねた。

「ええ、そうよ」レディ・モリーは微笑み、顔が明るくなった。「お父様は私達の味方よ……たとえ、知っていてもね」

「何をご存じなんですか?」言葉が途切れたので、私は思わず聞き返した。レディ・モリーの優しい濃灰色の瞳が、再び激しい苦悩に曇る。

「お父様は知っているのよ」沈んだ口調でゆっくり先を続けた。「三十分前、ステッドマンさんが殺されたエルクホーンの現場からさほど離れていない場所で、警察はおもりのついたステッキを発見したの。ステッキはごく最近磨き抜かれてすっかりきれいになっているようだったけれど、鉛の握りの部分にごくわずかな血がついているのがわかったのよ。警部さんがステッキをお父様に見せたわ。私も見たの。あれはヒューバート・ドゥ・マザリーン大尉のものよ。遅くても明日には持ち主が突き止められてしまうでしょう」

小さな部屋は静まり返っていた。時折、レディ・モリーの胸の張り裂けるような低いすすり泣きだけが響く。この時、レディ・モリーにはわかっていたに違いない。素晴らしい成功をもたらしてきた、あのたぐいまれな洞察力で見抜いていたのだ。運命が愛する男性の周りに残酷な罠を張り巡らせていることを。

私は何も言わなかった。何を言えたと言うのだろう？　レディ・モリーが再度口を開くのを、私は待った。

この恐ろしい秘密を打ち明けた後、レディ・モリーが最初に言った言葉はこうだった。

「明日は白いラシャのドレスを着るわ、メアリー。持っているドレスのなかであれが一番私に似合うもの。結婚式には最高にきれいでいたいわ」

4

ヒューバート・ドゥ・マザリーン大尉とレディ・モリー・ロバートスン＝カークは、一九〇四年四月二十二日にセント・マーガレット・ウェストミンスター教会で特別許可証により結婚した。

式に立ち会ったのは、フリントシャー伯爵と私だけだった。そのとき、二人の結婚は誰にも知らされなかった。また、スコットランド・ヤードのレディ・モリーが既決囚マザリーンの妻であることをごく最近まで誰も知らなかった。

ご存じのとおり、マザリーン大尉はカーライルのアレクサンダー・ステッドマン弁護士を殺害した容疑で、結婚式の翌日の朝アップルドア駅で逮捕された。

最初から大尉は圧倒的に不利だった。ステッドマン弁護士がサー・ジェレマイアのサインをもらおうとしていた遺書が、動機を形成すると見なされた。被害者と一緒にいるところを最後に目撃された人物も大尉だ。

運転手のジョージ・テイラーは、事件当夜ステッドマン弁護士をカーライルまで迎えに行った帰り、林の近くのでこぼこ道を越えた途端に二つのタイヤがほぼ同時にパンクしたと説明した。二本のスペアタイヤは持っていなかったため、ステッドマン氏には林の中を歩いていくよう勧め、せいぜい半マイルしか離れていない村まで車を押していくことになった。それきり、弁護士の姿は見ていない。

犯行に使われたステッキは、被告に決定的に不利な証拠だった。何人もの証人が大尉の持ち物であると認めた。犯行現場から二十ヤードも離れていない場所で発見されたステッキは、見るからにきれいに磨き抜かれていたものの、わずかな血痕が残っていた。さらに事件が起こった夜、アップルドア駅に到着した大尉がそのステッキを持っていたことを、数人のポーターが覚えていた。大尉はそこでレディ・モリーと落ち合い、林の手前まで歩いていき、ステッドマン氏と出くわしたのだ。

　かつて近衛旅団に所属していたマザリーン大尉は、アレクサンダー・ステッドマン氏を故意に殺害した罪で正式に起訴され、その次の巡回裁判で有罪となり、絞首刑を宣告された。しかし、陪審員はこれまでの立派な経歴とボーア戦争（二回にわたる英国と南アフリカボーア人との戦争。この場合は第二次（一八九九～一九〇二）を指すと思われる）で国家に多大な貢献をしたことを考慮して、減刑を強く主張した。内務省には異例の請願書が提出され、大尉は二十年の懲役刑となった。

　同じ年、レディ・モリーは警察の捜査課の下級職員に応募し、採用された。その取るに足りないポストを振り出しに、分析や調査に励み、持ち前の洞察力や推理力を駆使して出世を重ね、今では上司や男性陣から、犯罪捜査にかけては右に出るものがいないと認められている。

　フリントシャー伯爵は三年ほど前に亡くなった。カーク・ホールは遠縁に引き継がれたが、レディ・モリーはカークに小さな家を構え、夫がダートムーア刑務所を出るときを待つことにした。レディ・モリーの生涯をかけた悲願は、自らの才能と警察の権威としての地位を活用して、ヒューバート・ドゥ・マザリーンの無罪を立証することだった。レディ・モリーは冤罪であることを一瞬たりとも疑っていなかった。

　しかし、この気高い二人がお互い相手のために自らを犠牲にしようと必死になる様は、心を打たれると同時にひどく哀れでもあった。

　自分の無実を証すことができないと悟ったマザリーン大尉は、結婚という絆からレディ・モリーを解き放とうと懸命の努力をした。結婚は当初から今まで完全な秘密のままとなっている。大尉は裁判で有罪を認める覚悟を決め、自分に逮捕状が出たことを知りながらレディ・モリーを欺いて結婚した、フリントシャー伯爵と姻戚関係にあれば情状酌量の余地ができるのではないかと考えたと主張した。その言い分が通らないとわかると、今度はレディ・モリーに婚姻無効の訴えを起こすよう頼んだ。自分は抗弁しない、愛する人を自由にしたいだけだ。

しかし、レディ・モリーの愛が全てをうち破った。たしかに結婚を秘密にはしていたが、レディ・モリーの心も意志も、全身全霊が大尉に忠実であり続けた。私だけ——かつてのメイドであり、今は忠実な友人である——は、仕事に熱中しているときでさえレディ・モリーが人知れず苦しんでいることを知っていた。

私達はほとんどメイダ・ヴェイルのつましいフラットで暮らしていたが、時にはカークの小さな家で自由と平和を心ゆくまで楽しんだ。恐ろしい思い出を呼び覚ます場所だったにもかかわらず、レディ・モリーは無実の大尉を無期刑に追い込んだ謎の事件の現場を歩き回るのが好きだった。

「謎を解き明かさなくてはいけないわ、メアリー」レディ・モリーは変わらぬ愛をこめて、私に何度もこう言った。「早く解明しなければ。マザリーン大尉が人生の喜びや私への信頼を全て失ってしまう前に」

5

皆さんがアップルドア城とフィリップ・バドック氏の話に興味をお持ちになるかどうか、私にはよくわからない。フィリップ氏は莫大な財産を手に入れかけていたとき、鼻先で取り上げられてしまった。

サー・ジェレマイア・バドックは、一九〇四年の遺書にサインをしないまま亡くなった。そのため、マザリーン大尉の弁護士達は依頼人のために、一九〇二年の遺書の検認を受けようとした。最後の遺言書の草案にまつわる恐ろしい状況をかんがみて、フィリップ・バドック氏は裁判を起こすよう勧められた。

フィリップ氏は、間違いなくサー・ジェレマイアがマドモアゼル・デスティとの再婚でもうけた実子であるようだ。しかし、老人は無慈悲な復讐心の虜となり、実質的な絶縁状態を続けていた。生活費と教育費を負担する以外には一切関わることを拒絶し、後にはフィリップ——すぐに若者へと成長した——が絶対にイギリスの土を踏まないことを条件に、ふんだんな手当をあてがった。

その条件はちゃんと守られていた。フィリップ・バドック氏は外国で生まれ、一九〇三年までは海外で暮らしていた。そして、突然アップルドア城へ現れたのだ。サー・ジェレマイアが遅ればせながら後悔の念にかられて迎えを出したのか、フィリップ氏自身があえて自発的にやってきたのかはわからない。

その一九〇三年まで、マザリーン大尉も他の人と同様にフィリップ・バドック氏の存在については何一つ知らなかった。自由を奪われる直前、大尉は一九〇二年の遺言書の約定に従うつもりはないと言明していた。ただし、サー・ジェレマイアが遺言なしで亡くなった場合に準じて、財産を分割することには同意した。その結果、サー・ジェレマイアの息子にあたるフィリップ・バドック氏と、孫にあたるヒューバート・ドゥ・マザリーン大尉の間で推定二百万ポンド近い莫大な財産が折半された。

アップルドア城は売りに出され、フィリップ・バドック氏が購入した。フィリップ氏はそこに住み、イギリス北部でも指折りの資産家としての地位を徐々に確立していった。やがて、現フリントシャー伯爵と知り合い、その後レディ・モリーとも顔を合わせた。レディ・モリーはフィリップ氏との交際を深めようとも避けようともせず、アップルドア城の夕食会へも一度出かけていった。

それはそう前の話ではなく、私達が最後にカークに滞在したときのことだった。私は四輪の箱馬車で城へレディ・モリーを迎えに行き、書斎に通された。レディ・モリーも現れ、帰り支度を始める。

外套を着ようとしているところへ、フィリップ・バドック氏がやってきた。手には新聞を持ち、ひどく暗い顔をしている。

「とんでもないニュースですよ、レディ・モリー」バドック氏は新聞の見出しを指さした。「もちろんご存じでしょうね？　先日、服役囚がダートムーア刑務所からの脱獄に成功したんです」

「存じています」レディ・モリーの口調は穏やかだった。

「それで、その——私が聞いたところ」バドック氏は先を続けた。「その逃亡犯は他ならぬ不幸な甥、マザリーン大尉なのですよ」

「それで？」レディ・モリーは顔色一つ変えない。苦悩の色を隠そうともしないフィリップ・

バドック氏と、妙に対照的だった。

「甥が私によからぬ企みをしたのは事実です」ややあって、バドック氏は口を開いた。「しかし、むろん私にはまったく含むところはありません。甥が奪おうとした財産、父の遺産については法律が正当な取り分を与えてくれたわけですからね。私を頼ってきたからには――」

「あなたを頼った、ですって！」レディ・モリーは叫んだ。突然のショックで、顔が真っ青になる。「どういうことです？」

「マザリーンは今、この家にいるのですよ」バドック氏は静かに告げた。

「ここに？」

「ええ。歩いてきたようです。マザリーンはあなたに会うつもりだったのではないでしょうか。もちろん金が要りますからね。今日の午後、たまたま林を歩いていたときに見かけたのです。

いやいや！」心痛のあまりレディ・モリーが思わず息をのんだのに気づき、フィリップ・バドック氏は急いでつけ加えた。「少しも心配することはありませんよ。ここにいれば、あなたの家と同じように安全ですから。私が連れてきたんです、疲れ切っていて食べ物も必要でしたしね。絶対の信用がおけるフェルキンを除いて、この家の召使いは誰も大尉のことを知りません。明日になれば疲れもとれるでしょう……朝早く車で発ちます。お昼前にはリヴァプールに着くはずです。マザリーンにはフェルキンの服を着せれば、誰にも見咎められずにすむでしょう。その日の午後、バドック社の汽船が一つブエノスアイレスへ向かう予定なんです。私なら船長をうまく丸め込めます。まったく心配ありませんよ」バドック氏はさりげなく、しかし力強く繰り返した。

「マザリーンは安全です。私が誓います」

「お礼を申し上げなくては」レディ・モリーはつぶやいた。

「気を使わないで下さい」バドック氏は悲しげな笑顔になった。「今回の件は私にとっても嬉しいことです……私は、私は、あなたが一時期マザリーン大尉に好意を持っていたことは知っています。そのころに巡り会い、あなたの信用を勝ち得ることができていたなら――ですが、せっかくの機会ですからお話ししておきましょう。仮に父が最後の遺書に署名していたとしても、私は財産をマザリーンと分割するつもりだったのですよ。あなたの愛を得た幸運な男は、財産のために大罪を犯す必要などまるでなかったのです」

フィリップ・バドック氏は言葉を切った。レディ・モリーに注がれている視線は敬慕の情にあふれ、同情を求めている。バドック氏がレディ・モリーに好意をよせているなど、私は思ってもみなかった――レディ・モリーも同じに違いない。レディ・モリーの心は哀れな逃亡犯一人に捧げられているのだ。しかし、このもう一人の男の真情のこもった態度に無頓着でいられるはずはない。

部屋はしばらく静まり返っていた。軽快優美なシェラトン（英国の家具製作者。後世に多大な影響を与えた）様式の古い時計だけが、沈着冷静に重々しく時を刻んでいる。

哀れを誘う率直な愛情表現をしたばかりの男性に、レディ・モリーは輝く瞳を向けた。自分がもはや自由の身ではないこと、法律によって社会から追放され犯罪者の烙印を押された男の名を有していることを打ち明けるのだろうか？　無謀な脱獄を試み、ただでさえ長い刑期をさらに引き延ばし、今なお恥の上塗りをしている男が夫だと？

「お聞きしますが」レディ・モリーは静かに切りだした。「マザリーン大尉の身に危険が及ばないようなかたちで、少し話をすることはできるでしょうか？」

バドック氏はすぐには答えず、考え込んでいるようだった。やがて、こう言った。

「大丈夫だと思います。危険はないでしょう」

バドック氏は部屋を出ていき、レディ・モリーと私は一、二分間二人きりになった。レディ・モリーは平静そのものだった。私はその自制心の強さに舌を巻き、心中を計りかねていた。

「メアリー」レディ・モリーは早口で告げた。二人の男性の足音が既に書斎のドアに近づいてきている。「玄関のすぐ外に立っていて。わかるわね？　何か疑わしいものを見たり聞いたりしたら、すぐに知らせて」

私は指示に従って出ていこうとした。次の瞬間にはドアが開き、フィリップ・バドック氏に連れられたマザリーン大尉が現れた。

かつては誰よりも立派で輝かしい近衛兵だった男性を見て、私は思わずこみ上げてきたすすり泣きを押し殺した。私がその場を離れかけたとき、フィリップ・バドック氏もすぐに部屋を出ていこうとしているのに気づいた。バドック氏はドアのところで振り返り、室内へ声をかける。

「フェルキンを番小屋へやっておきました。何か妙なことを見聞きしたら、電話をかけてきますから」と部屋の中央にあるテーブルの受話器を指さした。

バドック氏はドアを閉めた。レディ・モリーの苦悩はこれで終わったわけではない、愛する人との悲喜こもごもの瞬間は想像するしかなかった。

私は城の正面にあるテラスを休みなく行ったり来たりしていた。城そのものは静まり返っていて、暗い。召使い達はみな、休んでしまったのだろう。右手の遠くに明かりが見える。おそらくフェルキンが見張りをしている小屋だ。アップルドア村の教会の鐘が、十二時を打った。どれぐらい見張りをしていたのだろうか。不意に、一人の男が大急ぎで私道を走ってくるのに気づいた。男は城の後ろへ回り込んだ。裏口を目指しているに違いない。

私は一瞬もためらわなかった。大きな正面の扉に掛け金だけをかけ、すぐさま書斎へ向かう。既にフィリップ・バドック氏が駆けつけていた。掛け金に手をかけ、無造作にドアを開ける。私も後に続いた。

レディ・モリーはソファに座っていた。隣にマザリーン大尉がいる。二人は私達を見て立ち上がった。

「警察だ!」フィリップ・バドック氏が慌てて知らせる。「フェルキンが番小屋から駆けつけたところだ。今、車を準備している。なんとか逃げられるといいのだが」

その言葉がまだ終わらないうちに、玄関のベルが鳴る。まるで弔鐘《ちょうしょう》のように聞こえた。

「もう間に合いません」レディ・モリーが静かに答えた。

「いや、なんとかなる」フィリップ・バドック氏が押し殺した声で言い返す。「急げ、マザリーン。私についてホールを抜けるんだ。フェルキンが馬小屋で車を用意している。召使い達が起きてくるまで、まだ多少時間がある」

「メアリー、玄関の鍵をかけてこなかったでしょう？」相変わらず妙に落ち着き払ったレディ・モリーが口を挟む。「警官達はもうホールに入ってきたようよ」

たしかに、ホールの厚いトルコ絨毯を踏む鈍い足音がしている。書斎のドアは一つしかない。大尉はまさに袋の鼠だ。しかし、バドック氏は判断力を失ってはいなかった。

「まさか家宅捜索まではしないはずだ」バドック氏は言う。「私がここにいないと言えば、そのまま引き下がるだろう。さあ！」と、部屋の隅にある背の高いジャコビアン（彫刻を施した黒オーク材が特徴）様式の戸棚を指さす。「あそこに隠れろ。後は任せておけ！」

「そんなことをすれば、あなたも無用な面倒に巻き込まれますよ。バドックさん」再度、レディ・モリーが口を出した。「マザリーン大尉がすぐに見つからなければ、警察は家宅捜索をするでしょう」

「そんな馬鹿な！　まさかそんなことまで！」

「間違いありません。大尉がここにいることを警察は知っているんです」

「そんなはずはない」バドック氏が反論した。「フェルキンが裏切るなんてあり得ない、だったら誰が――」

「私が警察に通報しました」レディ・モリーが答えた。「今、電話で警視に連絡したばかりです。脱走犯がアップルドア城に隠れていると」

「あなたが！」バドック氏は驚きの声をあげた。同時に、どこか勝ち誇ったような響きもないではない。「あなたが？」

「ええ」レディ・モリーは冷静そのものだった。「ご存じのとおり、私は警察の人間です。職業義務があります。ドアを開けなさい、メアリー」私の方を向いてつけ加える。

ここまで大尉は一切口を利かなかった。エティ警部を先頭に警官達が部屋になだれ込んでくる。大尉はしっかりした足取りで近づいていき、手錠のために両手を差し出す。レディ・モリーに向けられた最後の視線には、愛、信頼そして希望がありありと現れていた。大尉は部屋から連れ出され、すぐに視界から消えた。

レディ・モリーは重い足音が聞こえなくなるまで待っていた。やがて、フィリップ・バドック氏に優しく微笑みかける。

「私のことを気遣って下さって、ありがとうございます」レディ・モリーは言った。「甥を思いやってご尽力下さったことも、感謝しております。私の立場は難しいものがありまして、今回こんなつらい思いをさせたことをお許しいただけると嬉しいのですが」

「許すだなんて、レディ・モリー」バドック氏の言葉には熱がこもっていた。「希望がわいてきたような気がしますよ」

バドック氏がレディ・モリーの手を取り、キスをする。その後、レディ・モリーの手招きに従い、私は続いてホールへ出た。

私達の雇った箱馬車は馬場で待っていた。黙ったまま、家路につく。しかし、三十分後にレディ・モリーはささやいた。

「さあ、メアリー。あの人の無実を証明するわよ」

終幕

1

レディ・モリー・ロバートスン＝カークが一時ヒューバート・ドゥ・マザリーン大尉と婚約していたことを、知っている人も多少はいるだろう。現在、大尉は一九〇四年四月エルクホーンの林においてカーライルのステッドマン弁護士を殺害した罪で無期刑を受け、囚人九十七号となっている。しかし、あの忘れてはならない日の午後、二人が極秘結婚をしたことを知る人はまずいないと思う。反駁の余地のない有罪の証拠が着々と集まっていることを、当の新郎を除いた出席者全員がよく知っていた。「病めるときも、健やかなるときも」と誓いの言葉を述べながらも、レディ・モリーの知的な目は見開かれ、すぐれた洞察力は奇跡でも起こらない限り愛する男性を汚らわしい罪から救うことはできないという事実をはっきり見抜いていた。そう、おそらく絞首刑になることを。

レディ・モリーがロマンチックな情熱を全て傾けて愛した夫は、予想どおり裁判にかけられ、殺人犯として有罪判決を受けた。無期刑を宣告されたものの罪一等を減じられ、終身刑となったのだ。

サー・ジェレマイアの財産を誰が受け継ぐかは、複雑な問題になった。最後の遺言書にはサインされずじまいだったし、その前の一九〇二年の遺書では、全財産を無条件で愛する孫ヒューバートに遺すとされている。

法律上の議論が大いに戦わされたが、ここで繰り返すには及ばないだろう。当事者間で合意が成立し、法廷で裁可された結果、故人の莫大な財産は遺言なしで死去した場合に準じて分配されることになった。つまり、半分は孫のヒューバート・ドゥ・マザリーンが、残りの半分は息子のフィリップ・バドックが相続することになった。バドック氏はアップルドア城を買い、そこに居を定めた。甥の方はダートムーア刑務所で囚人九十七号となった。

二年刑期を務めた後、マザリーン大尉は脱獄という思い切った手段に出て、当時は大変な騒ぎとなった。大尉はアップルドアへ向かい、フィリップ・バドック氏に発見された。バドック氏は大尉を匿って食べ物を与え、不幸な甥を車で安全にリヴァプールへ送り、そこから自由な南アメリカの港へ送る手はずを整えた。

この甥を思う一心の計画が当のレディ・モリーにどのように阻止されたか、覚えていらっしゃるだろう。レディ・モリーは警察に通報し、囚人九十七号を再び官憲の手に引き渡した。

むろん、レディ・モリーの行為に世間は非難の嵐となった。職務に忠実なのは大いに結構、皆がこう言った。しかし、ヒューバート・ドゥ・マザリーン大尉とレディ・モリー・ロバートスン＝カークは一時期婚約をしていた仲ではないか。かつて愛した男性にあれほど無情な仕打ちをするなど、冷酷この上ない。

レディ・モリーの心情を理解した人は皆無に近かった。なかにはこんなことまで言い出す輩もいた。レディ・モリーがヒューバート・ドゥ・マザリーン大尉と結婚の約束をしたのは、当時彼がサー・ジェレマイアの相続人と目されていたからだ。代わりに今度は——ゴシップは止まらない——結果的に老人の遺産を半分受け継いだフィリップ・バドック氏との結婚をもくろんでいる。当時のレディ・モリーの態度がこの噂に拍車をかけたことは、否定できない。主任までがよそよそしい態度をとるようになったと気づき、レディ・モリーはメイダ・ヴェイルのフラットを引き払い、カークに所有していた小さな家に移り住んだ。その家の窓からは、丘の木々に半ば埋もれるようにして建っているアップルドア城の威容がよく見えた。

むろん、私はレディ・モリーと一緒だった。その家を、フィリップ・バドック氏は足繁く訪れた。バドック氏がレディ・モリーを大いに敬愛していることはたしかだ。レディ・モリーもかなり愛想のよい態度で応じていた。村の人々はレディ・モリーを避けた。レディ・モリーが以前マザリーン大尉と婚約していたことは村に知れ渡っており、その背信行為は手厳しい非難を受けた。

村からほぼ完全に孤立したレディ・モリーは、ステッドマン氏の死にまつわる謎をいかに解明しようかと推理に没頭しているようだった。マザリーン大尉は抗弁の際、こう宣誓した。弁護士は自分と一緒にエルクホーンの林に入ったが、でこぼこした道を歩いていくのは無理ではないかと考え直し、道路へ戻るためにあっさり引き返していった。しかし、二百ヤードほど手前の道路で壊れた車にかかりきりだった運転手のジョージ・テイラーは、ステッドマン氏は戻ってこなかったと証言している。そして大尉は一人でアップルドア城の門に現れた。そこでフィリップ・バドック氏に出迎えられ、一時間前にサー・ジェレマイアが息を引き取ったと告げられたのだ。城に到着した大尉がステッキを手にしていたことを覚えているものはいない。一方、レディ・モリーと一緒にアップルドア駅を出たとき、大尉がステッキを握っていたことは複数の人間が証言している。ステッキは弁護士の死体の近くで発見された。そして、弁護士は殺害されたとき、マザリーン大尉を相続から外す内容の遺書をポケットに入れていた。

レディ・モリーが愛する人、有罪の証拠が決定的だと知りながら結婚した人の無実を確信しているのなら、この恐ろしい難事件に取り組み、解決しなければならないのだ。

2

午前中一杯カーライルで買い物をした私達は、午後にはフュエリング・ステッドマン弁護士事務所のフュエリング弁護士を訪ねた。

レディ・モリーはカークの小さな庭の周りの土地を少しばかり買い足したいと言い、弁護士に相談した。

〝警察関係者〟を前にしたフュエリング氏は丁重だったが、明らかにぎこちない様子だった。用件が片付いてもレディ・モリーが忙しい事務所から腰を上げず、会話をステッドマン氏の殺人事件に持っていこうとすると、さらに四角張った態度になる。

「あれから五年が経ちました」水を向けられた弁護士はそっけなく答えた。「不愉快な件を蒸し返すには及ばないでしょう」

「先生はむろんマザリーン大尉が犯人だと信じていらっしゃるのでしょう?」レディ・モリーが穏やかに切り返した。

「状況が状況でしたからな」弁護士は続けた。「それに、だいたい私はあの不幸な青年をほとんど知らないのです。あの家の顧問はトラスコット・アンド・トラスコット弁護士事務所でしたからね」

「そうですね。サー・ジェレマイアが昔からの弁護士ではなく、あなたに遺言書の作成を依頼したのは不思議ですね」

「サー・ジェレマイアは私に依頼したのではありません」フュエリング氏は多少気分を害したようだ。「後輩のステッドマン君を指名したのです」

「ステッドマンさんはサー・ジェレマイアと親しかったのですね」

「いやいや、とんでもない。ステッドマン君はカーライルにやってきたばかりでね、依頼の前には一面識もなかったんですよ。短い話し合いをして、遺書を起草しました。ああ、後にあの文書が痛ましい事件の引き金であると判明したわけです」

「ちょっと話し合ったくらいでは、遺書は作成できないでしょう、フュエリングさん」レディ・モリーはさりげなく言った。

「ステッドマン君は作成したのです」フュエリング氏の答えはぶっきらぼうだった。「サー・ジエレマイアの意識ははっきりしていましたが、体力的にはかなり弱っていて、話し合いも薄暗くした部屋で行わなければならなかったそうです。ステッドマン君がサー・ジェレマイアに面会したのはその一度きりで、二十四時間後には二人とも亡くなってしまったのです」

「そうでしたね」レディ・モリーは急に興味を失ったらしい。「どうもお邪魔いたしました、フユエリングさん。失礼します」

尊敬すべき老弁護士と別れ、私達は数分後にはまた路上にいた。

「薄暗い部屋が、私にとっては初めての光明になったわ」レディ・モリーは自分の逆説的な言い回しに微笑んだ。

夕方家に帰り着いたとき、庭の門のところにフェルキン氏がいた。フィリップ・バドック氏の代理人であると同時に友人でもあり、同じくアップルドア城に住んでいる。

フェルキン氏はちょっと癖のある人物だった。並はずれた無口だが、かなり教養はあるらしい。田舎の牧師の息子で、医者になるための勉強をしているときに父親が死んでしまった。学資に困って学業を断念せざるを得なくなったばかりか、生活にも困るようになり、医者ではなく看護の職について金を稼がなくてはならなかった。フィリップ・バドック氏とは数年前ヨーロッパで出会い、いつの間にか固い友情で結ばれたらしい。故サー・ジェレマイアに看護人が必要となったとき、フィリップ・バドック氏は友人を呼びよせ、アップルドア城へ住まわせた。

老人が亡くなった後も、フェルキン氏はそのまま城に残った。建前はバドック氏の代理人ということだが、仕事らしい仕事はしていない。狩猟や乗馬が大好きで、ほとんどスポーツ三昧の生活をしているらしい。いつも金回りはよかった。

しかし、皆はフェルキンのことを取っつきにくいひねくれ者だと考えていた。笑顔を見せるのは、レディ・モリーが相手をしているときだけだ。どういうわけか、レディ・モリーはいつもこの無骨な男に好意的だった。今も、フェルキンが薄汚れた手を差し伸べて邪魔をしたわびを口ごもりながらつぶやくと、レディ・モリーは愛想よく応じ、ぜひ家によっていくようにと勧めた。

私達三人は短い私道を歩き出した。そのとき、バドック氏の車が村からの道を勢いよく曲がってきた。門前に車を停め、すぐさま私達のところへやってくる。

レディ・モリーと友人の顔を絶えず見比べている目つきはかなり険悪だ。レディ・モリーの指先はまだフェルキン氏の上着の袖にかかったままだった。レディ・モリーはちょうど自らフェルキン氏を家の中へ導き入れようとしていて、バドック氏が現れてもその手を引っ込めはしなかった。

「例の見積書の件でバートンが来たんだ、フェルキン」幾分きつい口調で、バドック氏が告げる。「城で待ってる。車に乗っていった方がいいな。私は後で歩いて帰れる」

「まあ、それは残念だわ！」レディ・モリーは常に似合わずすねたような口調で叫んだ。「フェルキンさんと楽しいおしゃべりをするところでしたの――馬ですとか犬の話をね。そのバートンさんとかいう方にはご自分でお会いになったらいかが、バドックさん？」と無邪気につけ加える。

バドック氏が面と向かって罵ったりするとは思わなかったが、その一歩手前だったことは間違いない。

「バートンは待つさ」フェルキンがそっけなく言う。

をする。「いや、だめだ」フィリップ・バドックは、抑えきれない嫉妬を絵に描いたように不機嫌な顔「車に乗ってすぐに行くんだ、フェルキン」

一瞬、フェルキンは言いつけに逆らうのではないかと思った。二人の男達はにらみ合い、相手の意志の力と情熱の激しさを推し量っている。険しい目つきには憎しみと嫉妬がはっきり現れていた。フィリップ・バドックは傲然《ごうぜん》と構え、フェルキンはむっつりと押し黙っている。

二人のすぐ傍にはレディ・モリーがいた。美しい目が文字どおり勝利に輝いている。この二人の男は、それぞれ独特の抑えがたい愛情をレディ・モリーに抱いているのだ。レディ・モリーとはどんな秘密でも話し合う間柄の私にはよくわかっていた。レディ・モリーが女としてこの気難しい無骨なフェルキンの男心に揺さぶりをかけるのを見た私は、よく頭を悩ませた。フェルキンを降伏させるには、二年近くかかっている。その間、レディ・モリーは笑顔を向けてフェルキンを有頂天にさせたり、思わせぶりな態度で気も狂うような思いをさせたりしている。同時に、燃え上がる嫉妬でフィリップ・バドックの恋情は募る一方だった。

なんと残酷なお遊びをしているのだろうと、幾度思っただろうか。レディ・モリーはほとんどの男性を意のままにできる女性の一人なのだ。誰かを夢中にさせたいと本気で思ったときには、必ず成功してきた。ただ、フェルキンを征服したところで、私には酷いと同時に無意味としか思えなかった。なんと言っても、レディ・モリーはマザリーン大尉の正式な妻なのだ。報いることができないのにもかかわらず、二人の友人を憎みあう恋敵に変えるなど、レディ・モリーらしくない。今この時、二人の男の顔にははっきりと敵意を読みとった私にとって、レディ・モリーの含み笑いはひどく不愉快に響いた。

「構わないわ、フェルキンさん」レディ・モリーが星のような瞳を向ける。「そんなにお仕事が大切なら、今片付けてこなくてはいけないわね。でも」レディ・モリーは妙に挑戦的な視線をバドック氏に投げかけた。「今夜は家にいますから、夕食の後でお話を聞かせて下さいね」

レディ・モリーが手を差し出す。フェルキンは幾分ぎこちない手つきで唇へと持っていく。フィリップ・バドック氏は友人に平手打ちを食らわせるのではないか、と私は思った。こめかみの血管が黒っぽいひものように膨れ上がっている。あれほど恐ろしい目つきを私はそれまでに見たことがなかった。

まったくおかしな話だが、フェルキンが背中を向けた途端、レディ・モリーはわざわざかきたてたもう一人の激しい嫉妬の炎を消しにかかったようだった。バドック氏を家に招き入れ、十分ほど後には歌声が聞こえてきた。その後、私がお茶を相伴するために部屋に入っていったところ、レディ・モリーはピアノスツールに腰を下ろしていた。バドック氏はひざまずくような格好で身を乗り出している。レディ・モリーが膝の上できちんと組み合わせた手の上には、バドック氏の手が重なっていた。

私が入っていっても、バドック氏はレディ・モリーの傍を離れようとはしなかった。それどころか、愛が報いられた勝利感を漂わせ、恋人として認められたものにしか許されない濃やかな心遣いを示している。

バドック氏はお茶を飲み終えるとすぐに腰を上げた。レディ・モリーが戸口まで見送り、キスをしてもらうために手を差し伸べる。少し離れた物陰に立っていた私は、バドック氏がレディ・モリーを腕にかき抱くのではないかと思った。レディ・モリーは優しく、意のままになりそうに見えた。しかし、何かの仕草か表情が、バドック氏を押しとどめたらしい。バドック氏は背中を向け、足早に私道を下っていった。

レディ・モリーは戸口に立ち、外の夕焼けを眺めていた。差し出がましいと思いながらも、私は再度こう思った。この残酷なお遊びの目的は、いったいなんなのだろうか?

3

三十分後、レディ・モリーが私達二人の帽子を用意するように言い、一緒に散歩に出かけることになった。

レディ・モリーは足繁く通っているエルクホーンの林へと向かった。痛ましい思い出にもかかわらず、いやおそらくそれ故に、レディ・モリーは好んでその林を散歩した。

日没後の林にはいつも、特に不幸な弁護士が殺害されたあたりには人気《ひとけ》がなかった。村人達は現場の空き地にステッドマン氏の幽霊が出ると信じ込んでいた。卑劣な犯人に背後から襲われたときの悲鳴が、木々の間に反響しているのがはっきり聞こえると言うのだ。

むろん、レディ・モリーはそんな迷信を気にも留めなかった。愛してやまない男性に、死よりもつらい辱めを与えた謎の犯罪現場をぶらつくのが好きだった。静まり返った大地、生い茂った下草、怪しげな亡霊などから秘密を引き出そうとしているかのようだ。

日は丘の向こうに沈んでしまっていた。林は暗く、静まり返っている。私達は最初の空き地までたどり着いた。ステッドマン氏が殺害された地点には、フィリップ・バドック氏によって建てられた簡素な御影石の碑がある。

私達は休憩のためにその石に腰を下ろした。レディ・モリーはおしゃべりをする気分ではないらしい。私はあえて邪魔をするような真似はしなかった。しばらくの間、この空き地の平穏な静けさを破るものは、夜風に吹かれた木の葉のかさこそという音だけだった。

と、押し殺したような男の低い声が聞こえた。耳を澄ませたが、内容までは聞き取れない。やがてレディ・モリーは立ち上がり、慎重に木の間を抜けて声のする方へと近づいていく。私もできるだけ離れないようについていった。

さほど進まないうちに、声がはっきりしてきて言葉もわかるようになった。怯えて足を止めた私に、レディ・モリーが「しっ！」とささやく。

ほんの数語の短い言葉が耳に飛び込んできた。それまでに聞いたこともないような憎しみと深い悪意のこもった口調だ。

「彼女から手を引け、さもないと——」

フェルキンだった。しわがれ声にたしかに聞き覚えがある。しかし、暗くて二人の男の姿は見えない。

「さもないと、なんだ?」もう一人が応じた。声が震えているのは怒りのせいか、それとも恐怖か。おそらく両方なのだろう。

「手を引くんだ」フェルキンの声は険悪だ。「絶対に認めない――わかったか？　このまま黙ってお前が彼女と結婚するのを見てはいられない。そうとも、誰にも渡さない。しかし、それはまあいい」少し間をおき、声が続いた。「今、俺が相手にしなけりゃならないのはお前だ。お前には渡さない――絶対に――たとえどんな目に遭おうとも――」

再び言葉が途切れた。暗がりの中から漏れてくるしわがれ声にどれほど恐ろしい思いをしたか、とても言い表せない。私はレディ・モリーににじりより、どうにか手をつかんだ。手は氷のようだった。先程まで腰掛けていた御影石に化してしまったかのように、レディ・モリーは身を強張らせている。

「凄んだつもりか？　はっきりしない言い方だな」フィリップ・バドックは鼻で笑った。「手を引かないと言ったら、どうするつもりだ？　私は彼女を心から愛している。それに、今日はついに結婚の約束をしてくれたんだぞ」

「嘘をつけ!」フェルキンが叫ぶ。

「何が嘘だ?」もう一人が落ち着き払って聞き返す。

「彼女がお前を受け入れたりするもんか――自分でもわかってるだろ？　俺を引き離そうとしてるんだ――そんな権利もないくせに。彼女から手を引け、いいか、手を引くんだ。それが身のためだ。彼女は俺に応えてくれる――ちゃんと口説き落とせるさ。だがな、今度ばかりはまずお前が身を引け。こけ脅しじゃないぞ、バドック。手を引いた方がお前のためだ」

一瞬、林の中は静まり返った。と、再びフィリップ・バドックの声がした。しかし先程よりは落ち着いていて、無関心と言ってもいいような口調に聞こえた。

「行くのか？」バドック氏が訊いた。「夕食は食べないのか？」

「いや」フェルキンが答える。「夕食は欲しくない。後で約束があるしな」

「なあ、仲違いしたまま別れるのはよそう、フェルキン」フィリップ・バドックがなだめるような調子で言う。「俺達は昔からの親友じゃないか。いがみ合ってまで手に入れなきゃならない女なんて、この世に一人もいないさ」

「そいつは結構だ」返事はそっけなかった。「じゃあな」

苔で覆われた土の上で小枝が折れる音がする。二人の男は別々に去っていったらしい。

私の手をしっかりと握りしめ、レディ・モリーは細心の注意を払いつつ林の外へ出る小道をたどっていった。

いったん道路に出てしまうと、今度は急ぎ足になった。すぐに庭の門のところへ戻る。レディ・モリーはその間一言も口を利かなかった。こういう場合に邪魔をしてはいけないことを、私は誰よりもよく心得ている。

夕食の時にもどうでもいい話をするばかりで、故意に仲違いをさせた二人の男性については忘れてしまったような顔をしている。しかし、その落ち着きが見せかけにすぎないと、私は気づいた。外の砂利道で音がするたびに、はっとした様子になる。もちろん、フェルキンが来るのを待っているのだ。

フェルキンは八時にやってきた。あれから林の中を歩き回っていたとすぐにわかる。服装が乱れ、汚れていた。レディ・モリーは冷たい態度で出迎えた。フェルキンが手にキスをしようとしたところ、いきなり引っ込めてしまう。

居間は二間続きで、仕切りカーテン《ポルティエール》があった。フェルキンを伴い、レディ・モリーは正面の部屋へ向かった。そして、陰に立っている私に構わずカーテンを閉めてしまう。つまりこの場を離れずに話を聞いていろ、ということなのだろう。思い悩んでいるフェルキンは私の存在などまったく気づかないと見抜いたに違いない。

私はフェルキンに同情を禁じ得なかった。話を聞いていると、今夜はフェルキンに惨めな思いをさせるために呼びつけたとしか思えない。レディ・モリーは一年以上もの間、猫がネズミをおもちゃにするようにフェルキンをもてあそんできた。時には優しい言葉と笑顔で気を引き、時には媚が混じっていなくもない冷たい態度であしらう。しかし、今夜の冷たさはまったく別物だった。レディ・モリーの口調はすげなく、邪魔者同然の扱いをしている。

カーテンは厚く、また近よりすぎるのを警戒したため、私は最初の方の会話を聞き逃してしまった。しかし、すぐにフェルキンの声が高くなる。苦々しい口調だ。

「俺はただの夏の遊び相手だったんだな？」フェルキンの声に怒りがにじむ。「結婚相手にはできないって言うんだな？　大金持ちでアップルドア城の主、バドックのほうがいいってことか——」

「私にとってバドックさんとの結婚の方が望ましいのは、当然でしょう」レディ・モリーは冷たく言い放った。

「結婚の申し込みを正式に受け入れたと言っていたぞ」フェルキンは強いて落ち着いた口調で迫った。「本当なのか？」

「ある程度はね」レディ・モリーは答えた。

「だがな、あいつとは結婚できるもんか！」

情熱、愛、憎しみ、そして嫉妬があふれそうな心の叫びだった。一時間前、暗いエルクホーンの林の中で聞いた声と、まったく同じ調子だ。

「できるわよ」レディ・モリーは落ち着き払っている。

「いいや、させない」荒々しくフェルキンが繰り返す。

「誰に邪魔できるって言うの？」レディ・モリーは皮肉そうに含み笑いをする。

「俺が邪魔してやる」

「あなたが？」馬鹿にしたような言い方だった。

「一時間前にあいつには手を引けと言った。もう一度言うが、フィリップ・バドックの妻にはさせないぞ」

「あらあら」レディ・モリーが応じる。軽蔑したように肩をすくめ、表情豊かな瞳に蔑みの色が浮かぶのが、目に見えるようだ。

口説き落とせると信じていたレディ・モリーがつれない素振りで取り澄ましているのを見て、

フェルキンは逆上した。この気の毒な男はレディ・モリーを愛しているに違いない。レディ・モリーはいつも美しいが、フェルキンを捨て去ろうとしている今夜ほど美しく見えたことはなかった。

「フィリップ・バドックと結婚するなら」フェルキンは激情のあまり声を震わせた。「式をあげて六ヶ月も経たないうちに未亡人になるぞ。夫は絞首刑になるからな」

「あなたはどうかしてるのよ」レディ・モリーはとりあわない。

「はたしてそうかな」フェルキンが言い返す。「あいつには今夜警告した。警告はちゃんと通じたようだ。だがな、手を差し伸べられれば身を引いたりしないだろう。もしあいつを愛しているのなら、俺の警告を忘れるな。俺のものにはならないにしても、フィリップ・バドックにも絶対渡さない。それくらいなら、あいつを絞首刑にしてやる」不気味な言葉をつけ加える。

「そんなこけ脅しで私が思いどおりになるとでも思っているの？」レディ・モリーが切り返す。

「こけ脅しだと？　こけ脅しかどうか、フィリップ・バドックに訊いてみるといい。あいつはよくわかっているんだ。アップルドア城の俺の部屋、バドックの手の届かない場所に、あいつがエルクホーンの林でアレクサンダー・ステッドマンを殺《や》った証拠が隠してある。そうとも、犯罪に手を貸すかわりに、あいつは俺の言いなりさ。こっちの条件をのむか、全てをあきらめるかのどっちかだったんだ。俺の手助けがなきゃ、万事休すだったからな。条件なんてささやかなもんだが、あいつはちゃんと金を払い、うまくいってた。だが、今回はそうはいかない。あいつが俺を出し抜こうとするなら、破滅させてやる。

どういう風にやったかわかるか？　サー・ジェレマイアは孫を相続人から除こうとはしなかっ

た――どうしてもフィリップ・バドックに有利な遺言を作ろうとしないんだ。それで、いよいよ危ないとなったとき、俺達はアレクサンダー・ステッドマンを呼んだ。この土地に来たばかりで、サー・ジェレマイアを見たことがないからな。俺がサー・ジェレマイアのふりをしたんだ。そうとも、この俺がだ!」フェルキンは耳障りな笑い声と共に繰り返した。「三十分くらいの間、俺がサー・ジェレマイアだったんだよ。うまくやった。俺が新しい遺書の内容を口述したんだ。若造の弁護士はまるっきり気づかなかったよ。その茶番劇に備えて、部屋は暗くしてあった。ステッドマンはバドックと俺の手にかかって、本物のサー・ジェレマイアには会えない運命だったのさ。

面談の後、バドックはマザリーン大尉に連絡した。全て俺達の計画の一部さ。何もかもうまくいった。サー・ジェレマイアが後数時間しか持ちそうにないとわかった時点で、もう一度ステッドマンに迎えをやる。そして、車が動かなくなるように、がたがたした砂利道に何ダースか尖った釘をばらまいたのも俺さ。そうなれば、弁護士は林の中を歩いてこなけりゃならない。いざと言うときにマザリーン大尉が現れたのは計算外だった。俺達の計画もおじゃんになるところだったよ。あの晩ステッドマンが引き返さずに大尉と一緒だったら、やつは無事で、バドックと俺は詐欺未遂で豚箱行きだったろう。いずれにしろ、うまくやってのけたんだ。

そう、後は言わなくてもわかってるな。ステッドマンは殺された。バドックが殺し、城に駆け戻ってのこのこやってきた大尉を間一髪で出迎えたってわけさ。だがな、あのとき嫌疑を逸らすために、ステッキを利用することを思いついたのは、俺なんだぞ。マザリーン大尉は持ってきたステッキを城のホールへ忘れていった。俺は自分の手を切って血をステッキに塗りつけた後きれいに磨き、夜のうちに死体の近くに放り出してきたんだ。うまく考えただろう？　俺は頭がいいんだ。バドックよりも上手さ。俺がいなけりゃ、やつは手も足も出なかった。その弱みを利用して、やつには遺書の捏造とだました弁護士を殺害する計画に協力を依頼する文書を書かせて、サインさせてやった。その爆弾文書は今住んでいるアップルドア城のどこかに隠してある。正確な場所を知ってるのは俺だけだ。バドックは何度も探し出そうとしたが、あの家の特定の一画にあるってことしか知らない。依頼文、ステッドマンのポケットから奪った遺言書、凶器の短いこん棒――まだ血が染みついてるんだぞ――そしてステッキから血をふき取った布きれがある。やつが俺を裏切らない限り、絶対に使わないと誓った。それにお前が今の話を逆手に取ろうとするなら、全部嘘だったと言う。俺の持っている証拠は誰にも見つけられないさ。ただし、お前がバドックと結婚したら、その日に警察の手に引き渡す」

その後、沈黙が続いた。この男が今レディ・モリーに語った恐ろしい話に、震え上がった私の胸の鼓動が響き渡るような気がする。

巧みに張り巡らされた陰謀は恐ろしいと同時に一分の隙もない。とても人間が考え出したとは思えないほどだ。私は鈍い頭でぼんやりと考えた。夫を救い出す証拠をこの悪人の手から奪い取るには、レディ・モリーは重婚の罪を犯さなければならないのだろうか。

レディ・モリーがなんと答えたのか、フェルキンがどう言い返すつもりだったのかはわからない。ちょうどそのとき砂利を踏みながら走ってくる音が聞こえ、続いて玄関の激しいノックの音に注意を奪われてしまったのだ。考えるいとまもなく、私は駆けよってドアを開けた。年老いた庭師が帽子もかぶらずに息を切らせて立っていた。

「ミス・グラナード、アップルドア城が」どもりながら言う。「城が、火事です。お知らせした方がよいと思いまして」

私が答える前に、すぐ後ろで大きな罵声がした。次の瞬間、フェルキンが居間からホールへと飛び出してくる。

「俺が乗れるような自転車はないか?」庭師に叫ぶ。

「あります」老人が答えた。「息子のが。あの小屋の中です、そう、左手の」

聞くなり、フェルキンは小屋に飛び込んだ。自転車を引きずり出してまたがり、凶報から二分と経たないうちに走りだし、あっと言う間に視界から消えた。

4

レディ・モリーと私が十五分ほどで駆けつけたとき、堂々たる城の一画が燃えていた。自分達の自転車に乗った私達も、フェルキンからさほど遅れることなく到着した。

恐ろしい光景だった。消防隊はバドック氏の召使い達の手を借りて消火栓にかかりきりになっている。そのとき、この大火災に集まってきた百人近い野次馬から悲鳴があがった。悲鳴は私達自身の口からも漏れた。一人の男が炎上している三階の窓に立てかけられた長いはしごを、猿のように素早くよじ登っている。真っ赤な光が髪を乱した大きなフェルキンの頭を照らし、一瞬かぎ鼻と無精ひげがくっきり浮かび上がった。見る間に燃えたぎる灼熱地獄の入口に立ちはだかる。次の瞬間、フェルキンの姿は窓の斜間の向こうに消えた。

「馬鹿なことを！」野次馬達の最前列から大声があがった。どこから聞こえたのか見極める前に、今度はフィリップ・バドック氏があの危険なはしごを登りだした。何本もの手が伸びてきて、バドック氏をこの恐ろしい上り口から引きずり下ろす。バドック氏はふりほどこうともがいたが、消防士達も負けておらず、すぐに地上へと下ろすことに成功した。代わりに、ヘルメットをかぶり消防服を着込んだ二人がはしごを登っていく。

先頭の消防士が二階まで到達しようというとき、再度フェルキンの姿が上の窓辺に現れた。泥酔状態か失神寸前のようにふらふらだ。炎のせいで空気が激しく移動し、ぼさぼさの髪とひげが顔の周りで揺れている。フェルキンが両手を頭の上で振る。固唾をのんで見上げている私達には、狂気に襲われたか断末魔にあるように見えた。フェルキンは片手にひどく長い包みのようなものを持っている。

力を振り絞り、片足を高い窓台へあげようとする。二人の消防士が励ますように声をかけ、リスのように素早くはしごをよじ登る。「助けが来るぞ！　がんばれ、フェルキン」百人もの人々が興奮して叫ぶ。

哀れな男はもう一度、足を踏み出そうとした。周りの目もくらむような炎で、フェルキンの顔がはっきり見える。恐怖と苦痛にゆがんでいる。

フェルキンが凄まじい叫び声をあげた。生きている限り、私の耳から消えることはあるまい。超人的な力で、フェルキンは窓から差し出していた包みを投げた。

同時に恐ろしいシューという音がしたかと思うと、大きな衝撃音が響いた。足下の床が崩れてしまったに違いない。フェルキンの姿は不意に炎の海に飲み込まれてしまった。

フェルキンが投げた包みは先頭の消防士の頭にあたった。はずみで消防士は手を放し、下にいた運の悪い同僚を巻き添えにして転がり落ちていく。仲間が助けに駆けよる。大した怪我はしていなかったと思う。しかし、その後野次馬達や消防士がどうしたか、炎上する建物がどうなったか、私には説明できない。二度目にフェルキンの姿が炎に包まれた窓辺に見えた途端、レディ・モリーが私の手をつかむや、人垣の前に引きずっていったのだ。

あの惨めな悪党同様、レディ・モリーの夫の命は風前の灯火だ。フェルキンは結局例の証拠品のために恐ろしい死を遂げた。後に明らかになったが、フィリップ・バドックはこのように大胆な手段で証拠の隠滅を計ったのだ。

はしごの周囲は大混乱だった。二人の消防士の落下。床の崩落。フェルキンの悲運。野次馬達は大騒ぎだ。不幸な男が投げ落とした包みのことまで気が回らない。しかし、フィリップ・バドックは落下地点に駆けつけてきた。三十秒先んじたレディ・モリーは、既に包みを拾い上げている。バドックが声を荒らげた。

「それを渡すんだ。私のものだぞ。フェルキンが私のために命を懸けて守ったんだ」

エティ警部がすぐ近くにいた。レディ・モリーはフィリップ・バドックの意表を突き、素早く警部へと向き直り包みを手渡した。

「私よ、エティ。覚えているわね?」レディ・モリーが口早に言う。

「もちろんですとも、レディ・モリー」エティが答えた。

「この包みを細心の注意を払って保管してちょうだい。イギリスでもまれにみる卑劣な犯罪の証拠が入っているわ」

この言葉以上にエティの注意と関心をかきたてるものはあるまい。

このような結果にフィリップ・バドックは抗議するだろうか。怒って大騒ぎするだろうか。それとも賄賂を使うだろうか。しかし、バドックの有罪とマザリーン大尉の無実を示す証拠はたしかに警察の手に渡り、ついに明るみに出ることが確実になったのだ。

が、実際にはバドックは怒り狂うことも、情けを乞うこともなかった。レディ・モリーが振り返ったとき、バドックの姿はもうどこにもなかった。


もちろん、後のことはご存じだろう。ごく最近のことだから、改めてお話しするまでもない。翌朝、フィリップ・バドックは頭を撃ち抜いた死体となって発見された。倒れていたのは、例の御影石の上だった。冷酷無情な厚顔さで建立した碑、自ら惨殺したステッドマン弁護士を悼《いた》む碑だ。

哀れなフェルキンはフィリップ・バドックの有罪を決定する動かしがたい証拠を握っていると話したが、その言葉には嘘はなかった。

マザリーン大尉は男らしい不屈の精神で五年間の受難を堪え忍んだ果てに、女王陛下の特赦《とくしゃ》を受けた。

レディ・モリーが自分を心から愛し信頼していた男性と再会を果たしたとき、私はその場にいなかった。この数年間、レディ・モリーは大尉の言葉、愛と無実を信じ、ひたすら忠実であり続けた。

レディ・モリーは警察を辞した。幸福を取り戻した今、とどまる理由はもはや存在しなかった。

そのことを踏まえ、私、忠実なメアリー・グラナードは、皆様のお許しを得てこの物語の幕を下ろすとしよう。

訳者あとがき

本作品は全部で十二編の連作短編集で、最後の二編を除き、それぞれ一話完結のスタイルを取っています。通読を意識していなかったのか、特に全体を一つの物語として読むと少々気になる点が散見されます。表現が画一的だったり、婦人捜査課という架空の部署を舞台としたためか警察の階級や法律関係などに正確性を欠いたり、とりわけ最後の事件では、入り組んだ血縁関係に矛盾があるようです。

尚、ハンガリー出身のオルツィですが、作品は英語で書かれています。本書はカッセル・アンド・カンパニー発行で一九二〇年に改版したものをテキストとして用いました。

名探偵の世紀

――レディ・モリーと生みの親オルツィ――

戸川安宣（編集者）

某大学のミス研に所属していた四十年ほど前、「女とミステリ」というアンケートを実施したことがある。「女性にミステリがわかると思いますか？」という大変失礼な質問に始まり、女流ミステリ作家や女探偵などのキャラクターについて設問を並べ、五十名ほどの作家、評論家、編集者、ファンからの回答をいただいた。設問が風変わりだったこともあって、様々な反響があった。石川喬司氏が「ミステリマガジン」の時評で取り上げてくださったのは、その一例である。ミステリの特質を変わった角度から抉ってみたい、と考えたまでで、差別的な意図があったわけではない――と、当時は考えていたのだが、今になってみると、その根底にミステリは男の読み物という意識がまったくなかったかと問われると自信がない。巷間言われることだが、ミステリというのは、暖炉の前の安楽椅子に坐り、ブランデーのグラスなどを傾けながら、独り静かに愉しむもの、という英国風のスノビスムな考え方に憧れている節があったからだ。だが今回、この一文を認める必要からいろいろ読み漁ってみると、女流ミステリ作家とか女探偵については、ジェンダー問題から今、改めて注目されていることに気がついた。そういう意味で、バロネス・オルツィという作家と、そしてこのレディ・モリー譚は格好のテキストと言って良いだろう。

生みの親オルツィ　エンムーシコ（エンマ）・マグダリーナ・ロウザリーア・マリア・ジョーセファ・バルバラ・オルツィはハンガリーのタルナ゠エルシュで一八六五年、日本流に言えば慶応元年の九月二十三日に、ウォス女伯爵エンムーシコと、フェリックス・オルツィ男爵の間に生まれた。夭折した姉のマドレンと二人姉妹であった。父は天才的なアマチュア作曲家で、リストやワグナー、グノー、マスネーなどと親交があった。だが、一八六七年のこと、フランスやドイツの農業を参考に、近代化を図ろうとした男爵家に対して農民が蜂起し、家や農場を焼き払われる。オルツィは自伝 *Links in the Chain of Life* (1947) の中で一章を費やし、三歳の彼女が記憶する限りのその夜の情景を綴っている。一家は故郷を捨ててブタペストからブリュッセル、パリ、そしてロンドンへと移転を余儀なくされる。十五の歳にロンドンに落ち着くまで、一言も英語をしゃべれなかった、そう彼女は自伝の中で述懐している。ブリュッセルとパリの学校では音楽を専攻していたが、絵画の方が向いていたらしく、ロンドンではウェスト・ロンドン芸術学校やヘザーリイに学んだ。在校中、彼女の作品は英国美術家協会《ロイヤル・アカデミー》で展示されるほどの才能を見せた。一八四五年に創立し、ロンドンで最初に女生徒を受け入れたヘザーリイ美術学校でイラストレイターのモンタギュ・バーストウと知り合い、一八九四年に結婚。九九年に一粒種のジョン・モンタギュ・オルツィ・バーストウを儲けた。結婚当初、一家はオルツィ家の引きもあって、ロンドンの上流社会に出入りしていたが、貧乏だったため、オルツィはハンガリーのお伽噺を翻訳し、挿絵を描いて出版し、一家の収入を支えた。そして一八九九年上梓した初めての長編小説*The Emperor's Candlesticks*こそ成功しなかったが、一九〇二年に書きあげた『紅はこべ』を、夫とともに劇化、翌〇三年十月十五日にノッティンガムのシアター・ロイヤルを皮切りに、〇五年一月五日にはロンドンのニュー・シアターで上演されるや大評判となり、以降数多くの劇団が採り上げる当たり狂言となり、〇五年には原作小説も刊行され、オルツィ最大のヒット作となった。したがって『紅はこべ』は次々と続編が書かれることになる。彼女はこの歴史ロマンを書く前から雑誌に短編を発表するようになり、一九〇一年、〈ロイヤル・マガジン〉に載せた《隅の老人》譚は、安楽椅子探偵ものの走りのひとつと言われ、推理小説史上でも重要な意味を持つシリーズである(これについては、創元推理文庫『隅の老人の事件簿』を参照されたい。オルツィの著作リスト等もそちらに譲る)。その後、オルツィは本書のレディ・モリーや、ナポレオン時代の密偵ムッシュー・フェルナン、あるいはSkin O' My Tooth(危機一髪)というニックネームを持つ型破りの法律家、パトリック・マリガンを主人公にした作品などのミステリを書いている。第一次大戦後はモンテカルロに移り住んだ。晩年はイングランド南部オックスフォードシャーのヘンリー・オン・テムズで隠棲し、一九四七年十一月十二日死去した。八十二歳であった。

女性推理作家　バロネス・オルツィ以前、あるいは同時代に活躍した女流作家というと、『ユドルフォの秘密』のアン・ラドクリフ(一七六四〜一八二三)や、『フランケンシュタイン』のシェリー夫人(一七九七〜一八五一)など、怪奇、ゴシック系の周辺作家を含めても数少ない。

探偵・推理小説の分野でもアメリカのアンナ・キャサリン・グリーン（一八四六〜一九三五）、キャロライン・ウェルズ（一八六九〜一九四二）、メアリ・ラインハート（一八七六〜一九五八）、イザベル・オストランダー（一八八三〜一九二四）、イギリスのヘンリー・ウッド夫人（一八一四〜一八八七）、L・T・ミード（一八五四〜一九一四）、ベロック・ローンズ（一八六八〜一九四七）など数えるほどしかいない。そして、たとえばイザベル・オストランダーがダグラス・グラント、ロバート・オー・チップフィールド、デイヴィッド・フォックスといった男性名で作品を発表し、あるいはエリザベス・トマシーナ・ミード・スミスがL・T・ミードという性別不詳のペンネームを用いたり、ヘンリー・ウッド夫人という筆名にしたり、といった具合に、ストレートに著者が女性だということを伏せたり、自分の名前を出さない傾向にあったことは注目すべきだろう。

レディ・モリーのプロフィール　本編の主人公、レディス・モリーのことを記すとなると、どうしても結末に触れねばならない。そこで、**本編を未読の方は、この項を飛ばしてお読みいただきたい。**

レディ・モリー――レディ・モリー・ロバートスン・カークは、カンバーランドに領地を構えるフリントシャー伯爵とフランス人女優アデル・デスティの間に生まれた。母はレディ・モリーが幼い頃他界。彼女は父の寵愛を受け、長ずるにつれ、母親譲りの美貌で、ロンドン社交界で花形となった。ところが、その彼女がやがて悲劇的な恋に陥る。彼女の住む家とは目と鼻の先にある豪壮な邸宅、アップルドア城の主、リヴァプールの船舶王、サー・ジェレマイア・バドックが最初の妻との間に儲けた一人娘の子供、ヒューバート・ドゥ・マザリーン大尉が、その相手だった。彼は、英国軍でも群を抜く長身とハンサムな容貌を持ち、ヴィクトリア女王の葬儀の際の勇姿は、強く英国女性のハートを摑んだという。マザリーン大尉は、体調を崩した祖父の意向を受け、一九〇二年に退役し、アップルドア城に住むようになり、やがては祖父の城とその財産を受け継ぐのは確実と思われていた。ところが、選りに選って彼は祖父の天敵とも言うべき女性の娘と恋に落ちたのだった。レディ・モリーの母アデルはその昔、三十歳以上も歳の離れたサー・ジェレマイア・バドックの後妻となり、三年ほどの悲惨な結婚生活の後、モンテ・カルロで出逢ったフリントシャー伯爵と駆け落ちしてしまった。その自分を振った女の一人娘と、愛する孫が恋仲になったのだ。伯爵の心境はいかばかりであったろう。結婚の意思を祖父に伝えた後、大尉はしばらくロンドン

レディ・モリー（サイアラス・キューネイオウ画）

に行くと言って城を出、そのまま帰ってこなかった。それにかわって翌春、フィリップ・バドックという男が突然現れ、徐々にアップルドア城を取り仕切るようになった。彼は伯爵の後妻、アデルとの再婚で儲けた実子だという（！）。これが本当だとすると、フィリップとレディ・モリーは異父兄妹ということになる。

一九〇四年の四月、サー・ジェレマイアが急死し、その直前に書き直した遺言書を持った弁護士が殺される。危篤の報を受けて駆けつけたマザリーン大尉の杖が凶行に使われたと見られ、大尉が疑われるが、四月の二十二日にマザリーン大尉とレディ・モリーはロンドンのセント・マーガレット・ウェストミンスター教会で、父のフリントシャー伯爵とメイドのメアリー・グラナード立ち会いの許、極秘裏に結婚する。その翌朝、大尉はアップルドア駅で逮捕される。裁判の結果、軍隊での経歴が考慮され、絞首刑のところを減刑され、二十年の懲役刑となった。

この年、レディ・モリーは警察の捜査課の下級職員に応募する。フリントシャー伯爵が亡くなった後、その邸宅は遠縁に引き継がれたが、レディ・モリーは近くに小さな家を構え、夫がダートムア刑務所を出所するのを待つことになった。だが、彼女はただ手をこまねいて待っていたのではなかった。一九〇九年、レディ・モリーは例によって奇計を弄し、一挙に夫の無罪を証明する。五年の受難を耐え忍んだマザリーン大尉は、特赦を受け、レディ・モリーも警察を辞め、二人は幸せな結婚生活にはいる。――ということで、レディ・モリーの探偵譚は一九〇四年から〇九年までの五年弱の間のものだった、ということになる。

オルツィ・ミステリの精髄　以上のようなレディ・モリーの隠れた背景を頭に入れて第一話を読み返してみると、その持って回った冒頭なども、予めシリーズを通しての設定を考えてから書きだしていることがわかって興味深い。《隅の老人》譚の特異な設定も、当初から考えられ、伏線として老人の奇妙な性癖を第一話から描いていた、とみるべきだろう。オルツィという人は、案外きちんと計算して物語を紡いでいたのである。

そしてもう一つ、レディ・モリーを巡るドラマティックな物語や、《隅の老人》の設定などから推すと、オルツィの本質はやはり『紅はこべ』シリーズに見られるような大ロマン作家だった、ということが明確になってくる。

そして、そのベースとなっているのは、自身の経歴でも明らかなように、自分の歩んできた貴族社会であり、それを冷静な目で観察していた彼女の作家としての資質であろう。その「目」が、着実に社会の変化を捉えていたことは、女性の捜査官というものを、実際に先駆けて創造したことでも証明されている。

オルツィが本書『レディ・モリーの事件簿』を上梓したのは一九一〇年のこと。その四年後、全国女性勤労者組合が、一世紀近く男性天国だった警察に対し、女性にも門戸を開くよう働きかけた。この年、巡査部長として採用されたリリアン・ワイラスが犯罪捜査課《CID》に加わったのは、一九二〇年になってからだった。女性を採用するといっても、当初は巡回程度の仕事で、犯罪捜査にはまったくタッチさせてもらえなかったのだ。第一次大戦中に志願のパトロール隊が結成され、それに女性が加わったことから、一九一六年には三十名の非常勤女性パトロール隊が首都警察に登用され、ハイドパークなどの公園の警邏に当たった。女性や子供の警備が主たる任務だった。こうして徐々に、警察の世界にも女性が進出していくのだが、いずれにせよ、オルツィが現実を先取りしてレディ・モリーというキャラクターを創造したことは、特筆に値する。

オルツィは自伝の中で、《隅の老人》を創造するに当たり、できるだけホームズを連想させない人物を作り上げようと考えた、と回想しているが、その意味では女流作家オルツィが、女性ならではの視点を推理小説に導入し、独自性を主張しようとした、最も真価の問われるミステリが、このレディ・モリー譚であった、と言えよう。果たして、どの程度ユニークな内容となったかは、読者の判断に委ねたいと思う。

Lady Molly of Scotland Yard

(1910)

by Baroness Orczy

〔訳者〕

鬼頭玲子（きとう・れいこ）

藤女子大学文学部英文学科卒業。インターカレッジ札幌在籍中。札幌市在住。

レディ・モリーの事件簿

——論創海外ミステリ 45

2006年3月10日　初版第1刷印刷
2006年3月20日　初版第1刷発行

著　者　バロネス・オルツィ

訳　者　鬼頭玲子

装　幀　栗原裕孝

発行人　森下紀夫

発行所　論 創 社

〒101-0051 東京都千代田区神田神保町2-23 北井ビル
電話 03-3264-5254　振替口座 00160-1-155266

印刷・製本　中央精版印刷

ISBN4-8460-0660-3

論創海外ミステリ

順次刊行予定（★は既刊）

★37　同窓会にて死す
クリフォード・ウィッティング

★38　トフ氏に敬礼
ジョン・クリーシー

★39　つきまとう死
アントニー・ギルバート

★40　灼熱のテロリズム
ヒュー・ペンティコースト

★41　溺　愛
シーリア・フレムリン

★42　愚者は怖れず
マイケル・ギルバート

★43　列のなかの男　グラント警部最初の事件
ジョセフィン・テイ

★44　死のバースデイ
ラング・ルイス

★45　レディ・モリーの事件簿
バロネス・オルツィ

46　悪魔の栄光（仮）
ジョン・エヴァンズ

47　エヴィー（仮）
ヴェラ・キャスパリ

48　ママ、死体を発見す（仮）
クレイグ・ライス